KB130968

조센징

Killing Korean

천황

Denno

죽이기

저스틴 박 장편소설

청어

조센징 천황 죽이기(Killing Korean Denno)

저스틴 박 지음

발행처 · 도서출판 청어
발행인 · 이영철
영 업 · 이동호
홍 보 · 최윤영
기 획 · 천성래 | 이용희
편 집 · 방세화
디자인 · 김바라 | 서경아
제작부장 · 공병한
인 쇄 · 두리터

등 록 · 1999년 5월 3일
(제321-3210000251001999000063호)

1판 1쇄 인쇄 · 2016년 6월 1일
1판 1쇄 발행 · 2016년 6월 10일

주소 · 서울특별시 서초구 효령로55길 45-8
대표전화 · 586-0477
팩시밀리 · 586-0478

홈페이지 · www.chungeobook.com
E-mail · ppi20@hanmail.net
ISBN · 979-11-5860-415-8(03810)

이 도서의 국립중앙도서관 출판시도서목록(CIP)은 서지정보유통지원시스템 홈페이지
(http://seoji.nl.go.kr)와 국가자료공동목록시스템(http://www.nl.go.kr/kolisnet)에서
이용하실 수 있습니다.(CIP제어번호: CIP2016008871)

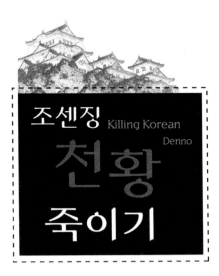

조센징 Killing Korean

Denno

천황

죽이기

여러분은 1945년 8월 15일에 당시 일본 천황이었던 히로히토가 연합국에 무조건 항복한 사실을 잘 아실 겁니다. 그런데 무조건 항복이 뜻하는 정확한 의미를 알고 계십니까? 아무래도 전쟁에서 지게 되면 어떠한 조건을 걸기 힘들어지기 때문에 웬만해서는 무조건 항복일 텐데 말입니다. 전 '무조건 항복'이라는 말에 의문을 갖고 역사적 사실을 찾아보았습니다.

1945년 8월 9일. 일본 도쿄의 한 방공호에서는 최고 전쟁지도자회의가 열렸습니다. 연합국의 포츠담 선언과 히로시마의 원폭투하, 소련의 대 일본 선전포고 등으로 일본이 태평양전쟁에서 이길 가능성은 완전히 사라진 뒤였습니다. 연합국은 일본에 '무조건 항복'을 강요했습니다. 그런데 이날 일본 지도부는 단 하나의 조건을 내건 항복을 결정합니다. 그 조건은 항복 이후에도 일본 국체(國體)의 보존, 즉 일본 천황의 지위를 보장해 달라는 것이었습니다. 그러나 이러한 조건은 연합국에 의해 거절되었고 마침내 일본은 천황의 지위마저 연합국, 정확히는 미국의 처분에 맡기는 '무조건 항복'을 하게 됩니다. 일본과 치열하게 전투를 했고 진주만의 아픔을 가지고 있던 미국 지도부는 당연히 천황의 폐위와 일본의 공화국화(共和國化)를 생각하고 있었습니다. 그러나 전후 일본 지배의 총책임자인 맥아더 장군이 이를 반대해 결국 천황의 지위는 절대 군주, 또는 신의 자리에서 일개 인간의 위치로 내려오는 대신 입헌군주의 지위는 유지하게 됩니다. 전면적인 전쟁에서 패배하면, 전쟁을 일으킨 왕조가 유지되는 경우는 역사상 거의 없다는 점에서 일본의 경우는 극히 이례적인 면이 있습니다. 1차 대전 후 독일왕조가 무너진 것이나, 나폴레옹이 전쟁에서 패한 후 폐위된 것 등, 역사적으로 대부분 아니 거의 모든 경우에서 이는 불문율이나 마찬가지였습니다. 그것은 전쟁을 일으킨 왕조가 유지될 경우 왕조를 중심으로 다시 뭉쳐 전쟁을 일으킬 가능성이 높다는 것 때문일 겁니다. 그런데 미국은 일본이 다시 일어나 천황을 중심으로 뭉쳐서 그들에게 덤빌 수 없을 거라고 생각한 건지 아니면 천황을 허수아비처럼 내세워 일본을 주무르겠다는 과거 쇼군식 체제를 고려한 건지 알 수가 없지만 천황은 유지가 됩니다. 이러한 것은 천황의 이름으로 침략을 받은 우리나라의 입장에서는 굉장히 기분 나쁜 일입니다. 하여간 그 이후 천황은 일본의 입헌군주로써 역할을 하게 되었고 아직까지도 일본의 정신적 지주로서 일본을 대표하고 있습니다.

제가 과거의 일을 다시 꺼내는 것은 일본에 천황이 있다는 것이 지극히 비상식적일 수도 있다는 것을 이야기하고자 함입니다. 그래서 만약 2차 대전 후 미국이 원래의 생각을 그대로 밀어붙여서 천황을 폐위시키고 천황제를 없앴다는 가정은 그리 허무맹랑한 것이 아닙니다. 사실 다른 연합국에서는 천황제를 유지키로 한 미국의 결정에 반대하는 의견이 다수였습니다.

몰락한 왕조의 후예는 자신의 신분을 숨기고 조용히 살기만을 원합니다. 물론 잘만하면 과거의 영광을 되살릴 수 있겠지만 그러한 생각은 자신뿐만 아니라 가족의 목숨마저 위태롭게 할 수도 있습니다. 그래서 그들에게 남은 선택지는 그리 많지 않습니다. 조선왕조의 후예들도 조용히 살 뿐, 과거 왕조를 되살리겠다는 생각은 거의

하지 못합니다. 하지만 그 후예를 이용해 정치적 목적을 달성하려는 세력은 언제나 있을 수 있습니다. 만약 일본에서 천황제가 없어졌다면 과거의 영광을 되살리겠다는 명분을 내건 극우단체가 천황제의 부활, 즉 국체 회복을 내걸고 천황가의 후손을 찾기를 원할 겁니다. 이러한 생각들이 이어져 이 소설을 쓰게 되었습니다. 말도 안되고 발칙한 상상이라고 치부할 수도 있지만 저는 나름의 역사적 식견을 가지고 썼다고 자부합니다. 대체역사소설이라는 장르가 그러하듯 작가의 자유분방한 역사에 대한 상상력을 독자분들은 즐기셨으면 합니다. 다만 마지막 부분에서 천황이 사과하는 것은 제가 진정으로 지금 일본 천황에게 바라는 것입니다.

언제나 그렇지만 소설을 쓴다는 것은 어려운 일입니다. 지난 몇 년간 글 쓰는 것을 중단하다 보니 글도 투박하고 전개도 많이 어색한 게 사실입니다. 이 소설을 읽는 독자분들은 읽으시는 내내 불편하실 수도 있을 겁니다. 제가 전문적인 소설가도 아니고 글쓰기 교육을 받지 않았다는 것은 변명이 되지 않을 겁니다. 다만 제 상상력을 믿고 끝까지 읽어봐 주신다면 나름의 재미와 의미를 찾으실 겁니다. 저의 졸저를 읽어주실 모든 독자분들께 미안하고 감사하다는 말씀을 드립니다.

마지막으로 이 소설을 쓰는 데 도움을 주신 분들께 감사의 뜻을 전하고자 합니다. 저의 정신적 지주이신 어머니, 든든한 최후의 후원자인 형님, 언제나 소설적 도움을 주는 여동생, 신봉인 님, 김지혁 님, 성재우 님, 이영국 님, 모두 감사합니다. 그리고 소설을 기꺼이 출판해 주신 청어출판사 관계자분들께도 감사의 뜻을 전합니다. 끝으로 저의 모든 것인 아내와 아들 준수, 딸 소율이에게 이 책을 바칩니다. 모두 사랑합니다.

저스틴 박

차 례

조센징 천황 죽이기
(Killing Korean Denno)

그는 멍하니 TV를 쳐다보고 있었다. TV에는 일본 대통령의 방한 뉴스로 도배를 하고 있었다.

'쳇. 쪽발이 대통령 오는 게 무슨 대수라고 저리 난리람? 그래봐야 힘도 없는 허수아비인데……'

그는 속으로 한바탕 욕지거리를 뱉어냈다. 그가 욕을 밖으로 안 한 것은 일본에 대한 감정이 남보다 약해서가 아니라 순전히 그의 옆에 초등학교를 다니는 아들이 있었기 때문이었다.

"아빠, 일본은 대통령이 힘이 없지?"

그의 마음이라도 읽었는지 아들이 그에게 물었다.

"어? 맞아. 근데 너 어디서 그거 들은 거야?"

그는 아들의 질문에 당황했다가 아직 어린 아들이 그런 질문을 하자 놀라서 아들에게 물었다.

"학교에서 배웠어."

아들은 별거 아니라는 듯이 어깨를 으쓱하면서 말했다.

"이야. 우리 아들 똑똑하네."

그는 아들의 볼을 꼬집으며 칭찬했다. 그때 그의 아내와 딸이 화장실에서 돌아왔다.

"여보. 이제 가요. 버스 시간 다 되었어요."

아내의 말이 아니더라도 바로 버스를 타야만 했다. 그의 가족은 그의 고향인 거제도로 향하는 버스에 몸을 실었다. 사실 이번 가족여행은 그리 유쾌한 게 아니었다. 여행이라고 하기도 그런 게 그의 아버지가 죽었다는 소식을 듣고 그의 고향집으로 가는 길이었다. 아이들은 차를 타자마자 곯아떨어졌고, 곧 그의 아내도 잠에 빠졌다. 그는 빠르게 지나가는 창 밖 풍경을 보면서 이런저런 상념에 빠졌다.

'결국 이렇게 가시는구나…… 어머니만 불쌍하시지…… 에휴……'

그는 아버지에 대한 감정이 그리 좋지 않았다. 아버지가 그에게 해준 게 거의 없어서 일수도 있고 그가 하려는 일마다 막아서 일수도 있다. 하여간 이제 아버지는 떠났고 이제 어머니만 남게 되었다.

거제에 도착하고 나서는 그는 정신을 차릴 수 없을 지경이었다. 그가 상주인 만큼 그의 도착만을 기다리던 사람들은 그가 오자마자 상주복을 입히고 이리저리 끌고 다니면서 장례를 진행시켰다. 그로서도 상주로는 처음이라 어색했지만 이런저런 생각의 여지를 두지 않고 빠른 물살처럼 일은 진행되었다. 정신을 차리고 보니 이미 아버지의 시신은 화장장 안에 들어가 있었고 이내 한줌의 재가 되었다. 뼛가루는 아버지의 유언대로 그의 고향집 앞에 먼 바다가 잘 보이는 바닷가에 뿌려졌다. 아버지의 마지막 모습이라는 생각이 들었지만 그리 슬프지가 않았다. 어머니와 누나만 구슬피 울었다. 그의 아내도 따라 울긴

했지만 왠지 소리만 내는 듯했다.

'아버지. 그리 맨날 쳐다만 보던 바다에 가시네예. 잘 가이소.'

그의 아버지는 언제나 바다만 쳐다보았다. 아버지도 그랬고 그의 할아버지도 늘 멍하니 바다만 쳐다보았다. 그의 집안에서 남자들은 다른 집처럼 생계를 돌보지 않고 완전히 백수로 지냈다. 대신 그의 어머니나 할머니가 나가서 돈을 벌어 와서 생계를 유지했다. 그의 누나도 어렸을 때부터 어머니 손을 잡고 나가 일을 하고 돈을 벌어왔다. 그래서 아무것도 하지 않는 아버지를 누나가 매우 미워했다. 섬인지라 남자들은 배를 타거나 낚시를 하거나 아니면 하다못해 공판장에서 막노동이라도 할 수 있었는데 아버지는 아무것도 하지 않고 무위도식했다. 그런 아버지를 보면서 그는 절대로 저렇게는 되지 않겠다고 다짐하곤 했다.

모든 것이 끝난 날 밤에 그는 어머니에게로 갔다.

"어무이. 고생 많으셨습니더."

"아이다. 내는 뭐 고생한 것도 없다. 니가 그래도 명색이 상주라 젤로 고생했지."

"제가 한 게 있어야지예. 동네 아제들하고 아지매들이 많이 도와주가 잘 끝냈지예."

"그래. 니 누이하고 박 서방이 이번에 고생이 많았다. 박 서방은 배도 몬 타고 이리 와서 고생했지."

"누나가 마음이 많이 상한 것 같던데, 잘 위로해주이소."

"갸야 너그 아버지한테 그리 원망이 많더마는 너그 아버지 죽고 나니 제일 슬퍼하는 거 같더라. 그게 맨날 지 아버지한테 달라 들고 모진 소리하고 해도 속정은 깊었던 기라."

"네⋯⋯. 지는 내일 올라가봐야 할 것 같습니더."

"그래야제. 올라가거든 아덜하고 아덜 애미하고 잘 살거라. 나는 걱정하지 말고."

"어…… 어무이…… 우찌 혼자 사실라꼬……."

"너그 누이도 있고 자형도 있고 동네 사람들도 많고 걱정 없다."

그는 차마 어머니를 모시겠다는 이야기를 꺼내지 못했다. 아버지가 돌아가셨다는 소식을 듣자마자 아내가 그에게 한 말이 절대 어머니를 모실 수 없다는 것이었다.

"어무이…… 혼자 계셔도 괜찮겠습니꺼?"

"하모. 내야 아직 공판장에 나가서 일을 해도 할 수 있다. 걱정마라. 니나 잘 가족들 돌보고 잘 살아라."

"네…… 어무이."

"그라고 너그 아버지가 돌아가시면서 하신 말씀이……."

"네. 뭐라 카셨는데요?"

"늘 하셨던 말이다. 절대 나서지 마라. 튀지 마라. 평범하게 살아라. 조용히 살아라. 이기다."

"네……."

너무 들어서 이젠 귀에 딱지가 앉은 말들이었다. 조용히 살아라. 그가 젊었을 때는 그 말이 그렇게 싫었었다. 그래도 남아(男兒)로써 야망이 있어야지……. 하지만 어렸을 때부터 하도 들은 이 말이 나중에 그의 발목을 잡아 아무것도 할 수 없게 만들었다. 그는 그야말로 조용히 사는 평범한 소시민이 되었다. 돌이켜보니 그가 고등학교를 졸업하고 서울로 대학을 가겠다고 했을 때 아버지는 결사 반대하셨다. 절대 거제도를 떠나지 말라는 것이었다. 그렇다고 배를 타는 것도 허락하지 않으셨다. 섬에서 배도 타지 말고 섬을 떠나지도 말라니……. 그는 그런 아버지의 반대를 어머니와 함께 뚫고 서울로 대학을 갔다. 그러고는 거의 고향을 오지 않았다. 그가 고향에 돌아왔을 때는 그의 결혼식 때였다. 서울 아가씨였던 아내를 배려해서 그는 서울에서 결혼식을 하고 싶었지만 그의 아버지는 무조건 거제에서의 결혼식을 고집하셨 다. 이유도 설명해 주지 않고 절대로 서울로 가지 않겠다고 하셨다. 그리고 보니 그의 아버지가 거제도 밖을 나가는 경우를 한 번도 보지 못했던 것 같았다. 그의 대학 졸업식 때도 아버지는 거제를 떠나지 않 으셨다. 결국 아버지의 고집대로 결혼식은 거제에서 이루어졌고 이로 인해 그는 신혼 내내 아내에게 잡혀 살아야만 했다.

그래서인지 모르지만 결혼 후에도 이런저런 핑계로 거의 거제를 가 지 않았다. 그렇게 아버지와 절연한 채 십수 년을 살아온 셈이었다.

"어머니 그럼 들어가 잘랍니다. 어무이도 어서 주무이소."

"그래…… 아범아…….."

어머니는 그에게 뭔가 할 말이 있는 듯했다.

"네? 어머니…… 뭐…… 하실 말씀이라도?"

"그…… 그게…….."

"네……. 말씀하이소."

그는 어머니가 같이 살자고 하기를 바랐다. 아내의 반대는 있겠지만 그래도 어머니만 좋다고 하면 당장 어머니를 서울로 모시고 싶었다.

"그란데…… 너그 할아버지는…….."

"네. 할아버지는 와예?"

어머니가 갑자기 할아버지 이야기를 하셔서 그는 굉장히 의아했다.

"너그 할아버지는…….."

"네. 할아버지는…….."

"……아…… 아이다…….."

"?"

그는 어머니가 무슨 말을 하려는 건지 도통 알 수가 없었다. 그가 초등학교 다닐 때 돌아가셨던 할아버지에 대해 그는 기억하는 게 거의 없었다. 다만 아버지와 마찬가지로 하루 종일 멍하니 바다만 쳐다보았다는 것밖에. 그런데 어머니가 그런 할아버지를 갑자기 언급하시는 게 이상했다.

"할아버지가 우찌 되셨는데예?"

"아…… 아이다. 그냥 너그 아버지 죽고 나서 할아버지가 꿈에 자꾸 나와 사서."

"아…… 난 또 뭐라꼬. 그래 꿈에서 뭐라 카시던데예?"

"그냥…… 너그들 잘 살라꼬……."

어머니는 말끝을 흐렸다. 분명 무언가를 말하고 싶으셨던 건데 차마 그에게 말하지 못하신 것 같았다.

'어무이…… 지랑 같이 살고 싶다고 하이소. 지금이라도 그렇다 카몬 애엄마는 지가 무슨 수를 써서라도 설득할게예.'

그는 마음속으로 말했지만 차마 밖으로 내뱉지는 못했다.

"늦었다. 가서 자거라. 내도 피곤타."

어머니는 자리에 눕더니 몸을 벽 쪽으로 돌렸다. 어머니가 눕자 그는 조용히 일어나 불을 끄고 아내와 애들이 있는 건넛방으로 넘어왔다. 아내는 아이들과 같이 누워 있었다. 그는 조용히 옆에 누웠다. 그때 갑자기 아내가 몸을 일으켰다.

"당신. 어머니하고 무슨 이야기했어?"

"아이고 놀래라. 자는 거 아니었어?"

"그냥 누워 있었어. 허리가 아파서……. 말 돌리지 말고 어머니랑 무슨 이야기 했냐고?"

아내의 의도는 뻔했다.

"그냥 이런저런 이야기했어. 아버지 유언도 이야기하고."

"유언? 그런 것도 있었어?"

"뭐…… 늘 하시는 이야기 있잖아. 튀지 마라. 평범하게 살아라. 그런 거……."

"맨날 그 소리. 아버님은 왜 그런 말만 하는지. 원."

"틀린 말은 아니잖아. 튀게 살아봐야 좋을 게 뭐 있어?"

"하이고. 제발 튀게, 잘나게 살아봐요. 맨날 만년 과장으로만 지내지 말고. 내가 큰 출세를 바래요? 회사에서라도 차장 진급하고 부장 진급해서 이사라도 달아봐야 할 거 아니에요?"

또다시 아내의 잔소리가 시작되었다. 그는 아내의 말을 무시하고 돌아누웠다.

"당신 혹시?"

아내가 누워 있는 그를 밀면서 말했다.

"뭐? 혹시 뭐?"

"그 말한 거 아니죠? 어머니한테."

"뭔 말? 아…… 같이 살자고 했냐고? 안 했다. 아니 못했다. 어머니는 여기가 편하시대. 서울서는 못 사시겠다고 하시더라고. 그리고 조그만 회사 만년 과장 월급으로 어머니를 모시기도 힘들지."

"알긴 아니 다행이네요. 어찌 되었건 어머니 모시는 건 안 돼요. 지금 아파트 전세 올려주는 것도 벅차 죽겠는데……. 내년이면 미영이도 중학교 가는데 공부방 만들어주기도 힘들어요."

"알았어. 알고 있다구. 알았으니까 그만 자. 내일 아침 일찍 올라가야 하잖아."

그는 성질을 부리고는 이불을 뒤집어쓰고 눈을 감았다.

'젠장…… 할아버지. 아버지. 당신들처럼 그냥 멍하니 살고 싶네요.

제기랄……'

일주일 만에 회사에 출근하니 모두 그를 반겨주었다. 그중에는 문
상하러 먼 거제까지 와준 팀 동료들도 있었다.

"김 대리. 멀리 거제까지 와줘서 고마워."

그와는 같은 팀에 있으면서 형제처럼 친하게 지내는 김 대리에게
제일 먼저 고마움을 표시했다. 김 대리가 홀어머니 모시고 형제도 없
이 힘들게 사는 것을 알고는 진짜 형제처럼 가까이 지내게 되었었다.

"무 과장님도 참. 무슨 그런 말씀을…… 당연히 가야죠. 제가 안가면
누가 무 과장님의 아버님 장례식에 가겠습니까?"

"그래도…… 하여간 고마워. 나중에 어려운 일 있으면 언제든지 말
해."

"네. 알겠습니다. 그런데 과장님 안 계실 때 회사 내에 이상한 소문
이 돌았어요."

"응? 무슨 소문?"

"우리 회사가 팔린다는 겁니다."

"뭐? 회사가 팔려? 왜? 누구한테?"

"아시다시피 개망나니 오너 아들 때문이죠. 그 인간이 부사장되고
나서부터 되는 게 없잖습니까? 그야말로 마이너스의 손이어서 하는
거마다 말아먹었잖아요. 그래서 결국 팔리게 된다고 하더라구요. 소
문에는 외국계 자본에 넘어 간답니다."

"뭐? 외국계에? 아이구야. 골치 아프게 생겼네."

"그래서 다들 영어 공부한다고 난리입니다."

"영어공부?"

"아무래도 외국계에 넘어가면 영어를 잘해야 한다면서……. 다들

영어학원 끊고 공부한다고 그러더라구요."

"쩝. 그게 갑자기 한다고 되나? 이거 나도 영어 손 놓은 지가 하도 오래 되서."

"그러게요. 그런데 외국계인 건 확실한데, 중국자본이라는 설도 있고 일본자본이라는 설도 있습니다. 그래서 중국어를 해야 할지, 일본어를 해야 할지 다들 그거 고민하고 있어요."

"저런…… 영어도 힘들어 죽겠는데, 중국어에 일본어라니…… 헐……."

"다들 걱정인 게 외국계 자본에 회사가 넘어가면 구조조정 한다는 겁니다."

"음…… 그렇겠네. 외국계 자본은 그게 특기지. 에휴…… 불쌍한 민초가 여럿 죽겠구만. 내가 죽지 말라는 법도 없고."

"과장님이야. 기술이 있으니 좀 낫지 않겠습니까?"

"언제적 기술인데……. 김 대리는 총각에 젊으니까 나보다는 낫지. 딴 데라도 찾을 수 있으니까. 난 여기서 짤리면 완전히 끝이야. 어떡하든 붙어 있어야지."

"그러게요. 아휴. 그리고 과장님 안 계신 동안 사건이 하나 더 있었던 게, 저기 신입 있잖습니까?"

"누구? 이성기? 걔가 왜?"

"쟤가 사고 하나 쳐가지고 부장님이 노발대발하고 난리도 아니었어요."

"쟨 벌써 몇 번째냐? 이성기 씨는 어디 유학파라고 하지 않았어?"

"미국인가 일본인가 어디 유학 갔다 왔다는데 하는 짓은 완전 꼴통입니다."

"뭐 유학파라고 다 일 잘하는 건 아니지. 그래도 저번에 보니 영어는 곧잘 하던데?"

"영어만 잘하면 뭐합니까? 맨날 서류 빼먹어, 팩스를 엉뚱한데 보내질 않나. 말을 제대로 못 알아먹으니 일이 되겠습니까? 완전히 우리 부서 블랙홀이라니깐요."

"야야. 그래도 우리 파트 앤데 잘 구슬려가면서 일 시켜야지. 그래서 걔 들어왔을 때 저렇게 스펙 좋은 애가 우리 회사 같은 조그만 데를 왜 들어왔나? 했잖아. 하여간 신입 나가면 우리만 골치 아프다. 내가 한번 이야기해 볼게. 그나저나 일 많이 밀렸지?"

"네. 좀……. 근데 제가 오늘은 약속이 있어서…… 헤헤."

"알았어. 총각이 데이트 있다는 데 봐줘야지. 그리고 원래 이게 다 내 일인데 뭐. 그럼 이성기만 남으라고 해."

"신입만요? 괜찮으시겠어요? 쟤가 뭐 할 줄 안다고?"

"그래도 시킨 일은 곧잘 해. 이봐 이성기 씨. 오늘 나랑 야근 좀 합시다."

그가 소리치자 신입은 활짝 웃으며 그에게 뛰어왔다.

"네. 과장님께서 원하시면 언제든지 전 괜찮습니다. 불러만 주십시오."

"근데 얘는 언제나 과장님 말이라면 껌벅 죽습니다. 과장님이 성기 씨한테 뭐 잘해준 거 있어요?"

"내가 원래 인덕이 있잖아. 성기 씨 대신 내가 저녁 사줄게."

"네. 감사합니다."

일주일을 자리 비워서인지 그가 처리해야 할 업무가 많이 밀려 있었다. 신입의 도움을 받긴 했지만 양이 많아 늦은 시간까지 야근을 하게 되었다.

"어? 벌써 10시가 넘었네. 이성기 씨. 난 좀 더 해야 할 것 같으니까,

성기 씨는 먼저 퇴근해."

"아닙니다. 전 괜찮습니다. 과장님께서 다 하실 때까지 같이 있겠습니다."

"그래? 그럼 한 시간만 더하다가 퇴근할까?"

"네……. 근데 괜찮으세요?"

"뭐가?"

"과장님 아버님 돌아가시고 얼마 되지도 않았는데……."

신입은 조심스럽게 물었다.

"뭐 현대인들은 슬퍼할 시간도 없는 것 같아. 사실 그리 슬프지도 않고."

"왜요? 그래도 아버지신데……."

"성기 씨는 아버지랑 친해?"

"네? 전 뭐……."

"난 대학 들어가고 난 후 아버지를 거의 만난 적이 없어. 미워했다고 하는 게 정확하지. 돌아가셨다고 해도 별 느낌이 없었어. 나한테 해준 게 없어서인지……. 나 못됐지. 그래도 아버지인데."

"아, 아닙니다. 과장님께서 그럴 이유가 있으시겠죠."

"그렇게 이해해 주면 고맙고. 빨리 끝내고 가자."

"근데 과장님. 뭐 여쭤 봐도 돼요?"

"뭔데?"

"과장님 고향이 거제도라고 하셨죠?"

"응 맞아. 근데?"

"과장님 가족들은 언제부터 거제도에 사신 거예요?"

"글쎄? 할아버지 때부터 살았다는데 정확히는 언제인지 모르겠어. 6·25사변 전후라고만 들었어."

"그 전에는 어디 사셨는데요?"

"응? 그건 모르겠다. 거제도 오기 전에 어디에서 살았는지 들어보지 못했어. 근데 그건 왜 물어?"

"아뇨. 그냥 궁금해서요."

"뭐가?"

"거제도가 어떤 곳인지 잘 몰라서."

"거제도? 좋은 곳이지. 내가 보기에는 제주도보다 더 좋은 섬이야. 거제도가 제주도 다음으로 큰 섬인 건 알지? 남쪽에 있어서 경치도 좋고 물도 맑아. 해금강, 한려수도도 좋고."

"과장님은 고향에 대한 자부심이 대단하시네요."

"뭐 자부심까지는 없고. 고향인데 자주 못 가서 그래."

"그렇군요. 근데 과장님 성이 좀 특이한데요. 무 씨면 어디서 시작된 성입니까?"

"응? 무 씨가 좀 희귀성이긴 하지. 성기 씨는 중국 역사에 나오는 측천무후라고 들어봤어?"

"네. 들어는 봤습니다. 당나라 때 사람인데, 최초이자 유일한 여황제 아닌가요?"

"맞아. 당 고종의 황후였다가 나중에 여자로써 황제에까지 오른 유일무이한 인물이지. 그 황제가 내 조상이야. 중국에서 언제 우리나라로 넘어왔는지는 모르지만 하여간 중국에서 넘어온 성씨지."

"그럼 무 씨 성은 한자를 무사(武士)할 때 그 무(武)를 쓰는 건가요?"

"그렇지. 원래 측천무후의 무 씨가 무기, 무사 할 때 그 무(武)를 써."

"헤헤. 전 없을 무(無) 인줄 알았습니다."

"안 그래도 내 성씨 때문에 어렸을 때 놀림 엄청 받았다. 초등학교 때는 별별 이상한 별명도 많았다. 거기다가 이름이 무인복(武仁福)이잖아. 어질고 복 있으라고 지어준 이름인데 누가 봐도 인복(人福)이 없는 걸로 들려. 골 때리지."

"참. 예전에 무 대리라는 캐릭터가 나오는 만화도 있지 않았습니까?"

"아…… 용하다 용해. 무 대리 말이군. 말도 마라. 내가 아마 회사 들어올 무렵 그 만화가 유행했었는데 그때 내 별명이 그냥 무 대리였다. 신입이었는데 다들 무대리라고 날 불렀어."

"하여간 너무 희귀 성이고 잘 몰라서 사람들이 낯설어 하는 것 같습니다."

"요즘도 처음 만나는 사람이 내 명함보고 다들 고개를 갸우뚱해. 혹시 문 씨인데 인쇄 잘못된 거 아니냐고 묻는 사람들도 많아."

"진짜 웃기네요. 이거 웃으면 안 되는데……."

"그게 다 희귀성 가진 사람들의 애로사항이다. 자 이제 잡담 그만하고 일하자."

거제도 갔다 오고 약 한 달 뒤 간만에 부서회식이 있었다. 회사가 어려워지고 나서 회식조차 없다가 특별히 팀원들이 고생했다고 예산이 나와서 전 부서원이 회식을 하게 되었다. 그는 오랜만에 부서원들과 회식을 해서인지 그도 모르게 폭주를 하게 되었다.

"과장님. 너무 취하신 것 같은데요."

"이봐. 김 대리…… 무슨 소리야. 나 멀쩡해. 자 3차 가자. 3차."

"김 대리님. 제가 술 깨는 약 좀 사오겠습니다."

그의 곁에는 그를 쫓아다녀 무과장의 호위천사라 불리는 신입이 있었다. 신입은 약국에 숙취해소 약을 사러 갔다. 부서원들이 잠시 딴

데 정신 팔려 있는 동안 무 과장은 취한 채로 비틀대며 홀로 길을 건
넜다.

"어? 과장님."

그때 그에게로 트럭 한 대가 쏜살같이 달려오고 있었다. 김 대리를
포함한 부서원들은 비틀거리며 가는 그를 멍하니 쳐다만 보았다. 그
순간 누군가가 몸을 날려 그를 덮쳤고 그는 아슬아슬하게 트럭을 피
해 쓰러졌다. 그가 정신을 차린 곳은 병원 응급실이었다.

"으…… 목이……."

"과장님, 정신이 드세요?"

"어? 김 대리. 김 대리가 우리 집에 웬일이야?"

"네? 과장님. 여기 병원이에요. 응급실."

"어? 병원?"

그가 놀라 둘러보니 정말 병원이었다.

"내가 여기 왜 있는 거야?"

"기억 안 나세요? 회식 하다가 과장님이 사고 날 뻔했잖아요?"

"어? 사고? 무슨 사고?"

"과장님이 술에 잔뜩 취해서 길 건너다가 트럭에 치일 뻔했다구
요."

"그래? 난 멀쩡한 거 같은데……. 어…… 목이 조금 뻐근하긴 해
도."

"그야 신입이 몸을 날려 과장님을 구했죠."

"어? 이성기 씨가? 성기 씨는 어디 있는데?"

"좀 다친 곳이 있어서 치료받고 있어요."

"많이 다쳤어?"

"아뇨. 좀 까이고 터지고 했지만 크게 다치지는 않았습니다. 그나저

나 과장님은 신입 아니었으면 큰일 날 뻔했다니까요. 괜히 과장님 호위천사가 아니라니까요."

"그래? 이거 생명의 은인이네."

그때 저쯤에서 신입이 한쪽 팔에 붕대를 한 채 걸어왔다. 그리고 무과장이 깨어난 걸 알고는 그에게 달려왔다.

"과장님. 괜찮으신 거죠? 다친 데 없으신 거죠?"

"어. 그래. 성기 씨 덕분에 내가 살았어. 성기 씨가 내 생명의 은인이야."

"다…… 다행입니다. 다행입니다. 천만다행입니다. 흑흑흑……."

신입이 고개를 숙여 울자 그나 김 대리가 황당해 했다.

"이…… 이봐. 왜 이래. 난 괜찮다니깐."

"제…… 제가 과장님을 혼자 길 건너게 안 했어도 과장님이 다치시지는 않았을 텐데……. 흑흑. 제 잘못입니다. 용서해주십시오."

"응? 뭔 소리야. 성기 씨 아니었으면 난 크게 다쳤을 건데……. 자자…… 이젠 그만 울어."

그가 달래었지만 신입은 계속 울었다. 그 일 이후 사내에서는 무 과장과 신입이 사귄다(?)는 이상한 소문마저 돌았다.

얼마 후 소문에만 떠돌던 회사의 매각이 실제로 이루어졌다. 회사는 한 일본계 자본에 팔렸다. 외국계 자본에 팔린 것도 그런데 일본계 자본에 회사가 넘어갔다고 하자 다들 심란해했다.

"이거 망조가 들려니 쪽발이한테 기게 생겼네요."

"젠장……. 난 쪽발이 소리만 들어도 넘어 올 것 같은데 미치겠네."

"과장님도 일본 놈들 싫으시죠?"

"그럼 좋겠냐? 식민지배 한 것도 모자라, 정신대에 온갖 만행을 다

해놓고 이제는 나 몰라라 하는 놈들이니…….”

“그러게요. 요즘은 2차 대전과 식민지배는 이제 존재하지도 않는 천황이 다 했다라고 한다더군요.”

“천황이 했다고 믿다고? 쳇. 천황이 했던 안 했던 그게 다 일본 놈들이 한 거지, 다른 놈들이 한 거야? 하여간 그때 미국이 쪽발이 놈들을 다 죽였어야 하는데…….”

“그러게요. 야. 신입. 넌 왜 가만있냐?”

김 대리는 무 과장과 이야기하다가 갑자기 가만히 대화를 듣고만 있던 신입에게 물었다.

“네? 뭐…… 저는 당시 상황을 잘 모르니…….”

“뭐? 모른다고? 야. 어떻게 그걸 모를 수 있어? 넌 역사시간에 안 배웠냐?”

“그게 아니라 그땐 그럴 만한 사정이 있지 않았나 하는 거죠. 결국 패전의 결과로 일본도 천황제가 폐지되었잖습니까?”

“그건 당연한 거고. 그리고 쪽발이 놈들이 천황이 뭐냐? 천황이. 그죠 과장님.”

“맞아. 그것도 기분 나빠. 자기들이 무슨 대단한 민족이라고 자기들왕을 천황이라고 하는 거야? 중국도 그냥 황제라고 했는데. 하여간 쪽발이 놈들은 맘에 안 들어.”

그는 일본 이야기만 나오면 쌍심지를 켜고 싫어했다. 이유는 정확히 모르겠지만 왠지 일본이라면 극도로 싫어했다. 그가 어렸을 때 할아버지는 멍하니 바다를 보면서 이상한 노래를 부르곤 했다. 무슨 말인지 무슨 뜻인지도 모를 이상한 노래를 불렀던 것이었다. 또 그가 밖에서 놀다가 집에 들어가면 할아버지와 아버지가 한국말이 아닌 이상한 말로 대화를 하다가 그의 인기척만 들리면 바로 대화를 끊곤 했다. 그가 집밖에서 들었던 그 이상한 말도 나중에 알고 보니 일본어였다. 할아버지와 아버지가 어떻게 일본 노래를 알고 일본어를 할 수 있는지는 모르겠지만 그는 이상하게 그 말들이 듣기 싫었다. 그 노래 때문인지 아니면 가끔 쓰는 일본말 때문인지 동네사람들은 그의 집을 왜놈 앞잡이 집이라고 불렀다. 그를 친구들이 왜놈 앞잡이라고 놀리면 자기는 왜놈 앞잡이 아니라고 울고 집에 들어오곤 했다. 그럴 때마다 그의 할머니는 왜정 때 배운 노래를 할아버지가 하는 것뿐이라고 그에게 설명해줬다. 그의 집안은 왜놈 앞잡이 집이 아니라 독립운동하던 집이라고 했다. 할머니의 말을 곧이곧대로 믿은 그는 동네방네 뛰어다니며 자기 집이 독립운동 집안이라고 떠들고 다녔었다.

'젠장. 독립운동가 집안 자손이 쪽발이 밥을 먹게 생겼네. 아휴……딴 데 갈 데도 없고. 어쩌지?'

회사 매각 절차는 일사천리로 이루어졌고 매각완료 후 과장급 이상 간부들은 한 명씩 면담이 이루어졌다. 그의 차례가 오자 그는 매우 긴장한 채로 사장실로 들어갔다. 사장실 안에는 두 명의 사내가 있었는데 그가 들어오자 그중 한 명이 일어났다.

"안녕하십니까? 저는 새로이 이 회사의 대표이사 사장을 맡게 된 이석준이라고 합니다."

사내의 소개가 있자 무 과장은 자기도 모르게 고개를 숙이고 인사를 했다.

"네. 저는 생산기술지원부에 있는 무인복 과장이라고 합니다. 잘 부탁드리겠습니다."

"반갑습니다. 일단 앉으시죠."

그는 둘의 맞은편에 있는 의자에 조심스럽게 앉았다. 십수 년 전 회사에 들어오기 전에 본 면접을 다시 보는 것 같아 매우 떨렸다.

"여기 이 분은 일본 본사에서 파견 나오신 나카야마 히로미(中山 博美) 상무님이십니다. 나카야마 상무님은 이번 인수 최고 책임자로 본사에서 나오셨습니다."

새 사장이 옆의 사람을 소개하자 일본인은 특유의 예의바른 모습으로 일어나 무 과장에게 인사를 하였다. 무 과장은 얼떨결에 다시 일어나 그에게 답례를 하였다.

"금번 면담은 회사 인수 후 관리자분들의 성향과 능력을 파악하여 최적의 역할을 부여하기 위함임을 이해해 주시기 바랍니다."

새 사장이 면담에 대한 목적을 설명하면서 본격적인 면담은 시작되었다.

'말은 좋다. 결국 자를 사람 고를 거면서……'

무 과장은 속으로 투덜댔지만 밖으로는 최대한 억지로라도 미소를 지었다.

"무 과장님은 회사에 입사하신 지 16년이 좀 넘었군요."

"네. 정확히 16년 3개월 되었습니다."

"그전에 다른 회사에서 일한 경력은 없구요?"

"네. 이 회사가 처음이었고 저는 이 회사밖에 없습니다. 이 회사를 제 천직으로 알고 최선을 다해 일해 왔고……."

"네. 알겠습니다."

무 과장은 준비해 왔던 말을 다 하려고 했지만 사장은 무심하게 그의 말을 잘랐다.

"생산기술지원부에 일하시는데…… 생산관련 기술에 대해서는 좀 오래된 기술만 가지고 계신 것 같습니다만……."

"네? 네……. 그, 그게 제가 대학 다닐 때 배운 거라……. 하, 하지만 저는 기술에 대해서는 자부심을 가지고 있습니다. 최신 기술 트랜

드를 따라가기 위해 매일같이 공부…….”

“네. 알겠습니다.”

사장은 또다시 그의 말을 잘랐다.

‘젠장…… 준비한 말을 계속 못하게 하네.’

그는 계속 그의 말이 잘리자 속이 타 들어갔다. 사장은 무 과장이 말을 할 때마다 귓속말로 일본인 상무에게 뭐라고 말을 했고 일본인 상무는 알았다는 듯이 고개를 끄덕였다.

“무 과장님. 외국어는 얼마나 하시죠?”

“영어는 좀 하는 편입니다. 비즈니스 회의는 충분히 할 정도이고 기술적인 것을 가지고 외국인과 토론도 가능할 정도입니다.”

실제 무 과장의 영어 실력은 겨우 인사말 할 정도지만 일단은 허풍을 쳐보았다.

“일본어는 어떻습니까? 잘하십니까?”

“예? 일, 일본어는……. 전, 전혀 못합니다. 그냥 인사말 정도만…….”

무 과장은 자신 없다는 듯이 기어들어가는 말로 대답했다.

‘젠장…… 결국 일본어 때문에…….’

그가 눈치를 보니 사장이 일본인 상무에게 일본어로 무슨 말을 하자 일본인 상무가 매우 실망하는 듯한 표정을 지었다.

“그럼 무 과장님은 일본 본사로의 출장이나 파견명령이 나면 언제든지 가실 수 있습니까?”

“네. 언제든지 갈 수 있습니다. 맡겨만 주시면 뭐든지 분골쇄신 최선을 다하겠습니다.”

사장은 또다시 일본인 상무와 뭐라고 속닥였고 그 이후 그나마 일본인 상무의 표정이 밝아졌다.

"일단 알겠습니다. 무 과장님. 그만 가보셔서 일하셔도 됩니다. 이번 면담결과와 자체 자료 정리 후 무과장님의 최적 업무를 알려드리겠습니다. 그리고 과장 이상 간부들은 저희가 지정한 병원에 가서 신체검사를 받도록 하십시오."

"네? 신체검사는 왜?"

"간부들이신 만큼 얼마나 건강한지를 알아야 하지 않겠습니까?"

"네. 알겠습니다. 하여간 무엇을 주시든 최선을 다하겠습니다."

무 과장은 일어나 그들에게 꾸벅 인사를 하고 회의실을 나섰다. 그가 문을 열고 나가자 사장과 일본인 상무는 일본어로 뭐라고 이야기했다. 아마 그에 대한 평가를 하는 듯했다. 그의 등은 흘러내린 땀으로 흥건히 젖었다. 그는 자리에 돌아와 고개를 숙이고 머리를 감싸 안았다.

"과장님. 면담은 어떠셨습니까?"

김 대리가 조심스럽게 와서 그에게 물었다.

"에휴……. 나 완전 망한 거 같다."

"왜요?"

"전에 면담한 다른 사람들 이야기 듣고 준비한 말들이 있었는데 하나도 못했어."

"에구……. 과장님의 장점인 기술 이야기 해보셨어요?"

"기술 이야기는 좀 하려고 했는데 그 새로 온 사장이란 사람이 다 짤라 버리더라."

"저런……. 그리고요?"

"그러고는 외국어 얼마나 하냐고 묻기에 영어 잘한다고 거짓말했지."

"그건 잘 하셨어요."

"그런데 일본어 잘하냐고 묻더라고. 그래서 내가 전혀 못한다고 했어. 젠장."

"그냥 잘한다고 뻥 치시지 그러셨어요?"

"야. 거기 일본 놈이 떡하니 앉아있는데 일본어 잘한다고 뻥쳤다가 그놈이 말 걸면 어떡하려고? 그래서 그냥 못한다고 이실직고했지. 그랬더니 그 일본 놈 얼굴이 아주 그냥 뭉개지는 거야."

"진짜요? 일본어 못한다고 하니까?"

"그래. 새 사장이 귓속말로 계속 일본 놈에게 보고를 하더라고. 한국사람이 일본어 못하는 게 당연하지, 그걸 가지고 무슨 큰 죄를 지은 사람 보듯이 하더라구. 젠장."

"맞습니다. 일본 놈이 한국 와서 사업하려면 걔들이 한국말을 배워야지, 왜 우리가 일본어를 해야 하냐구요."

"에구……그러고는 일본 출장이나 파견명령이 나면 가겠냐고 묻더군. 그래서 난 갈 수 있다고 했지. 못 갈 이유도 없잖아. 보내주지도 않을 거면서 괜히 묻기는."

"그러게요. 어쨌든 면담 갔다 온 분들 표정이 다들 똑같군요."

"그러게. 나라 잃은 백성이 이런 느낌일거다. 에휴. 목구멍이 포도청이지. 식구들만 아니면 당장 이놈의 회사 때려치우는 건데."

"과장님. 참으세요. 그래도 살아남는 게 중요하잖습니까? 그래서 언제 인사발표를 한대요?"

"몰라. 인사팀 이 과장 말로는 금방 날 수도 있고 좀 걸릴 수도 있다는데……. 최소 일주일은 걸린다더군. 기다려 봐야지."

무 과장은 속이 타서 컵에 있는 물을 원샷으로 마셨다.

며칠은 별 다른 소식 없이 지나갔다. 들리는 이야기로는 관리자급 중 최소 30%에 대해 대기발령을 내린다고 했다. 대기발령을 받은 사람은 퇴직금에다가 1년 치 연봉을 얹어주는 대신 나가라는 조건이 있다는 소문도 돌았다. 그래서 과장급 이상은 삼삼오오 모여 누가 대기 발령 명단에 들어갈 것인지에 대해 이야기하며 자신들의 미래에 대해 걱정했다. 그리고 면담이 있은 지 대략 2주 후 인사명령이 떴다. 게시판에 인사명령이 떴다는 말에 거의 모든 사람들이 우르르 몰려갔다. 무 과장은 차마 게시판까지 가서 볼 용기가 안 나서 그냥 자리에 앉아서 떨리는 마음으로 기다렸다. 그때 김 대리가 헐레벌떡 뛰어와서 외쳤다.

"과장님. 과장님 이름이 인사게시판에 있습니다."

그는 큰 충격을 받고 멍하니 있었다.

"그…… 그래? 결국…… 젠장……."

그는 애써 침착해 보이려고 노력했지만 그의 얼굴은 실망감과 실직에 대한 공포로 일그러졌다.

"과장님. 인사 게시판에 과장님께서 부장이 된다고 되어 있습니다."

"응? 그…… 그게 무슨?"

무 과장은 김 대리의 말을 이해하지 못했다.

"거기다가 과장님을 기술지원본부장으로 한다고 떴습니다."

"응? 기술지원본부장?"

기술지원본부장이라면 사실 중역이 맡거나 중역 진급 직전의 고참 부장이 맡는 자리로 엄청나게 힘세고 높은 자리였다. 그런 자리에 만년 과장인 자기를 앉히다니……. 그는 김 대리의 말을 도저히 믿을 수가 없었다. 그런데 김 대리 뒤로 오는 사람들이 모두 그에게 달려와 축하 인사를 하였다. 그는 너무나 의아한 생각에 게시판으로 달려갔다. 하지만 거기에는 그의 이름이 있었고 부장진급에 본부장 발령 내용이 그대로 있었다. 부장도 3년차로 진급 시킨다는 것이었다.

"과장님. 부장 3년차면 곧 중역으로 진급시키겠다는 의미 같은데요. 이야. 드디어 과장님, 아니 부장님의 진면목을 회사가 알아봐주는 것 같습니다."

김 대리는 자기 일인 양 더 흥분해서 말했다.

"아……진짜네. 이게 뭐지? 나 같은 사람에게 이런 일이 생기다니……."

"부장님. 축하드립니다. 역시 부장님은 대단하시다니까요."

옆에 보니 신입이 활짝 웃으며 그에게 말했다.

"부장님. 저 김 대리를 잊으시면 안 됩니다. 나중에 중역되고 사장님 되시면 저 좀 끌어주세요."

"허허…… 이 사람 참……. 알았어. 내가 김 대리 모르면 누가 알겠어."

"저두요. 부장님. 부장님의 호위천사 이성기도 잊지 마십시오."

"그래. 자넨 나의 생명의 은인인데, 어떻게 잊겠어?"

"진짜입니다. 부장님."

무 과장은 퇴근 후 진급 축하 회식을 거하게 산 뒤 늦은 시간 집에 들어갔다. 그는 자는 아내를 깨워 그의 진급 소식을 알렸다.

"진짜야? 당신이 진짜 부장이 된 거야?"

"그래. 이 사람이 왜 내 말을 못 믿어? 자 보라구."

그는 아내가 못 믿을까 봐 인사 게시판을 찍은 사진을 보여줬다.

"어머 진짜네. 아니 이게 어떻게 된 거야? 일본 애들에게 회사가 넘어가 파리 목숨이 되었다고 한숨 푹푹 쉬더니."

"그러니까. 그 쪽발이 놈들이 내 진짜 실력을 알아본 거지. 안 그러면 한꺼번에 3단계를 진급시켜주겠어? 거기다 부장 3년차에 본부장까지라고. 본부장이면 거의 임원급이라 올 연말에 잘하면 중역이 될수도 있다고. 본부장은 판공비가 얼마나 많이 나오는 줄 알아? 한 달에 백만 원이나 나와.”

그는 간만에 아내 앞에서 허세를 최대한 부렸다.

“여보. 당신 이제 좀 피러나 보내요. 올 초에 점을 보니 당신 운수에 남쪽에서 귀인이 온다고 하더니 그게 일본사람이었나 보네요.”

“뭐. 쪽발이가 고맙긴 하네. 허허.”

“당신도 이제 그 쪽발이란 말 쓰지 말아요. 곧 중역이 될 사람이 회사 주인을 그렇게 부르면 안 되잖아요?”

“흠…… 그런가? 그럼 그냥 일본사람이라고 해야지 뭐. 허허허.”

“이제 좀 살 것 같네요. 당신 월급도 오르고 하면 내년쯤에는 무리해서 집을 살 수도 있겠어요.”

“뭐. 중역 되면 못할 것도 없지.”

그날 부부는 간만에 뜨거운 사랑을 나눴다. 그의 아내가 갑자기 적극적으로 되어 그와의 관계를 가지게 되었다. 역시 집에서 남자가 사랑받는 길은 밖에서의 성공이라는 것을 그는 새삼 깨달았다.

다음 날 그가 출근하니 모든 게 달라졌다. 그를 위해 창가 쪽 넓은 자리가 마련되었고 모두 그를 경외하는 눈빛으로 바라보았다. 과거그의 윗사람이었지만 이제 그와 비슷하거나 그보다 낮아진 사람들은 그의 눈치를 보았다. 그가 일본 쪽에 엄청난 끈이 있어서 이런 승진을하게 되었고, 심지어는 이번 인수도 그가 주도했다는 소문까지 퍼졌다. 순식간에 그는 회사의 최고 실세로 떠올랐다. 그는 갑작스럽게 찾아온 행운을 느낄 사이도 없이 새롭게 맞게 된 일을 파악하느라 정신없이 지냈다. 늦은 오후가 되어 갑자기 사장실에서 그를 호출했다. 그는 또 무슨 말이 나올지 몰라 긴장한 채로 사장실로 들어섰다.

"아. 무 부장님. 어서 오세요. 이리 앉으시죠."

그 전에 본 사장의 모습이나 행동과 매우 달라 보였다. 왠지 그에게 좀 더 친절하게 대하는 것 같았다.

'허기야 이제 내가 일개 과장이 아니고 부장이자 본부장이니 그렇겠지.'

그는 행복한 생각을 하며 소파에 앉았다. 곧 그에게 사장 비서가 커피를 서빙해 주었다.

"무 부장님. 업무 파악은 잘되고 계십니까?"

"네. 사장님. 갑자기 맡아서 얼떨떨하지만, 믿고 맡기신 만큼 실망시켜드리지 않겠습니다."

"저나 본사에서는 부장님께 거는 기대가 큽니다. 잘해주시기 바랍니다."

"네? 네. 알겠습니다."

'이거 기대가 크다니 영 부담 되네……'

그는 갑작스러운 사장의 칭찬에 급격하게 위축되는 것을 느끼며 커피를 마셨다.

"그건 그렇고 무 부장님께서 일본 본사에 출장을 좀 갔다 오셔야 할 것 같습니다."

"네? 일본 출장이요?"

"일본 본사에 일이 좀 있는데 무 부장님께서 가서 해결해주셨으면 합니다."

"하…… 하지만 제가 일본어도 잘 못하는데…….."

"그건 저희가 알아서 할 테니 부장님께서는 회사에서 스케줄 잡아주는 대로 가시면 됩니다. 비행기표도 준비할 거고 도쿄 내 숙소도 최고급 호텔로 마련해 드릴 겁니다."

"그럼. 제가 가서 해야 할 일은 무엇입니까?"

"그건 가서 본사 사람을 만나보시면 알게 될 겁니다."

"제가 출장 전에 여기서 준비해야 할 것은 별도로 없습니까?"

"부장님은 아무런 준비 없이 가시면 됩니다. 아. 그리고 이번 출장 건이 잘되면 일본으로 장기파견을 가실 수도 있습니다."

"네? 파견이요? 얼마나?"

"일단 기본은 2년이고 상황에 따라 1년 더 연장될 수도 있습니다."

"파견 기간 동안 여기 일은 어떡합니까?"

"본부장은 파견을 가서도 겸하게 될 겁니다. 영상회의나 메일로 여기 일을 처리하시면 되고 2주에 한 번 서울로 출장 와서 나머지 일을 처리해도 됩니다. 파견을 나가면 본사 규정에 따라 각종 지원이 따라 붙게 됩니다. 주거지원이나 부양가족에 대한 지원, 자녀학자금 지원 등이 나갈 겁니다. 그러니 이번 출장 가서 잘 하시기 바랍니다."

"네. 일단 알겠습니다."

그가 일본 본사로 출장 간다는 것과 파견 간다는 소문도 순식간에 회사 내에 퍼졌다.

"과장님. 아니 부장님. 일본에 가시게 되었다면서요?"

김 대리가 무 부장에게 쪼르르 와서 조용히 물었다.

"어……. 그렇게 됐어. 나도 영 갑작스러워서 원."

"가서 하실 일이 뭔데요?"

"그게 나도 몰라. 사장이 이야기를 안 해줬어."

"출장 전에 준비를 해야 할 거 아닙니까?"

"나도 그렇게 물었는데 진짜 준비하지 말래. 뭐 이런 경우가 있는지."

"그럼 출장 후에 파견 나간다는 것도 사실이에요?"

"응. 그렇긴 한데 그건 가능성이 없어 보여. 내가 일본어 한마디도 못하는데 파견이 되겠냐? 그냥 하는 이야기겠지."

"아니던데요? 제가 총무 쪽에 물어보니까, 사장이 벌써 부장님 파견 준비를 하라고 했대요."

"정말? 이거 뭐 어떻게 돌아가는 거지?"

"다들 파견 후에는 부장님이 여기 사장되는 거 아니냐고 난리입니다. 인수 후 본사로 파견 나가는 경우가 다른 데도 거의 없다고 하더라구요. 진짜 실력을 인정받은 사람만 파견 나갈 수 있다고 하던데요."

"그러게…… 그래서 나도 사실 얼떨떨하다. 나를 뭐 믿고 그러는 건지."

"아니 도대체 면담 때 어떻게 하셨기에 일본 애들이 부장님한테 이 난리죠? 부장님 그 비결 좀 저에게도 알려주세요."

"몰라 나도. 진짜 몰라. 이거 갑작스럽게 행운이 한꺼번에 오는 것 같아 정신을 못 차리겠다. 진급에, 출장에, 파견까지. 얼떨떨하다. 이래도 되나 싶을 정도로……."

"그런데 이번에 이성기가 대리 진급한다는 소문도 돌던데, 사실입니까?"

"어? 김 대리는 그거 어디서 들었어? 난 아까 인사부장이 나한테 말하고 갔어. 사장이 지시했다더군. 그래서 내 비서 비슷하게 일을 시키라고 하더라구. 나야 이성기 씨가 내 옆에 있으면 든든하고 좋지."

"아무리 그래도 이제 갓 신입을 대리로 진급시키다니."

"김 대리, 좀만 기다려봐. 내가 김 대리도 추천할게. 누가 알아? 내 다음으로 김 대리가 일본 파견 나갈지? 그러니 일본어 공부나 열심히 해. 그전에 결혼도 하고."

"네. 알겠습니다. 부장님. 전 부장님만 믿겠습니다. 그나저나 해외 출장은 이번이 처음이신 거 맞죠? 제가 기억하기로는 부장님께서 해외출장은 한 번도 안 가셨던 거 같은데……."

"응. 맞아. 해외 출장은 고사하고 해외에 나가는 것도 이번이 처음이다."

"보통 신혼여행은 해외로 가지 않나요?"

"내가 결혼했을 때는 꼭 해외로 신혼여행 가던 시기도 아니었고, 우리 아버지가 신혼여행을 해외로 가는 건 절대 안 된다고 하도 고집을 피워서 못나갔지. 내가 결혼할 때 우리 마누라한테 두 가지 약점을 잡혔는데, 하나가 거제도에서 결혼한 거고, 나머지가 제주도로 신혼여행 간 거야."

"그럼 여권도 없겠네요."

"지금까지는 필요가 없었지. 회사에서 포상으로 가는 기회도 있었는데 그때마다 이상하게 일이 생겨서 못 갔었어. 내 형편에 개인적으로 해외여행 가는 건 꿈도 못 꾸었고. 그래서 여권을 만들 기회가 없었다. 이번에는 진짜 만들게 되나 보다. 오늘 오후에 여권 사진 찍으러 갈려고."

"형수님께는 이야기하셨어요?"

"마누라한테는 아직 이야기하지 못했다. 나중에 퇴근하고 해야지."

"네. 알겠습니다. 하여간 잘되면 저 꼭 끌어주시는 겁니다."

"알았다니까."

무 부장은 기분 좋게 대답을 하고 김 대리를 보낸 다음 일본 본사에 관해서 인터넷에 찾아보았다. 일본 본사 홈페이지는 온통 일본어로 되어 있었다. 웬만한 회사에는 흔한 영어 홈페이지도 없었다.

'뭐야? 나름 글로벌 기업이라더니 영어 홈페이지도 없어?'

그는 의아해 하며 이성기를 불렀다.

"성기 씨. 우리 회사 일본 본사 홈페이지에 영어버전이 없네?"

"아…… 그런가요? 저도 잘 몰라서……."

무 부장은 성기 씨에게 자리를 양보하고 일본 본사의 영어 홈페이지를 찾게 했다.

"부장님 말씀대로 영어로 된 홈페이지는 없습니다."

"그래? 그럼 어쩐다?"

"제가 일본어 홈페이지를 번역해 드릴까요?"

"그래 줄래? 다음 주에는 출장을 가야 하는데 본사에 대해서 아는 게 있어야지."

"그럼 제가 내일까지 일본어 홈페이지를 번역해 드리겠습니다."

"개인적인 것을 시켜서 미안해."

"아닙니다. 이거는 공적인 일인데요 뭐. 그리고 저 대리 진급시켜주시는 것도 고맙구요."

"그건 내가 한 게 아닌데……."

무 부장은 멋쩍은지 뒷머리를 긁적였다.

"부장님이 진급하시고 잘나가니까 제가 진급한 거지, 아니면 제가 진급을 꿈에나 꾸겠습니까? 그러니까 부장님께서 진급시키신 거죠."

"이야기가 그렇게 되나? 하여간 고마워. 너무 급하게 하지 말고 내일 퇴근 전까지만 해줘. 언뜻 봐도 양이 꽤 되는 것 같던데."

"네. 알겠습니다."

무 부장은 대강의 일을 정리하고 집으로 퇴근했다. 그는 퇴근길에 치킨 한 마리를 사서 신나게 흔들면서 집으로 갔다.

"어머. 오늘 좀 늦을 거라더니 일찍 왔네요."

그의 아내가 반갑게 웃으며 그를 맞이했다.

"새로 맡은 일들이 많아서 늦게까지 있으려고 했는데 부장이 자리를 늦게까지 지키면 밑에 사람들이 퇴근을 못한다고 김 대리가 귀띔을 해주더라고. 그래서 일은 내일로 미루고 들어왔지."

"호호호. 윗사람이 그래서 힘들어요. 애들아. 아빠가 치킨 사 왔다."

아이들은 신나하며 치킨을 맛있게 먹었다. 치킨을 먹으면서 무 부장은 아내와 애들에게 일본 출장 건과 파견에 대해서 이야기했다.

"그럼 당신이 언제 일본으로 출장 가는데요?"

"다음 주중에는 갈 거야. 그리고 대략 한 달간 일본에 있을 거고."

"아니 당신은 일본어도 못하는데 어쩔려구요?"

"그건 회사에서 알아서 한데. 아마 통역을 구해 줄 건가봐."

"네……. 그러면 당신 처음으로 해외 나가는 거 아니에요?"

"그렇지. 여권도 만들어야 하고 할 게 많아."

"근데 파견 이야기는 뭐예요?"

"말 그대로 일본 본사에 장기 파견 가는 거야. 짧으면 2년 길면 3년."

"출장 갔다 와서요?"

"응. 근데 파견은 어찌 될지 몰라. 출장 가봐야 알지."

"아빠. 그럼 우리도 해외에서 생활하는 거야?"

큰 딸인 미영이 호기심 가득한 눈으로 그에게 물었다.

"그렇지. 아마 가게 되면 너희들은 일본에 있는 외국인 학교에 다니게 될 거야."

"아빠. 나 갈래. 외국인 학교서는 공부만 하라고 하지 않고 놀면서 영어공부도 한대."

"그래? 넌 어디서 들었냐?"

"우리 반에 새로 전학 온 애가 있는데……."

"아. 1등 한다는 개? 석규인가 하는 애 말이지?"

"응. 엄마. 개가 말레이시아에서 4년을 살았는데, 거기서 외국인 학교 다니면서 영어도 배우고 중국어도 배우고, 악기도 배운다고 장난 아니게 자랑 했거든."

"여보. 이번에 잘되어서 꼭 일본 갔으면 좋겠어요. 다들 외국으로 애들을 못 보내서 난리인데 이런 기회가 어디 있어요?"

"그런가? 파견가면 애들 학비도 회사서 지원이 나온다고는 하더라구."

"그러니까 다들 해외파견 나가려고 난리잖아요. 그전에는 회사가 콩알만 해서 안 되었지만 이제는 일본에서도 잘나가는 글로벌 회사이니 가능하잖아요."

"그렇긴 하지…… 알았어. 내가 어떡하든 일본에 파견 나가게 해볼게. 사장한테 잘 말하면 될 거야. 대신 미영이 너는 일본 가면 일본어도 영어도 열심히 해야 돼. 알았지?"

"이야. 아빠 만세. 이야 신난다. 애들한테 자랑해야지."

딸은 벌떡 일어나 그에게 안기며 볼에 뽀뽀까지 해주었다. 그런데 아들은 표정은 별로 밝지 않았다.

"덕인아. 너는 별로 기쁘지 않나봐."

"아 뭐…… 외국으로 가는 건 좋은데……."

"근데 뭐가 문제야?"

"그냥 일본이 싫어서……."

그는 아들의 말에 저어기 놀랐다.

"왜 일본이 싫어?"

"그냥 아빠가 맨날 일본 욕했잖아. 나쁜 놈들이라고."

"흠흠…… 그렇긴 그렇지."

"그런 나쁜 놈들의 나라에 간다는 게 별로 기분이 안 좋아서."

아들의 말에 그는 멍해지는 것을 느꼈다. 일본이라면 이를 갈던 그가 일본인들이 주는 혜택에 어느새 헤벌레했다는 생각이 들었다.

"너는 아빠가 고생해서 자식들 공부시켜주겠다는데 헛소리야. 너가 지금 가면 영어나 외국어 배우기에 얼마나 좋은지 알아? 쉰 소리 하지 말고 치킨 다 먹었으면 이빨 닦고 자."

그의 아내가 화를 버럭 내자 아들은 자기가 무슨 잘못을 했는지 모르겠다는 표정을 짓더니 일어나 방으로 들어갔다. 그날 밤 침대에서 아내는 파견에 대해 계속 이야기했다.

"여보. 한 3년 일본에 나가있으면 일본에서 집도 구해 주죠?"

"그렇겠지. 일본에 살 수 있게 방도 구해 주지. 일본이라 그리 큰 게 아니겠지만."

"그럼 우리 파견 나가면 전세 끼고 집 하나 삽시다."

"응? 집?"

"네. 지금 우리 집 전세 빼고, 전세 끼고 새로 집을 사면 30평대 아파트는 살 수 있지 않을까요?"

"그런가?"

"강남까지는 아니더라도 우리 동네에 30평 아파트는 전세 끼고 살 수 있어요."

"그러면 좋지. 일본에서 돌아와서 거기로 들어가면 되니까."

"파견 나가면 월급도 많이 줄 거 아니에요."

"그렇겠지. 일본 물가 생각하면 여기보다는 훨씬 더 받을 거야."

"그거 좀 아끼고 하면 돌아와서 빚 없이 산 집으로 들어갈 수도 있겠다. 여보 이 기회를 꼭 잡아야 해요. 알았죠?"

"응? 응……. 알았어."

그는 아내가 파견에 대해 너무 설레발을 치는 게 너무나 불안했다.

'이거 파견 이야기는 괜히 했나? 미영이도 그렇고 마누라도 그렇고 기대만 높아지네. 어쩌지? 내일 사장에게 좀 알아봐야겠다. 안 될 거 같으면 미리 기대치를 낮추어야지.'

그는 일이 엉뚱하게 튈까 봐 걱정하며 잠에 들었다.

그러나 다음 날 그가 사장과 면담해 보니 그의 걱정은 기우로 판명되었다. 이미 그의 파견은 거의 확정적이었다. 그가 가겠다고만 하면 일본으로 파견 가는 것이었다. 그는 아내에게 전화해서 그 소식을 알렸고 아내는 매우 기뻐했다. 그날 저녁 사무실에서 막 퇴근하려는 그에게 휴대전화로 연락이 왔는데 번호를 보니 고향집이었다.

"어머니세요?"

"어. 그래. 나다. 어데고?"

"사무실입니다. 웬일이세요? 휴대전화로는 전화 잘 안 하시더니."

"니 일본에 출장 간다메."

"네. 다음 주에 출장 갑니더. 누구한테 들으셨는데예."

"아까 애딜 애미한테 전화했더니 니가 출장 간다 해쌌데."

"네. 맞습니더. 출장 갑니더."

"얼마나 있는데?"

"한 한 달 정도 있을 겁니더."

"한 달이나?"

"네. 와 그라시는데예."

"안 가몬 안 되나? 니가 꼭 가야 하는 출장이가?"

"네? 그기 무신 말씀인지?"

"다른 사람이 가면 안 되는 기냐 말이다."

"새로 온 사장이 제가 꼭 가야 한다고 해서 다른 사람이 갈 수 있는 게 아닌데예. 와 그라십니꺼?"

"너그 회사가 일본 아덜한테 넘어갔다 했제?"

"네. 그게 우째서예?"

"음……. 진짜 안 가몬 안 되나?"

"어무이. 이번에 출장 가는 기 얼마나 중요한지 아십니꺼. 이번에 잘만 갔다 오면 장기 파견도 갈 수 있고, 장기 파견 갔다 오면 회사서 출세하는 건 문제도 아닌기라예. 이리 좋은 기회를 우찌 놓치겠습니꺼. 다들 가고 싶어서 난리라예."

"그렇나? 하지만 나는 안 갔으면 싶은데……."

"와예? 뭣 때문에……."

"그…… 그건……. 그냥 꿈이 안 좋아서. 내가 점을 보니 니는 외국 나가면 절대 안 된다고 하더라고."

"난 또 뭐라고. 어무이 그런 미신은 믿지 마이소. 어무이 하는 말씀은 웬만하면 다 들을 낀데예. 이번엔 어쩔 수 없습니더. 이 기회를 놓치면 진짜 후회할 끼라예."

"그렇나? 그러면 출장만 가고 파견은 안 가몬 안 되겠나? 진짜 꿈이 뒤숭숭해서……."

"파견은 갈지 안 갈지도 몰라예. 파견은 나중에 이야기하입시더."

"알았다…… 그라몬…… 몸 성히 잘 다녀온나……."

어머니는 기어들어가는 목소리로 겨우 말을 하고는 전화를 끊었다.

"참나…… 노친네하고는……."

그는 똥 씹은 표정을 하고 전화기를 쳐다보았다.

"부장님. 누가 출장 가지 말래요?"

어느새 김 대리가 와서 그의 눈치를 보면서 물었다.

"응. 시골에 계신 어머니가 출장 가지 말라고 하시네."

"왜요?"

"어머니 말씀이 그냥 꿈이 안 좋다나 뭐라나…… 원래 노친네들이 하는 말이 있잖아."

"뭔가 다른 이유가 있겠죠?"

"원래 이런 말 안 하시던 분이 그러네. 점을 보니 내가 외국에 나가면 안 된다고 했다나…… 참 나, 누가 그런 말을 믿어?"

"그래도 부장님 어머니께서 하신 말인데 좀 생각해봐야 하지 않겠습니까?"

"뭐? 뭘 생각해? 그런 이상한 말을 듣고 이 좋은 기회를 날리라고?"

"그게 아니고 좀 생각해서 출장을 미룬다거나……."

"무슨 소리야? 야. 김 대리. 너 요즘 자꾸 나한테 기어오르는 것 같다."

"네? 무슨……."

"부장 말이 우스워? 내가 아직 만년 과장으로 보여? 대리 주제에 어디 부장 이야기하는데 자꾸 끼어들어? 너 어제 내가 시킨 일은 다 했어?"

"네? 그…… 그게 좀 더 시간을……."

"그 간단한 걸 시간을 더 달래? 오늘 늦게까지 해서라도 다 해놓고 가. 내일 아침 내가 출근하면 볼 수 있게. 알았지?"

"네……."

김 대리는 어깨를 축 처진 채로 자기 자리로 돌아갔다. 그는 김 대리에게 버럭 화낸 것이 영 마음에 걸렸다. 예전에는 친한 형 동생처럼 지냈는데 이제는 그럴 수 없었다. 이제 그는 부장으로 부서원들의 기강도 잡아야 했다. 김 대리나 이성기 대리하고 친하게 지내게 되면 다른 부서원들이 그들을 질투하기 때문이었다. 어머니가 출장을 가지 말라고 해서 영 기분이 찜찜했는데 김 대리까지 나서니 기분이 완전히 나빠진 것도 있었다. 왠지 그의 출세와 성공을 남들이 시기하는 것 같다는 생각도 들었다. 어찌 되었건 시간은 지나갔고 그는 계속 출장 준비에 정신이 없었다.

출장 가기 이틀 전 그는 늦은 시간까지 사무실에서 일을 하고 있었다. 팀원들을 생각해 일찍 퇴근하려고 했지만 출장이 코앞에 닥치니 어쩔 수 없이 늦게까지 사무실에서 일하게 되었다. 대신 부서원들이 자기 눈치 보고 퇴근을 못할 것 같아 그는 부서원들을 강제로 일찍 퇴근시키고 혼자 남아 일하고 있었다. 그때 김 대리가 환한 표정을 짓더니 사무실로 들어왔다.

"부장님. 아직 퇴근 안하셨네요?"

"어? 김 대리. 웬일이야? 아까 퇴근한 거 아니었어?"

"네. 퇴근해서 사람들이랑 저녁 먹고 집에 가려다가 사무실에 불이 켜 있는 거 보고 올라왔습니다. 부장님 퇴근 안 하세요?"

"어……. 해야지. 근데 일이 좀 많네."

"출장 준비하는 거 때문에 그러시죠? 사장은 준비할 거 없다고 했다면서요. 그 이후로도 별도 지시한 거는 없다고 들었습니다만."

"뭐. 그래도 어디 그런가? 그래도 본사 가서 이야기할 거는 챙겨야지. 내가 가진 기술이라든가 또는 앞으로 확보해야 할 기술에 대한 거라든가. 하여간 그냥 갈 수는 없으니까."

"그렇군요. 이성기 대리는 어디 갔나요?"

"어? 이 대리? 내가 심부름 좀 보냈어."

"네. 이번에 이 대리도 출장 같이 간다면서요?"

"응? 응. 이 대리가 가면 나야 좋지. 이 대리가 일본어도 잘하고 일본에 대해서도 잘 알더라구. 회사에서 알아서 해준다는 게 이 대리를 붙여서 출장 보낸다는 거였어."

"네……. 그렇군요."

"난 사실 김 대리 너를 추천했는데…… 아무래도 회사에서는 이 대리가 믿을만한가 봐."

"그렇겠죠. 뭐……."

"김 대리. 내가 저번에 뭐라 한 거하고 이 대리가 일본 가는 것 때문에 나한테 많이 서운하지?"

"네? 뭐? 아…… 아닙니다. 난 또 뭐라고……. 저 다 이해합니다. 부장님으로서는 어쩔 수 없는 선택이라는 것도 잘 이해합니다."

"그래. 너도 알겠지만 이 자리가 쉽지가 않네. 보는 눈도 많고 해야 할 것도 많고……. 위로 올라갔지만 내 마음대로 할 수 있는 건 제한적이고……. 하여간 이번에 출장 갔다 와서 너는 내가 직접 챙길 테니, 너무 걱정하지 말고 좀만 기다려."

"네. 알겠습니다. 그런데 다른 준비는 다 되셨어요?"

"다른 준비는 다 되었는데…… 여권이 아직 안 나왔다."

무 부장은 다시 PC를 보기 위해 의자를 돌리면서 말했다.

"여권이요? 그거 금방 나오지 않나요?"

"그러게……. 일주일이면 된다더니 아직 깜깜 무소식이야. 내일까지 안 나오면 그때는 출장을 미뤄야 하는데 미치겠다."

"왜 안 나오는지 물어보셨어요?"

김 대리는 다른 것을 찾는 척하면서 무 부장 의자 뒤로 다가갔다.

"물어봤는데, 이유를 말 안 해주더라고……. 공무원들 하는 일이 왜 그 따위지. 원."

"전…… 알 것 같은데……."

"응? 알 것 같다고? 뭐······."

무 부장이 김 대리를 돌아보려고 하는 순간 김 대리는 무 부장의 목을 가는 철사끈으로 묶어 확 끌어 당겼다.

"당신은······ 일본에 가면 안 되니까······."

"윽······ 윽······."

무 부장은 아무런 소리도 못 내고 몸부림만 쳤다. 하지만 그럴수록 김 대리는 더욱더 세게 그의 목을 졸랐다.

"무 부장님. 금방 끝납니다. 괜한 힘 빼지 마세요."

김 대리는 팔에 힘껏 힘을 주면서도 여유 있게 말했다. 얼마 안 가 무 부장의 얼굴은 파래졌고 조금만 있으면 그의 숨이 넘어갈 듯했다. 그때 누군가가 김 대리의 옆구리를 힘껏 찼다. 급습을 당한 김 대리는 옆으로 자빠졌고 무 부장의 목을 잡고 있던 끈을 놓치고 말았다.

"쿨럭······ 쿨럭."

무 부장은 겨우 숨을 쉴 수 있었다. 김 대리를 찼던 이성기 대리는 무 부장의 상태를 살폈다.

"부장님. 괜찮으십니까?"

"으······ 김······ 김······."

무 부장은 제대로 말도 못하고 가쁜 숨만 몰아쉬었다. 그때 김 대리가 일어나 이성기 대리에게 주먹을 날리며 공격했다. 이 대리는 김 대리의 공격을 막으며 김 대리의 다리를 걸어 쓰러뜨렸다. 그리고 이 대리는 품에서 총을 꺼내 김 대리를 향해 쏘았다.

"탕."

총알은 가까스로 김 대리를 빗나갔고 김 대리는 이 대리가 총을 쏜 것에 잠시 놀라더니 재빨리 사무실 밖 계단으로 도망쳤다. 거기에는 김 대리를 기다리는 두 명이 있었다.

"어떻게 된 거야? 총소리까지 나던데."

기다리던 사내는 김 대리에게 급하게 물었다.

"가드가 있었어."

"가드?"

"어쩐지 이 대리 그 새끼가 가드 같더라니……."

"조용히 끝낸다더니 이게 뭐야? 가드가 총까지 가지고 있는 거야?"

"조용히 끝내기는 틀렸다. 플랜 B로 간다. 무조건 타깃을 사살하고 보는 거야."

"자. 여기 총. 그리고 총소리가 났으니 경찰이 10분이면 도착할거야. 그전에 끝내야 돼."

"청소팀은 준비되어 있지?"

"그건 걱정 말고 빨리 제거하기나 하라구."

"수류탄은 몇 개 있어?"

"3개 있어. 쓰게?"

"정 안 되면 그거라도 써야지."

"오케이. 지금 들어간다."

우지 기관단총과 수류탄으로 무장한 셋은 김 대리의 안내에 따라 사무실로 다시금 진입했다. 그 시간 이 대리는 무 부장의 목과 가슴을 마사지 하면서 그가 빨리 회복되게 하고 있었다.

"부장님. 정신 차리십시오. 제발…… 제가 자리를 뜨는 게 아니었는데……."

이 대리가 계속 마사지를 하자 무 부장은 겨우 정신을 차렸다.

"으…… 이 대리…… 어찌 된 거야? 김 대리가……."

"부장님. 이야기는 나중에 하시고 빨리 움직여야 합니다. 킬러들이 아직 밖에 있습니다."

이 대리는 무 부장을 부축해 일으켜 세우더니 품에서 무전기 같은 것을 꺼냈다. 그러고는 무전기에다 대고 일본어로 무엇인가를 급하게 말했다. 무전기에서는 이 대리의 말에 대응하여 역시 일본어가 쏟아져 나왔다.

"으…… 무슨……."

"부장님, 일단 사장실로 가시죠."

"사장실? 그곳은 왜?"

이 대리가 무 부장의 말에 대꾸를 하기도 전에 그들에게 총알 세례가 쏟아졌다. 무장한 셋은 무 부장과 이 대리의 위치를 파악하고 둘을 향해 거침없이 우지 기관단총을 쏘아댔다. 이 대리는 무 부장을 몸으로 덮고 최대한 총알을 맞지 않게 했다. 잠깐 소강상태가 되자 이 대리는 몸을 일으켜 응대사격을 가했고 그 사격에 상대편 한 명이 맞고 쓰러졌다. 그러자 이내 나머지 둘이 사격을 개시했다. 이 대리가 총을 응사하면서 자기의 위치를 노출했기에 더욱더 위험한 상황에 빠지게 된 것이었다. 이 대리는 최대한 무 부장을 보호하면서 조금씩 사장실로 움직였다. 그러고는 자기의 윗옷을 찢더니 아주 얇게 되어 있는 방탄조끼를 벗어 무 부장에게 주었다. 무 부장은 어찌 된 영문인지도 모르고 이 대리가 주는 방탄조끼를 입었다.

"부장님. 무슨 한이 있더라도 살아남으셔야 합니다."

"응? 무슨……."

무 부장은 이 대리가 간절한 표정으로 자기를 쳐다보자, 어찌할 바를 몰랐다. 하지만 그로서는 일단 이 말도 안 되는 상황을 빨리 벗어나고 싶었다. 이 대리는 무 부장을 일으켜 세워 사장실로 뛸 준비를 시켰다. 그러고는 천장의 스프링쿨러를 총으로 맞춰 물이 사무실에 쏟아지게 했다. 김 대리 일행이 쏟아지는 물에 잠깐 멈칫하는 순간 무 부장과 이 대리는 사장실로 뛰어 들어갔다. 이 대리는 사장실의 문을 닫더니 사장 책상으로 뛰어갔다. 그리고 책상 첫 번째 서랍을 열더니 거기에 있는 빨간 버튼을 눌렀다. 그러자 책상 뒤 책장이 열렸다. 그러고는 무 부장을 거기로 밀어 넣었다.

"여긴 뭐야?"

무 부장은 두려움에 떨면서 작은 방을 돌아보며 이 대리에게 물었다.

"부장님을 위한 패닉룸입니다. 여기서 잠깐만 기다리십시오. 곧 저희 지원팀이 올 겁니다."

"응? 그게 무슨……."

"잠깐만 기다리십시오."

이 대리는 마지막 말을 남기더니 무 부장만 룸에 남겨두고 밖으로 나갔다. 이 대리가 나가자 곧 룸의 문은 닫혔고 잠깐 어두워졌다가 불이 들어왔다. 무 부장은 도대체 어떻게 돌아가는지 멍해하다가 차츰 주위를 둘러보았다. 그곳은 사방이 철로 되어 있었고 언뜻 보기에도 그 두께는 엄청나 보였다. 한쪽에는 조금만 침대가 있었고 그 옆에는 역시 조그만 냉장고가 있었다. 냉장고를 열어보니 물과 음료수, 간단한 음식들이 있었다. 그 전에 사장실에 들어온 적은 몇 번 있었지만 이런 시설이 있었는지는 꿈에도 몰랐었다. 그때 밖에서 쿵하고 엄청난 폭발 소리가 들렸다. 그리고 이어 총소리 같은 소리가 들렸다. 물론 아까 직접 듣던 소리와는 비교가 되지 않게 작게 들렸다. 한참의 시간이 지났지만 정확히 얼마나 시간이 지났는지 알 수가 없었다. 그는 침대에 앉아 어떻게 된 일인지를 생각하고 있었다.

'이…… 이게 어찌 된 거지? 김 대리는 왜 나를 죽이려 한 거지? 그리고 이 대리는 어떻게 이런 걸 알고 나를 여기로 피신시킨 거지? 그리고 아까 총 쏘던 사람들이 모두 김 대리와 같이 온 건가? 그럼 그 사람들은 왜 나를 죽이려 한 거지?

모든 게 혼란스러운 그때 갑자기 룸의 철문이 열리는 소리가 들렸다. 그는 흠칫 놀라서 벌떡 일어섰다. 문이 열리자 온몸이 피투성이인 이 대리가 뛰어 들어왔다.

"부장님. 다 끝났습니다. 빨리 여기를 떠야 합니다. 곧 경찰이 들이닥칠 겁니다."

"응? 그…… 그게 무슨 말이야? 이 대리 괜찮아?"

"네. 괜찮습니다. 좀 다치긴 했어도…… 이쪽으로 가시죠."

무 부장은 이 대리의 안내로 밖으로 나왔다. 사무실은 완전히 전쟁터 같았다. 멀쩡한 게 하나도 없어 보였다. 여기저기 총알 자국이었고 큰 폭발의 흔적도 보였다. 그리고 이 대리 외에 검은 옷을 입은 사람들이 여럿 보였다. 그들은 모두 기관총으로 무장하고 있었고 얼굴이 사나워 보였다.

"저 사람들은?"

무 부장은 그들을 보고 놀라 멈춰 섰다.

"부장님. 걱정하지 마십시오. 저희 지원팀 동지들입니다."

"지원팀? 동지?"

그때 지원팀 둘이 한 명을 질질 끌고 왔다. 무 부장이 끌려오는 사내를 보니 온몸이 망신창이가 된 김 대리였다. 팔다리에 무수한 총알 자국이 보였지만 아직 살아있는 것 같았다.

"김 대리? 아니 이게 무슨?"

무 부장은 깜짝 놀라 김 대리에게 다가가려 했다. 하지만 이 대리가 그를 막았다.

"부장님을 살해하려던 자 입니다. 빨리 해결하고 여기를 떠야 합니다."

이 대리는 품에서 총을 꺼내더니 김 대리를 겨눴다.

"김 대리님. 이렇게 끝나는군요."

"더러운 쪽발이 새끼들. 빨리 죽여라. 무 부장. 내가 널 죽이지 못한 게 천추의 한이 되는구나."

김 대리는 무 부장을 똑바로 쳐다보고 큰 소리를 쳤다. 김 대리의 말이 끝나자마자 이 대리는 그의 머리에 총을 쏘았고 김 대리는 그 자리에 쓰러지고 말았다. 무 부장은 쓰러진 김 대리를 멍하게 쳐다만 보았다. 김 대리를 쏜 이 대리는 일본어로 지원팀에게 무엇인가를 말하자 그들은 일사분란하게 무 부장을 이끌고 그 자리를 떴다. 무 부장은 그들에게 끌려가면서 쓰러진 김 대리를 끝까지 쳐다보았다. 무 부장 일행은 바로 엘리베이터를 타고 지하로 내려갔다. 거기에 대기하고 있던 큰 승합차에 무 부장은 태워졌다. 밖에서 보니 안이 하나도 보이지 않게 코팅이 되어 있었다. 무 부장이 탄 차가 출발하자 그 뒤를 따라 세 대가 출발하였다. 무 부장은 한참을 멍해 있다가 조금씩 정신을 차려보려고 노력했다. 그의 맞은편에는 이 대리가 앉았는데 그는 어딘가와 열심히 통화를 하고 있었다. 역시나 일본어로 해서 무슨 이야기를 하는지 도통 알 수가 없었지만 무 부장과 오늘 저녁에 있었던 것에 대한 이야기 같았다. 무 부장은 이 대리의 통화가 끝날 때까지 기다릴 수밖에 없었다. 그가 고개를 돌려서 뒤쪽을 보니 아까 지원팀이라고 했던 험상궂은 사람들이 앉아있었다. 그런데 그가 고개를 돌려 그들을 보자 그들은 황송하다는 듯 고개를 숙였다. 무 부장이 어쩌지 못하고 안절부절못하다가 이 대리의 통화가 끝나자 그에게 말을 걸었다.

"이 대리. 이게 도대체 어찌 된 거야? 도대체 무슨 일이기에 김 대리가 날 죽이려고 하고 이 대리가 김 대리를 죽인 거야? 무슨 일이냐고?"

"무 부장님. 정말 이유를 모르십니까?"

"내가 그걸 어찌 알아?"

무 부장이 모른다고 하자 이 대리는 한숨을 푹 쉬었다.

"그러시면 제가 할 이야기가 아닌 것 같습니다. 일단 안가로 가서 거기서 설명을 들으셔야 합니다."

"안가? 그게 뭐야?"

"일단 무 부장님은 지금 굉장히 위험한 상황이라는 것만 아시면 됩니다."

"위험한 상황? 왜? 내가 무슨 잘못을 했다고?"

"그것도 나중에 설명을 들으시면 됩니다. 일단은 부장님과 가족 분들의 안전이 우선입니다."

"가족들? 응? 내 가족들에게도 일이 생긴 거야?"

"사모님과 자제분들은 현재 모두 안전하게 피신한 상태입니다. 하지만 오늘은 위험하기 때문에 만나시지는 못합니다."

"왜? 가족들은 왜 일에 휩쓸린 거야? 내가 문제면 나만 문제지 왜 가족이 문제냐고?"

"그것도 설명을 들으시면 압니다."

"그건 모르겠고 당장 설명을 하거나 지금 당장 가족을 만나게 해 줘."

"지금은 안 됩니다. 아까도 말씀드렸듯이 부장님의 안전이 우선입니다."

"그건 모르겠다니까. 당장 내 가족을 만나게 해달란 말야."

무 부장이 흥분해서 소리를 치자 차 안의 모든 사람들이 깜짝 놀라 그를 쳐다보았다. 이 대리도 놀라더니 조용히 휴대전화를 꺼냈다. 이 대리는 휴대전화를 중앙에 오른쪽 엄지손가락을 갖다 대었다. 그러자 휴대전화는 활성화 되었고 이 대리는 휴대전화를 조작하여 전화를 걸었다. 그리고 휴대전화에 대고 일본어로 뭐라고 말했다.

"부장님. 사모님이십니다."

이 대리가 전화기를 건네주자 무 부장은 휴대전화를 뺏듯이 잡았다.

"여보? 나야. 미영 엄마."

"아이고. 여보. 지금 어디에요?"

그의 아내가 잔뜩 겁먹은 목소리로 대답했다.

"나도 어디인지 몰라. 여보 당신 괜찮아? 애들도 괜찮은 거야?"

"흑흑흑……. 예. 지금까지는 괜찮아요. 아까 저녁에 택배가 왔다고 나갔다가 갑자기 웬 검은 옷 입은 사람들이 우르르 몰려오더니 나하고 애들까지 다 잡아가는 거예요. 흑흑흑. 순식간에 납치를 당했는데 지금 눈이 가려져 있어서 어디인지는 몰라요. 애들은 목소리를 들으니 괜찮은 거 같은데 우리한테 왜 이러는지 모르겠어요. 여보."

아내가 울면서 말을 하자 그는 무서운 생각이 들어 이 대리를 쳐다보았다. 그러고는 휴대전화의 마이크를 가리고 말했다.

"아내와 애들을 납치했어? 이 사람들이 그런 거야? 왜?"

"어쩔 수 없었습니다. 부장님이 갑작스러운 공격을 당한 걸 알고 동지들이 매뉴얼대로 부장님 가족을 안전한 곳으로 대피시키기 위해 그런 겁니다."

"무슨 소리야? 마누라 말이 강제로 납치를 당했다는데……. 이거 완전히 범죄야. 왜들이래? 우리가 무슨 잘못을 했다고?"

무 부장이 흥분해서 이 대리에게 따지자 이 대리는 그에게서 휴대전화를 뺏어서 통화를 꺼버렸다.

"자. 이제 가족 분들이 안전하다는 것을 확인하셨죠? 그럼 안가로 바로 가겠습니다."

"지금 뭐하는 짓이야? 아직 통화가 안 끝났는데. 당장 전화기 줘.

빨리. 안 줘? 당장 달란 말야."

무 부장이 더욱 흥분해서 소란을 부리자 더 이상 안 되겠다는 듯 이 대리는 뒷좌석의 사내에게 눈짓을 했고 그 사내는 손수건을 무 부장의 입에 갖다 댔다. 무 부장은 이내 온몸에 힘이 빠졌고 축 늘어졌다.

"죄송합니다. 이렇게밖에 할 수 없는 저희를 용서해 주십시오. 폐하."

이 대리는 무 부장이 마취에 빠지자 품에서 금속탐지기를 꺼냈다. 그리고 무 부장의 팔에 갖다 대었다. 금속탐지기는 특정 장소에서 반응했고 이 대리는 무 부장의 그곳에 매직으로 표시를 하였다. 그러고는 이 대리는 수술용 장갑을 끼고 메스를 꺼내더니 표시한 곳을 쭉 그었다. 피가 쏟아져 나왔고 이 대리는 장갑을 낀 손을 집어넣어서 조그만 칩 같은 것을 꺼내었다. 그 칩은 다른 사내에게 넘겨졌고 그 사내는 칩을 들고 다른 차로 갈아탔다. 무 부장을 태운 차량은 조용히 시내를 벗어났고 칩을 든 사내는 반대 방향으로 향했다.

같은 시각. 대한민국 국정원은 발칵 뒤집어졌다. 보고를 기다리던 이상욱 국정원장은 특별실장의 보고를 받고 노발대발했다.

"이봐. 이제 어쩔 거야? 타깃을 놓치면 어떡해. 내가 제거하라고 했잖아. 제거. 당신 제거라는 말의 뜻을 몰라?"

"아…… 압니다."

"그런데 타깃을 놓쳐? 코앞에서? 우리 애들이 얼마나 당한거야?"

"갔던 셋은 다 당했습니다. 근처에 대기하던 청소팀은 전부 기절했구요."

"기절? 그게 뭔 말이야? 기절이라니."

"저들이 가스를 사용한 거 같습니다."

"가스? 걔들이 그런 것까지 한국에서 사용한 거야?"

"네……. 그렇게 보입니다."

"젠장. 그러게 왜 세 명만 보낸 거야? 팀원 전체를 다 보냈어야지."

"조용히 처리하라고 하셔서……. 죄송합니다. 김 대리가 자신하기도 했고."

"김 대리를 타깃 옆에 심은 게 몇 년인데 그걸 놓쳐. 젠장. 그래서 추적장치는?"

"지금 추적하고 있습니다만. 아무래도 타깃의 몸에서 제거된 거 같습니다."

"엉뚱한 곳으로 가고 있다? 이런 말이지."

"네. 그렇습니다. 지금 한강 한가운데 있는 것으로 확인되고 있습니다."

"뭐야. 그럼 그놈들이 그런 것까지 알고 있었다는 거야?"

"네, 그런 것 같습니다."

"이거 놈들이 보통 준비를 한 게 아니네. 가족들도 이미 다 튀었겠어."

"네. 가족을 감시하던 팀이 다 당한 후에 바로 사라졌습니다."

"거제는?"

"그놈들이 거제에는 별도로 팀을 보내지 않은 것 같습니다. 그래서 그의 어머니와 누나 가족은 모두 신병을 확보했습니다."

"젠장. 그들이라도 잘 감시해. 가만 우리 요원은 우리 쪽에 이거 보고 안 했지?"

"네."

"음……. 일단 거제 가족은 철저히 감시하고 전 요원들 비상 소집해. 필요하면 군, 경 모두 동원할 수 있게 하란 말야. 국가안보에 비상

상황이야. 지금 당장 대통령님께 보고해야겠다."

한 시간 후 국정원장과 특별실장은 대통령에게 보고하기 위해 마주 앉았다.

"국정원장님. 이게 도대체 어찌 된 겁니까? 이런 일이 안 일어나게 잘 관리하겠다고 하셨잖습니까?"

"죄송합니다. 뭐라고 드릴 말씀이……."

"그럼 지금 현재 타깃의 향방은 알 수 없다는 겁니까?"

"네. 그렇습니다."

특별실장이 기어들어가는 목소리로 대답했다. 그로서도 대통령의 면담은 처음이어서 긴장되었다.

"음……. 우리가 할 수 있는 건 타깃을 빨리 찾아서 제거하는 것밖에 없는 겁니까?"

"현재로서는 그 길밖에 없습니다. 그의 존재가 세상에 알려지거나 일본으로 가거나 하면 큰 사태가 벌어질 겁니다."

"그건 그렇군요. 일단 알겠습니다. 국정원에서는 최대한 빨리 그를 찾으십시오. 군이든 경찰이든 필요한 자원은 모두 이용해도 좋습니다. 다만 만일을 대비해서 저는 모르는 것으로 해 두십시오. 현재 국내 정치만으로도 저는 머리가 아픕니다."

"네. 알겠습니다. 최대한 빨리 처리하도록 하겠습니다. 그런데 미국에는 알려야 할지?"

"우리가 알려주지 않아도 그들도 알고 있지 않을까요?"

"그렇긴 할 겁니다. 하지만 공동대응을 해야 할 필요성이 있지 않겠습니까?"

"우리 땅에서 일어난 일입니다. 어떡하든 우리가 해결해야지요. 저들에게 넘어가면 일이 더 커집니다. 저들이 시작한 일이긴 하지만 우리가 저들에게 약점을 잡혀서는 안 됩니다."

"알겠습니다. 저희가 처리하도록 하겠습니다."

같은 시각. 필 존스 CIA 국장은 급히 백악관으로 들어갔다. 그러고는 자고 있는 대통령을 깨웠다. 웬만해서는 새벽에 일어나는 것을 싫어하는 대통령의 습관을 알지만 이번에는 그도 어쩔 수 없었다. 가운을 입은 매카시 대통령은 연신 하품을 하면서 머그컵에 커피를 담고 집무실로 들어왔다. 아직 그의 눈은 반쯤 감겨 있었다.

"무슨 일인가? 필. 나 어제 영화 보다가 늦게 잤단 말야. 진짜 중요한 일 아니면 자네 큰일 난 거야."

CIA 국장이 대통령을 깨울 때는 진짜 중요한 일이겠지만 대통령은 농담 삼아 그런 말을 한 것이었다.

"각하. 국화(菊花)가 피었습니다(A mum is blooming)."

국장은 아무런 설명 없이 다짜고짜 암호 같은 말을 했다.

"응? 침묵이 피어?(mum = 침묵, 국화). 뭔 말이야? 무슨……."

대통령은 무슨 소린가 하고 하품을 하다가 갑자기 생각이 난 듯 눈을 동그랗게 뜨고 존스 국장을 쳐다보았다.

"혹…… 혹시 그 국화(chrysanthemum, 菊花) 말이요? 내가 아는 그 국화가 피었다는 말이야?"

"네. 애석하게도 그렇습니다."

"이런 젠장. 쉬트. 젠장…… 하필 내가 대통령으로 있을 때 터질 게 뭐야. 젠장. 그래 지금 상황이 어떤가요?"

"국화가 일본 쪽과 접촉한 것 같습니다."

"그럼 국화가 현재 일본으로 넘어간 상태입니까?"

"그렇진 않은 것 같습니다. 국화를 감시하던 한국정부 쪽 요원들과 충돌이 있었는데 아직 일본으로 넘어가진 못한 듯합니다."

"휴우……. 한국정부도 기를 쓰고 찾고 있겠군요."

"네. 그렇습니다. 그들 입장에서는 원수가 아닙니까?"

"그럼 우리가 할 수 있는 것은 무엇이 있습니까?"

"이렇게 된 이상 빨리 국화를 찾아 제거할 수밖에 없습니다."

"음…… 제거라……."

대통령은 깊은 고민에 빠졌다. 이것 말고도 산적한 외교 사안이 많은데 이런 것까지 터지니 환장할 노릇이었다.

"국장님."

대통령은 결심이 선 듯 CIA 국장을 불렀다.

"네. 대통령 각하."

"국화가 살아나서 일본으로 건너간다면 미국 행정부가 했던 모든 일이 세상에 드러나게 될 것입니다. 그러면 일본뿐만 아니라 아시아, 그리고 전 세계가 우리를 비난하게 될 겁니다. 그런 일은 절대로 일어나서는 안 됩니다. 그러니 무슨 일이 있든 국화가 일본으로 넘어가서 왕정복고를 하려는 시도를 막으십시오. 절대로 국화가 한국을 벗어나게 두어서는 안 됩니다. 필요하다면 국화든 그의 가족이든 모두 제거하십시오."

"네. 각하. 알겠습니다."

국장은 대통령의 지시를 받고 조용히 일어났다. 그리고 대통령 집무실을 나오면서 머리를 열심히 굴렸다. 그러고는 전화기를 꺼내 전화를 걸었다.

"에드워드 한국지부장을 바꿔."

흰 눈썹을 한 사내는 창밖에 흩날리는 벚꽃을 쳐다보았다. 그러면서 천천히 차에 입을 갖다 대었다. 그때 다른 사내가 조용히 들어와 무릎을 꿇었다.

"하라다(原田) 사마(하라다 님). 카와노(河野)입니다."

"그래. 왔는가? 무슨 일이야?"

"그…… 그게 ……."

"자네답지 않게 뭔 말을 끄나? 빨리 이야기해 보게."

"하라다님. 국복회(國復會)가 움직이기 시작했습니다."

"응? 그게 무슨 말이야? 작년에 있었던 일제 검거작전 이후에 쥐 죽은 듯 조용히 있던 그들이 왜 움직여? 설…… 설마?"

"네. 맞습니다. 드디어 찾은 것 같습니다."

"그…… 그래? 이게 얼마만인가? 그래 어디라고 하던가?"

"네. 한국이라고 들었습니다."

"한국? 역시 일본 내에는 없었던 것이었어. 우리도 그렇게 찾았지만 일본 내에는 없더니 한국에 있었던 거였군. 역시 미국 놈들다워. 미국 놈들이야 일본보다는 반일 감정이 큰 한국이 편했겠지. 한국 애들은 반일을 위한다면 뭐든지 할 거고……. 그랬군. 이제 찾았으니 국복회는 어떡하든 일본으로 데려오려 하겠군."

"네. 하지만 미국정부와 한국정부의 저항도 만만치 않은 것 같습니다."

"왜 안 그렇겠어. 지금 국복회의 뜻대로 된다면 수십 년간 숨겨왔던 그들의 치부가 만천하에 드러나는데 무슨 수를 쓰더라도 막으려 하겠지. 그거와는 별개로 우리가 어찌해야 하는지 결정해야 돼. 지금으로서는 국체가 회복되어서는 안 돼. 가와다."

"하이."

"자네는 패전 후의 혼란상을 잘 아나?"

"저는 자세히는 모르고 대충만……."

"우리 일본은 패전 후 천황제가 폐지되고 나서 진정한 민주국가로 들어섰지만 갈 길이 너무나 멀었네. 좌우의 극심한 대립과 공산당 계열의 준동까지. 한국전쟁이 일어나 공산당 계열을 척결하게 되었지만 좌우의 대립의 끝나지 않았어. 국복회는 그런 혼란이 모두 천황이 없었기 때문이라고 보고 있지만 난 그렇게 보질 않아. 천황이 있었다 한들 그러한 혼란은 막을 수 없었어. 그리고 70~80년대 민간 독재라는 암흑의 시대를 넘으면서 일본은 정치과잉의 시대를 겪게 되었지. 이제 겨우 독재의 잔재를 청산하고 제대로 된 민주정치를 하려고 하는데 이제 와서 국체가 회복된다면 수십 년간의 민주화 투쟁이 빛을 잃게 되고 또다시 극심한 혼란의 시대로 들어서게 될 거야. 그러면 경제도 후퇴하게 되고 국제적으로도 고립되고 말거네."

"네. 생각만 해도 끔찍합니다."

"음……. 이봐. 가와다. 조직원들을 모두 동원하게."

"하이. 그러면?"

"그래. 화근은 일찌감치 제거해야지."

"하이 알았습니다."

"그리고 미추이 료(光井 良) 총리에게도 내 뜻을 전하게. 절대 왕당파가 그들의 뜻을 이루게 놔두어서는 안돼."

"네. 알겠습니다. 즉시 움직이도록 하겠습니다."

가와다는 일어나 방을 나섰다. 80도 넘어 보이는 흰 눈썹의 사내는 천천히 자리에서 일어났다. 그리고 서랍을 열더니 조그만 수첩을 꺼냈다.

"이제 이 수첩을 쓸 때가 되었군."

젊은 여자가 그의 아이들과 남편과 함께 낯선 방에서 두려움에 떨고 있었다.

"여보. 우찌 된 기고? 여는 어데고?"

여인은 남편에게 울면서 물었다.

"내라고 아나? 아덜이 많이 놀랐겠다. 진우야. 진경아. 괜찮나?"

"아부지. 우리가 무신 잘못을 해가 여기로 온 깁니꺼?"

그의 큰아들이 이해가 안 된다는 표정으로 물었다.

"우리는 아무 잘못 없다. 뭔가 오해가 있어가 이리 된 거 같다."

가족이 두려움에 떨고 있을 때 문이 열리더니 한 할머니가 사내들에게 끌려 들어왔다. 젊고 건장한 사내들은 할머니를 방 안에 밀어 넣고 방을 한 번 휙 둘러보고는 문을 다시 닫았다.

"엄마."

"장모님."

"아이고 너덜도 이리 잡히 왔더나?"

"엄마도 여기 온 기가? 이노마들이 미쳤나? 와 늙은 노친네까지 다 잡아오고."

"야야. 진우어미야 일단 진정해라."

"엄마까지 이리 온 가족이 잡혀왔는데 우찌 진정하노?"

"맞십니더. 장모님. 이기는 뭐가 잘못되고 크게 잘못된 기라예. 지는 내일이면 아침 일찍 배 타고 나가야 하는데 이리 붙잡혀 있다 아입니꺼?"

"그래……. 니들은 집에 있다가 이리 끌려왔나?"

"네. 엄마. 자는데 누가 왔는지 밖이 시끄럽더라꼬. 그래서 나가봤는데 갑자기 시꺼먼 놈들이 들이 닥치더니 우리하고 아덜까지 싹다 잡혀왔다 아이가? 엄마도 그리 끌려온 기가?"

"그래? 나도 마찬가지다. 잠깐만……."

할머니는 딸과 사위와 외손자들이 무사한 것을 확인하고는 일어섰다.

"일단 저하고 이야기 좀 하시죠. 무슨 일인지는 대충 감이 오는데 확인은 해야 하지 않겠습니까? 저도 상황은 알아야 하니까요."

할머니는 천장을 향해 큰 소리로 외쳤다. 그러자 조금 있다가 스피커에서 기계음으로 변조된 소리가 들렸다.

"잠깐만 기다리시오."

조금 기다리니 다시 똑같은 기계음 소리가 들렸다.

"다른 사람들은 방에 그대로 있고 혼자만 밖으로 나오시오."

"알겠습니다."

할머니는 대답을 하고는 조용히 문 쪽으로 갔다. 그러자 사위가 놀라서 그녀를 막았다.

"장모님. 우찌 장모님께서 가실라고 합니꺼? 남자인 제가 가서 이야기해 보겠습니더."

"박 서방. 비키게. 내가 해야 할 일이야."

장모의 너무나 건조하고 싸늘한 말투에 그는 할 말을 잃었다. 그녀는 조용히 문을 열고 밖으로 나갔다.

"엄마가 왜 저러지?"

"그러게……. 장모님이 저러는 거는 처음 본다. 완전 다른 사람 같았다."

"그렇제? 근데 갑자기 엄마가 사투리를 안 쓴다? 그자?"

"그…… 그랬나?"

방을 나온 그녀는 긴 복도를 혼자 걸어갔다. 복도 끝에는 또 문이 있었고 그녀는 조용히 그 문을 열었다. 안을 보니 탁자와 의자 둘이 있었고 반대편에는 양복을 입은 사내가 앉아있었다. 그 사내는 그녀가 들어오자 일어나 몸을 숙여 인사를 하였다.

"일단 앉으시죠."

사내의 안내에 따라 할머니는 조용히 자리에 앉았다.

"소속을 밝히시죠. 특별실 소속입니까?"

"네. 특별실장 이건희입니다."

"우리를 지켜주는 분들이군요. 그런데 갑자기 저희를 이곳으로 끌고 온 이유가 뭡니까?"

"알고 계실 텐데요?"

"대강 알고는 있지만 자세히 알려주십시오."

"국복회가 아드님을 접촉했습니다."

"그랬군요. 아들이 갑자기 회사서 승진하고 일본으로 장기출장과 파견 간다고 했을 때 대충 예상했습니다."

"그러면 당연히 보고를 했어야 하지 않습니까? 아니면 말려보던가 해야 하지 않았습니까?"

"확실하지 않아서 보고는 하지 못했습니다. 말려보기도 했지만 이제는 뒷방 늙은이의 말을 듣지는 않더군요."

"그 하지 않은 보고 때문에 저희 요원들이 많이 다쳤습니다. 그리고 아드님은 국복회와 함께 사라졌구요."

"추적장치도 안 됩니까?"

"그들이 제거한 것 같습니다. 그들이 그런 것까지 알고 있었던 거보니 상당히 치밀하게 준비한 것 같습니다."

"그렇군요. 아들 가족도 같이 없어졌나요?"

"네. 동시에 없어졌습니다. 하지만 거제 가족에게는 아무런 액션이 없는 거 보니 그들은 아드님과 그 가족만 필요한 것 같습니다."

"당연합니다. 우리는 곁가지에 불과하고 국체를 회복하는 데 아무런 쓸모가 없으니까요."

"그렇군요. 하지만 아드님이나 국복회 쪽에서 연락이 올 수도 있기 때문에 당분간 저희가 모실 수밖에 없습니다. 이해하시죠?"

"네. 저는 이해를 충분히 합니다만……. 애들이 문제입니다. 내 딸이나 사위와 손자들은 무슨 영문인지 아무것도 모르고 있는데 말입니다."

"그분들은 아무것도 모르고 있는 것 맞습니까?"

"네. 아들이 모르고 있듯이 딸도 사위도 아무것도 모르고 있습니다. 이것은 돌아가신 시아버지와 남편의 유언이기도 했구요."

"그건 참 잘하신 것입니다. 쓸데없는 것을 알아서 좋은 것은 없지요. 한국인으로 알고 사는 게 훨씬 마음이 편할 테니까요."

"그나저나 애들에게는 무어라 이야기를 해야 할까요? 아무런 설명이 없으면 안 되겠습니다."

"그래서 저희가 몇 가지 시나리오를 준비했습니다."

사내는 파일을 꺼내 할머니에게 주었다.

"저희가 국정원이라는 것은 대충 알 테니 B안으로 가는 게 어떨까요?"

"네…… 그렇군요. 대충 보니 B가 나을 듯합니다. A는 너무 얼토당토하지 않고…… C는 이야기할 정도도 안 되는군요. 그나저나 이 스토리들은 언제나 똑같군요. 몇 십 년 전이나 지금이나……."

"선배님에게 보이기 민망한 수준이라는 것은 잘 압니다. 그래서 요즘은 스토리 창작 가능한 요원들을 뽑기도 합니다."

사내는 민망한 듯 머리를 긁적이며 말했다.

"일단 알겠습니다. 제 휴대전화는 제가 가지고 있겠습니다. 혹시 아들이 전화할 지도 모르니…….”

“네. 드리지요. 따님과 사위 분 것도 드리겠습니다. 다만 수신은 되어도 송신이나 문자를 보내는 것은 안 됩니다.”

“네. 알겠습니다.”

사내는 말을 마치고 나서 서랍에서 휴대전화 세 개를 꺼내 그녀에게 주었다. 그녀는 휴대전화들을 들고 조용히 일어나 방을 나서려다가 사내에게 물었다.

“우리 애는 앞으로 어찌 되는 겁니까?”

“글쎄요? 이렇게 된 이상 저희로서도 어쩔 수 없는 거 아니겠습니까?”

“어쩔 수 없다는 거는?”

“잘 아시잖습니까? 그래서 저희도 최대한 아드님이 아무것도 모르고 지내게 하려고 노력했던 겁니다. 지금으로서는 아드님은 한국서 가장 위험한 인물입니다.”

사내는 말을 끝내고 그녀의 눈치를 보았다. 그녀는 무표정하게 서 있었다.

“휴우…… 제가 시집와서 애들을 낳은 이후로는 이런 날이 안 오길 바라고 또 바랐는데…….”

“애석하게도…….”

“무슨 말인지 압니다. 이만 가보겠습니다.”

그녀는 휴대전화를 들고 방을 나가다가 몸이 휘청하였다.

“선배님.”

사내는 놀라하며 그녀에게 달려가 부축했다.

“괜찮습니다. 저는 이미 각오를 했습니다. 다만 여기 있는 딸과 사위와 손주들의 안전은 보장해주십시오.”

"그건 걱정하지 마십시오. 아드님을 잡는데 협조하면 다른 가족의 안전은 제가 보장하겠습니다."

"알겠습니다. 그 약속은 꼭 지켜주십시오."

힘들게 말을 끝낸 그녀는 방에서 나와 문을 닫고는 참았던 눈물을 쏟아냈다.

"아이고 인복아. 이를 우야몬 좋노. 인복이 아버지, 아버님. 어쩌면 좋습니까? 인복이는 이제 죽은 목숨이나 마찬 가지라예. 아이고 인복아······."

한참을 운 그녀는 겨우 몸을 추슬러 일어났다.

"그래. 남은 가족이라도 살려야 해."

그녀가 결심을 하고 눈물을 닦은 후 원래 있던 방으로 들어가자 딸과 사위는 깜짝 놀라하며 그녀를 맞이했다.

"엄마. 어찌 된 기고? 아까 그냥 나가갔고 나는 얼마나 놀랐는데······."

딸은 그녀를 보자마자 울먹이며 물었다.

"장모님이 우찌 됐는지 알고, 저나 애들 엄마나 얼마나 마음을 쫄았는데예."

"나는 괜찮다. 걱정마라. 나는 그냥 우찌 돌아가는지 물어본 기다."

"그래. 뭐라 카는데? 아니 그것보다 우리 잡아온 놈들이 누고? 박서방 말대로 국정원인가 뭐 시긴가가 우리 잡아온 기가?"

"당신도 참. 우리를 이리 잡아 온 거하고 우리 대하는 거 보면 모리겠나? 옛날 안기부, 국정원이 맞는 기라. 만약 국정원이 아니몬······."

"아니몬 뭔데?"

"북한 아덜인가······?"

사위도 확신이 서지 않는 듯 말끝을 흐렸다.

"국정원이든 북한이든, 와 우리를 이리 잡아온 건데……."

"진우어미야. 박 서방."

"네. 엄마. 뭐라 카는데."

"이제 우짜몬 좋노? 박 서방 말이 맞다. 우리 국정원 사람들한테 잡히 온 기다."

"와? 무신 일 때매 그라는데."

"인복이가……."

"인복이가 와? 갸한테 무슨 문제 생겼나?"

"인복이가 아무래도 북한 간첩들한테 넘어갔는 갑다."

"에? 그게 무슨 말이고 간첩들한테 넘어가다니."

"나도 자세히 모르겠는데, 국정원 사람들 말이 북한 간첩이 인복이한테 접근해서 꼬들겨가 월북을 시킬라고 했다 카네."

"월북? 북으로 넘어갈라 했다꼬? 그게 말이 되나? 인복이가 와 북으로 넘어가는데? 부모 형제 여 다 있는데 인복이가 뭐한다꼬 북으로 넘어간단 말이고?"

"그래예. 이거는 애들 엄마 말이 맞는 거 같습니더. 장모님. 처남이 뭐가 아쉬워서 북으로 갑니꺼? 북으로 가몬 깍딱 잘못하면 죽을 거 알 낀데."

"나도 그리 알았는데 인복이가 빚이 좀 많았던 갑다."

"빚? 인복이가 빚이 있었다꼬? 처음 듣는 야그인데?"

"내가 니한테는 차마 말 못했는데 인복이가 주식인가 뭔가 손댔다가 돈을 다 날렸나 보더라고. 애덜 엄마하고도 그것 때문에 싸우고 이혼한다고 난리도 아니었다. 시골 집 팔아서라도 우찌 해볼라 캤는데 그리해도 택도 안 되는 갑더라고. 빚이 5~6억 원 된다 카더라고."

"5~6억? 아이고야. 두야…… 우찌 그런 일이. 그럼 지금 인복이 어디 있는데?"

"국정원 사람들도 인복이가 어디 있는지 모른단다. 아마 북한 간첩하고 같이 사라졌는갑더라."

"올케하고 아덜은?"

"인복이가 사라질 때 다 같이 사라졌단다. 아주 작정하고 했는 갑더라."

"그래서 아까 장모님이 짐작 가는 게 있다고 하신 기라예?"

"하모. 그래서 니들은 우찌 되었건 간에 인복이가 북으로 넘어가게 해서는 안 된다."

"그건 그런데 작정하고 도망친 놈을 어디서 찾노?"

"일단 여기 휴대전화를 돌려주더라."

할머니는 휴대전화를 꺼내 딸과 사위에게 주었다.

"근데 받기만 되고 거는 건 안 된다더라."

"이걸로 우짤라꼬?"

"만약에 인복이가 우리한테 전화오몬 받아야 될 거 아이가? 받아서 인복이를 설득해서 여로 오게 해야지. 정 안되면 인복이 위치를 추적해서 잡아야 되고."

"장모님. 무슨 말인지는 알겠십니더. 근데 와 우리를 잡아두는 기라예?"

"그쪽 사람들 말이 우리도 어떻게든 공모를 했을 수도 있어서 그라는 거라네. 우짜겄노. 아들 잘못 만나서 이리 된 거를. 박 서방 미안타. 내 이런 모습까지 보이고."

할머니는 눈물을 지으며 말했다.

"아…… 아입니더. 장모님. 저야 뭐 며칠 일 못 나가는 것밖에 없는데, 장모님이 힘드시지예. 하나밖에 없는 아들이 이리 됐는데 장모님

속이 우찌 됐겠습니꺼. 장모님 이럴 때 일수록 장모님이 건강을 챙겨야 합니더."

"그래. 엄마. 우리 걱정은 일단 하지 말고 우짜든둥 인복이를 찾도록 도와야겠다. 그자."

"그래도 이제 나한테는 너덜밖에 없다."

할머니가 털썩 주저앉아 울자 딸과 사위와 손자들까지 그녀에게 달려들어 위로하면서 같이 울었다. 이 모든 것을 지켜보던 특별실장은 조용히 전화기를 들었다.

"네. 원장님. 일단 거제 쪽은 정리가 되었습니다."

"시나리오대로 된 거야?"

"네. 우리 측 요원이 있으니 어렵지 않게 되었습니다. 만약 타깃이 이쪽으로 전화를 하면 바로 추적 가능하게 해 놓았습니다."

"그럴 가능성은 별로 높진 않지만 만약을 대비해서 만반의 준비를 해 두도록 해."

"네. 알겠습니다."

무 부장은 어렵게 눈을 뜨고 주위를 살펴보았다. 그가 몸을 일으키려고 했지만 마음대로 되지 않았다. 어느 정도 정신이 돌아왔지만 몸이 자연스럽게 움직여지지 않았던 것이었다. 거의 30분쯤 지나서야 그는 겨우 앉을 수 있었다. 그제야 그가 있는 방이 보이기 시작했다. 창문은 있었지만 짙은 커튼이 드리워져 있어서 밖이 전혀 보이지 않았다. 심지어 빛도 들어오지 않아서 지금이 밤인지 낮인지도 알 수 없었다. 그의 목은 어제의 일로 붉고 굵은 주름이 깊이 새겨져 있었다. 만져보니 목의 피부가 많이 까여 있었다. 그가 왼쪽 팔을 보니 웬 붕대가 감겨져 있었다. 그가 만져보니 상처가 난 거 같았다.

'무슨 상처지? 상처 난 기억이 없는데……. 어제 그 난리 통에 난 건가? 그나저나 여기는 어디야?'

그가 아직 멍한 정신으로 생각을 정리하고자 노력하고 있을 때 문이 열리더니 이 대리가 들어왔다.

"부장님. 이제 깨어나신 겁니까?"

"그래. 이 대리. 그나저나 여기가 어디야?"

"안가입니다."

"안가? 안가가 뭐야?"

"아…… 그건 여기서는 부장님이 안전하게 계실 수 있다는 뜻입니다."

"그게 무슨 말이지? 내가 여기서 안전하다는 게."

"차차 아시게 될 겁니다. 배고프시죠? 일단 식사를 가져오겠습니다. 식사를 하시고 나서 이야기하시죠. 잠깐만 기다리십시오."

"그런데 지금 가족은 어디 있는 거야?"

"다른 안가에 마찬가지로 안전하게 잘 계십니다. 일단 식사하시고 이야기 나누고 나서 전화 연결해 드리겠습니다."

"아냐. 난 지금 당장 가족하고 연락을 해야겠어."

이 대리는 망설이더니 품에서 휴대전화를 꺼내 어디론가 전화를 걸었다. 한참 후 연결이 되었는지 전화기를 무 부장에게 건넸다.

"여보? 미영이 엄마?"

"네. 저예요. 잘 계시죠? 저도 애들도 잘 있어요."

"그래? 다행이야. 나도 잘 있어. 지금까지 자다가 방금 전에 일어났어. 애들도 괜찮지?"

"잠깐만요. 애들 바꿔 줄게요."

잠시 전화기를 건네는 소리가 들리더니 딸의 목소리가 들렸다.

"아빠. 나야."

"어. 그래 미영아. 아빠야. 몸 아픈 데 없고? 덕인이는?"

"옆에 있어. 덕인이는 학교 안 가고 오락만 할 수 있어서 좋대."

"그래? 덕인이 잠깐만 바꿔볼래?"

"덕인아. 아빠가 너 바꾸래."

딸이 아들을 찾는 소리가 들렸다.

"아빠. 나 덕인이야. 아빠 괜찮아?"

"응. 그래 덕인아."

무 부장은 아들의 밝고 씩씩한 목소리를 들으니 왠지 짠해지면서 목이 메었다.

"아빠. 근데 우리 언제 집에 돌아가? 나 집에 가서 숙제해야 할 것도 많은데."

"곧 돌아갈 거야. 그러니까 그때까지 엄마 말 잘 듣고 누나랑 싸우지 않고 잘 지내는 거야? 알았지."

"응. 알았어. 근데 아빠 일본 출장 간 거야?"

"응? 응. 그래. 아빠 지금 일본이야."

"에이. 가기 전에 나 보고 가야지. 그냥 가면 어떡해."

"너무 급해서 그랬어. 아빠 금방 갈 거니까 조금만 참아. 알았지?"

"어. 알았어. 내가 남자니까 엄마랑 누나랑 지킬게."

"알았다. 나는 덕인이만 믿는다."

"걱정 마. 아빠."

"그래 덕인아. 엄마 바꿔봐."

잠시 후 그의 아내가 전화를 받았다.

"여보. 일단 나는 잘 있으니까 너무 걱정 말고 금방 해결될 거야. 그러니 좀만 참아."

"근데 여보 무슨 일이에요? 당신 설마 큰일 낸 건 아니죠? 회사서 문제 생겨서 도망 다니는 거 아니죠? 그렇죠?"

"에이, 이 사람 참. 내가 일이나 치고 다닐 사람이야? 별일 아니니까 좀만 기다리라고 했잖아. 거기 사람들이 잘해줘?"

"네. 정말 잘해줘요. 황송하게 느낄 정도로 잘해줘요. 애들이 먹고 싶다는 것도 다 가져다 주고. 애들 심심할까봐 영화도 보여주고 오락기도 주고 그래요. 애들이 공부를 하지 못해서 그렇지 지내기는 좋아요."

"알았어. 다 잘 될 거니까 조금만 기다려. 내 다시 전화할게. 무슨 일 생기면 전화해. 거기 같이 있는 사람들에게 나한테 전화한다고 하면 연결해 줄 거야."

"네. 알았어요."

전화를 끊고 나서 무 부장은 깊은 한숨을 지었다. 주위를 둘러보니 방에 그 혼자 있었다. 아마 이 대리가 편하게 전화하라고 나간 것 같았다. 그는 주위를 살피고는 그의 어머니에게 전화를 하려고 했다. 하지만 암호가 걸려서인지 전화를 걸 수가 없었다. 그가 한참 휴대전화를 잡고 낑낑대고 있을 때 이 대리가 식사를 가지고 들어왔다.

"이 대리 마침 잘 왔어. 휴대전화가 암호가 걸려 있는지 아무것도 안 되네."

"뭐 하시려구요?"

"어. 어머니께 전화 드리려고. 지금쯤이면 어머니가 걱정하고 계실 것 같아서. 나도 연락이 안 되고 애들 엄마도 연락이 안 되니."

"그건 안 됩니다. 사모님을 제외한 어느 누구와도 지금 연락을 하시면 안 됩니다. 너무 위험합니다."

"뭐가 위험하다는 거야? 내가 내 어머니한테도 연락을 하면 안 된다는 거야?"

"네. 그렇습니다. 저는 지금으로서는 부장님의 안전 외에는 그 어떤 것도 생각할 수 없습니다."

"뭐가 위험하다는 거야?"

"기억 안 나십니까? 어젯밤 김 대리가 부장님 죽이려고 했던 거?"

이 대리가 어젯밤 일을 이야기하자 그제야 어젯밤 일이 다시금 떠올랐다. 친동생 같았던 김 대리가 그를 목 졸라 죽이려 했던 일. 그런 김 대리를 이 대리가 막았던 일. 그리고 사무실이 쑥대밭이 될 정도로 치열했던 전투. 사장실 안에 있던 패닉룸. 그리고 그들이 사무실을 떠나기 전 김 대리를 죽였던 일까지…….

"그래. 이제야 기억이 난다. 그런데 진짜 이유를 모르겠다. 도대체 왜 그렇게 친했던 김 대리가 날 죽이려 한 거고, 내가 왜 이렇게 피해 다녀야 하는 건지. 이 대리는 뭔가를 알고 있는 것 같던데. 이야기해 줘. 뭐가 있는 거야?"

"그건 일단 식사를 하시고 나서 알려 드리겠습니다."

"이 대리와 그 무리가 내 편인지 확실하지 않은 상태에서 이 대리가 주는 음식을 어떻게 믿고 먹을 수 있어? 이 대리는 날 죽이려고 하는 사람이 아닌지 어떻게 확신하냐고?"

"어제 밤에 보셨잖습니까? 전 부장님을 살리려고 제 목숨을 바쳤습니다. 전 죽을 뻔했다구요. 절 못 믿겠다고요?"

이 대리는 갑자기 눈물을 흘리면서 절규하였다. 무 부장이 자신을 믿어주지 않자 크게 낙담한 것 같았다. 그러고는 품에서 권총을 꺼내 무 부장에게 주었다.

"절 정 못 믿겠다면 여기서 바로 저를 죽여주십시오. 권총에는 지금 실탄이 가득 있습니다. 절 못 믿겠다면 바로 방아쇠를 당겨서 저를 죽이십시오. 부장님의 믿음을 못 받을 바에는 차라리 지금 이 자리에서 죽겠습니다."

이 대리는 무릎을 꿇더니 총부리를 자기 이마에 대었다. 무 부장도 그런 이 대리를 외면하지 못했다. 무 부장은 권총을 내리더니 다시 이 대리에게 주었다.

"미…… 미안해. 이 대리. 어제 이 대리가 나 살리려고 한 거 다 아는데…… 아는데…… 너무나 혼란스러워서. 뭐가 뭔지 몰라서……."

"부장님. 일단 제 말을 믿고 조금만 시간을 주십시오. 제가 아니 우리가 다 설명하겠습니다. 왜 이런 일이 일어났는지…… 그리고 부장님이 누구인지……."

"누구라니?"

"조금만 시간을 주십시오."

"알았어. 알았다구. 일단 밥 먹고 정신 차린 다음에 듣자고. 일단 나가보게."

이 대리는 무 부장의 말을 듣고 일어나더니 눈물을 닦고 밖으로 나갔다. 이 대리가 나가자 무 부장은 한숨을 크게 쉬었다.

'이젠 누구도 못 믿겠어. 하지만 이 대리는 어제 날 살리려고 죽을 고생을 했는데 이 대리를 못 믿으면 안 되겠지? 휴……. 일단 밥을 먹고 정신을 차려보자. 그리고 나서 이게 어떻게 된 일인지 들어나 보자.'

무 부장은 생각을 정리하고는 이 대리가 가져다 준 밥을 먹기 시작했다. 어떻게 알았는지 자기 입맛에 맞게 반찬들이 준비되어 있었지만 입안이 깔깔해서 영 밥이 넘어가지 않았다. 하지만 억지로라도 밥을 먹고 기운을 차려야 한다는 생각에 그는 밥을 국에 말아 마시듯이 먹었다. 무 부장이 밥을 다 먹고 물까지 마시고 쉬고 있을 때 이 대리가 들어왔다.

"부장님. 식사 다 하셨습니까?"

"응······. 다 먹었어. 이 대리도 먹었어?"

"네. 저도 먹었습니다. 그럼 준비가 다 된 거죠?"

"준비? 어······ 그래 나는 들을 준비가 다 되었어."

"그럼 조금만 기다려 주십시오."

이 대리는 다시 방을 나갔고 약 10분 뒤 다시 방으로 들어왔다. 그의 뒤로 백발인 두 명의 사내가 따라 들어왔다. 첫 번째 사내는 처음 보았지만 두 번째 사내는 낯이 익었다.

"어? 저 분은?"

"네. 저번 사장실에서 보셨던 나카야마 히로미(中山 博美)입니다. 기억나시죠?"

이 대리가 옆에서 설명해 주었다.

"어······. 그래, 기억나. 그런데 이분은?"

"안녕하십니까? 저, 저는 아베 신조(安倍 晋三)라고 합니다. 처음 뵙겠습니다."

"아······ 네······."

자신을 소개한 사내는 고개를 숙이면서 무 부장에게 한국말로 인사를 하였고 뒤에 서 있던 나카야마 상무도 따라서 인사를 하였다. 무 부장도 얼떨결에 일어나 인사를 하였다.

"부장님. 일단 앉으시죠."

이 대리는 무 부장을 침대 옆에 있는 의자로 안내했다. 그리고 이 대리의 안내에 따라 나머지 두 사내도 앉았고 마지막으로 이 대리가 앉았다.

"아······ 또······ 뭐라고 이야기를 꺼내야 할지 모르겠습니다."

아베라는 사내가 먼저 입을 열었지만 이야기를 어떻게 풀어 나가야 할지 몰라 하는 듯했다.

"아노…… 무인복 부장님. 부장님은 본인이 누구인지 전혀 모르십니까?"

"네? 그…… 그게 무슨 말인지? 제가 누구인지 모르다뇨? 저는 무인복인데요?"

"하…… 아……. 정말 모르시는 군요."

"뭘 말씀이신지?"

"그래서 일본어도 전혀 하시지 못하는 거군요."

"그건 제가 몇 번 말씀 드렸잖습니까? 어제도 확인한 바입니다."

이 대리가 아베에게 설명하였다. 아베는 옆의 나카야마에게 일본어로 설명하였다. 이에 나카야마는 결심한 듯한 표정을 짓더니 아베에게 눈짓을 주었다. 그러자 갑자기 그 둘은 일어나 바닥에 무릎을 꿇었다. 무 부장이 놀라 이 대리를 보니 이 대리도 그들을 따라 무릎을 꿇었다. 그러고는 무 부장에게 머리를 조아렸다.

"천황 폐하. 이제야 폐하를 알현하나이다. 폐하."

아베는 눈물을 흘리면서 큰 소리로 외쳤다. 그 옆에 있는 나카야마는 일본어로 외치고 있었는데 알아듣지는 못해도 똑같은 소리를 하는 것 같았다.

"덴노 헤이카(천황 폐하)……."

무 부장은 갑자기 무슨 일인지 몰라 어리둥절했다. 무엇이 어떻게 돌아가는지 전혀 알 길이 없었다. 그는 놀라 자리에서 벌떡 일어났다.

"이보세요. 이게 뭡니까? 갑자기 천황이라니? 뭐라도 알아듣게 이야기를 해야지요? 이봐 이 대리 이게 무슨 일이야? 이 사람들 왜 이래? 그리고 자네도 왜 이러는 거야?"

"천황 폐하. 말 그대로입니다. 부장님은 한국인 무 부장이 아니고 대일본제국의 지존이시자 만세일계 천황가를 이어가실 일본의 천황 폐하이시옵니다. 그동안 저의 임무로 인해 폐하께 무례를 저지른 점 너그러이 용서해 주십시오. 폐하. 흑흑흑."

이 대리는 말을 끝내 잇지 못하고 울음을 터뜨렸다. 무 부장은 서 있을 힘이 없어 털썩 자리에 앉았다.

"이…… 이게 무슨……."

"그건 제가 자세히 설명 드리겠습니다. 폐하."

아베가 감정을 추스르고는 무 부장에게 말했다.

"폐하께서는 쇼와 20년. 그러니까 1945년에 우리 일본이 대동아전 쟁에서 미국에 패했던 사실은 알고 계실 겁니다."

"대동아전쟁? 아…… 태평양전쟁을 말하는 거군요."

"네. 그렇습니다. 당시 쇼와 천황께서는 나라의 안전과 일본국민을 지키기 위해 결단을 내려 미국에게 무조건 항복을 하였습니다. 당시 각료들은 국체(國體) 즉 천황제의 유지는 무슨 일이 있어도 지키려고 했지만 잔악무도한 미국 놈들은 국체의 보존을 조건으로 하는 항복을 거부해서 어쩔 수 없이 무조건 항복을 하게 되었습니다. 종전 후 일본 에 주둔한 미군은 GHQ(General Headquaters)를 세워 일본 전역에 대 한 군정을 실시하게 되었습니다. 그들은 전쟁 때 내각을 이끌었던 애 국지사들을 끌고 가 전범재판이라는 이유로 자기들 마음대로 처벌하 였고 종전의 모든 빛나는 일본의 역사에 대해 부정하였습니다. 그리 고 일본 내 애국지사들을 모두 제거하고 자기들의 말만 듣는 허수아 비로 일본 내 행정, 사법을 다 틀어쥐더니 마지막으로 쇼와 천황의 폐 위와 국체의 폐지를 밀어붙였습니다. 당시 맥아더 장군은 국체 폐지 를 반대했지만 미국의 트루먼 대통령은 맥아더 장군을 경질하겠다는 협박을 하면서까지 국체 폐지에 몰두하였습니다. 그리고 미국의 입김에 놀아난 일부 일본 내 매국노들은 국체 폐지를 공공연하게 떠들고 다녔고 이를 기화로 GHQ는 1946년 마침내 쇼와 천황의 폐위와 국체 폐지를 일본 국민에게 묻는 국민투표를 강행했습니다. 당연히 일본 국민들은 반발했지만 미군은 무자비한 진압과 공포 분위기로 눌러버렸습니다. 그래서 대부분의 일본인들은 국민투표 자체를 거부하게 되었습니다. 하지만 미군은 극악무도하게도 집에서 있는 사람들을 총칼로 끌고 가서 투표장에서 투표하게 하였습니다. 일부 사람들이 반대에 투표하려고 했지만 미군들이 시퍼렇게 눈 뜨고 보는 앞에서 투표를 하게 하는 공개투표로 찬성표를 던질 수밖에 없도록 하였습니다. 그렇지만 쉽게 투표율은 올라가지 않았고 원래 하루만 하려고 했던 국민투표는 질질 끌어 무려 일주일이나 진행해서 겨우 과반수의 투표율을 이끌어 냈습니다. 그러고도 찬성률이 겨우 51% 정도였습니다. 많은 일본인들이 목숨을 걸고 쇼와 천황과 국체를 지키려 했던 것입니다. 하지만 미국은 이 과정과 절차가 모두 불법인 국민투표를 근거로 쇼와 천황을 폐위했고 이를 UN에 보고해 승인까지 받아버리고 전 세계에 공표하였습니다. 미군은 쇼와 천황과 가족을 황궁에서 끌어내 어디론가 데려갔고 그 이후 쇼와 천황과 가족을 본 사람은 어디에도 없었습니다."

아베는 감정이 복받쳐 오르는지 아니면 목이 말라서인지 탁자에 있는 물병을 들어 물을 벌컥대고 마셨다. 무 부장은 그게 자신과 무슨 관계인가 하는 생각만 하고 있었다.

"그…… 그런데…… 그게 저하고 무슨 관계가 있다는 겁니까?"

"쇼와 천황이 폐위되고 나서 일본은 국민투표에 의해 공화제로 바뀌었습니다. 대통령이 선출되지만 실권은 총선에서 승리한 당의 당

수가 총리가 되어 실질적으로 국가를 이끄는 의원내각제를 도입한 것입니다."

아베는 무 부장의 질문에 대답하지 않고 자기 말만 계속 했다.

"하지만 일본인들은 계속 천황이 돌아오기를 기다리고 바랐습니다. 하지만 간악한 미국은 일본인이 쇼와 천황과 그 가족이 어디에 있는지조차 알지 못하게 했습니다. 그러한 일본인들의 바람이 모아져서 1950년대부터 비밀결사조직이 생겼는데 그게 바로 국체회복회(國體回復會) 즉 국복회인 것입니다. 그때부터 국복회의 제1목표는 쇼와 천황과 가족을 찾는 것이었습니다. 하지만 일본 내 혼란과 미국의 방해로 찾는 데 오랜 시간이 걸렸습니다."

"그…… 그렇게 당신들이 찾아 헤맨 천황의 후손이 나…… 나란 말입니까?"

"네. 그렇습니다. 천황폐하."

"그럼…… 내 할아버지. 그러니까 함자가 무유인(武有仁)이 되시는 할아버지가?"

"네. 그렇습니다. 쇼와 천황이십니다. 원래 쇼와 천황의 이름은 유인(裕仁) 즉 히로히토이셨는데 한국으로 건너올 때 한국정부에서 준 성과 이름이 무유인이셨던 것입니다. 이름의 한자만 달리해서 그나마 이름을 유지한 것입니다. 원래 적통 천황가는 신(神)의 후손이라 성(姓)이 없습니다. 그래서 없을 무(無)로 성을 하려고 했었는데 한국정부가 반대해서 어쩔 수 없이 다른 무(武)씨를 성으로 한 것입니다."

"도저히 믿을 수 없습니다. 내…… 내가 일본인이라니…… 그것도 침략의 상징인 천황의 핏줄이라니……."

"폐하. 믿으셔야 합니다."

"내가 천황의 후손이라는 증거라도 있습니까?"

"네. 저희 국복회는 천황가를 찾다가 일본 내 홋카이도에 숨어 살던 미카사노미야 다카히토(三笠宮 崇仁) 님을 찾았습니다."

"그게 누구입니까?"

"미카사노미야 다카히토 님은 쇼와 천황의 부친 되시는 다이쇼 천황의 친왕(親王, 천황의 아들)이시면서 쇼와 천황의 동생이십니다. 즉 폐하의 작은 할아버지가 되시는 분입니다. 그분에게서 유전자 정보를 받았고 그 외에도 다른 천황가 방계 분들의 유전자 정보를 수집했습니다. 그리고 그 유전자 정보와 폐하의 유전자 정보를 분석한 결과 폐하가 만세일계의 유일한 혈통이라는 것을 확인하게 되었습니다."

그의 말을 증명할 서류들을 무 부장에게 내밀었다. 모두 일본어와 영어로 되어있어서 무 부장으로서는 자세히 알 수 없었지만 서류의 내용으로 봐서는 그들의 말이 사실인 것 같았다.

"하…… 하지만 나는 부모님이나 할아버지한테서 그런 말을 전혀 들은 바가 없습니다. 당신들 말대로 우리 집이 몰락한 천황가라면 그 후손인 나에게 그 사실을 알렸어야 하지 않습니까?"

"그건 한국정부의 협박 때문이었습니다. 저희가 확인해본 바에 따르면 처음 미국은 천황일가를 중국으로 넘기려 했었습니다. 하지만 국공내전에서 국민당이 져서 본토를 떠나자 미국은 하는 수 없이 천황가를 한국으로 옮겼습니다. 한국 또한 반일감정이 크니 미국에서는 충분히 한국정부가 천황가를 강력하게 관리할 줄 알았던 겁니다. 한국정부는 웬 떡이냐라는 생각으로 천황가를 받아들였고 온갖 핍박을 가했습니다. 쇼와 천황께서는 그래도 일본에서 가장 가까운 부산에 가족이 살게 해달라고 했지만 한국정부는 관리하기 쉽게 거제도에 살게 했습니다. 그러고는 한 가지 조건을 내걸었는데 천황가에서 생기는 후손들에게 자신들이 천황의 후손임을 비밀로 하라는 것이었습니다. 한국정부는 천황의 후손들이 한국인으로 살게 하겠다는 간악한 생각을 했던 겁니다. 한국정부의 핍박을 벗어나고 그나마 자유롭게 살기 원했던 쇼와 천황은 이를 받아들였습니다. 그래서 천황폐하 뿐만 아니라 누님 분께서도 그 사실을 전혀 모르고 살았던 겁니다.”

무 부장은 아베의 말을 도저히 믿을 수 없었다. 그는 멍하니 앞을 바라만 보았다. 설명하던 아베도 무 부장의 눈치를 보더니 잠시 설명을 멈췄다. 방 안은 무거운 침묵만이 가득했다.

“하…… 하지만 그렇다 해도 도저히 당신들 말을 믿을 수 없습니다. 이 대리 나 어머니께 물어봐야겠어. 당장 내 어머니께 전화하게 해달란 말야. 어, 어머니는 알고 계실 거야. 이 모든 것이 사, 사실인지 아닌지.”

무 부장은 말을 더듬으며 이 대리에게 말했다. 이 대리는 곤혹스러운 표정을 아베에게 지어 보였다. 아베는 알았다는 듯 말을 시작했다.

“폐하의 어머니이신 김민자 씨를 말씀하시는 겁니까?”

“네? 저희 어머니 이름을 아세요?”

“휴우……. 이걸 보십시오.”

아베는 봉투에서 서류 하나를 꺼내 무 부장에게 내밀었다. 무 부장은 유심히 서류를 읽어나갔다. 거기에는 요원 신상명세라고 적혀 있었고 그의 어머니의 이름과 어머니가 젊었을 때 사진이 붙어 있었다.

“이…… 이건?”

“네. 저희가 한국 국정원에서 비밀리에 입수한 서류입니다.”

“국…… 국정원?”

“네. 천황폐하의 어머니는 한국 국정원 요원이었습니다. 아니 정확히는 아직도 요원입니다.”

“네? 그…… 그런…… 얼토당토하지 않은…….”

"사실입니다. 한국정부는 쇼와 천황가가 거제도에 정착한 이후 줄곧 감시를 해왔습니다. 처음에는 너무나 드러나게 감시했지만 시간이 지나고 쇼와 천황의 가족이 한국생활에 적응해가자 전략을 바꾸어서 한국 정부의 요원들을 이웃인 양 비밀리에 배치하여 쇼와 천황 일가를 감시했습니다. 천황폐하의 어머니는 그 중 하나였습니다. 폐하께서는 혹시 고등학교 때 가장 친했던 박민우라는 사람을 기억하십니까?"

"네⋯⋯. 민우라면 3학년 동안 같은 반이고 집이 옆이라 아주 친하게⋯⋯ 혹시 걔도?"

"맞습니다. 정부요원이었습니다. 지금은 국정원을 그만두었지만 말입니다."

아베는 봉투에서 다른 서류를 꺼내 무 부장에게 내밀었다. 무 부장은 떨리는 손으로 서류를 읽어나갔다.

"이⋯⋯ 이런⋯⋯ 말도 안 되는⋯⋯."

"그리고 대학교 때 첫사랑인 김수지라는 사람도 기억하시죠?"

"수지? 신촌 사는 수지? 말도 안 돼. 그녀도 그럼?"

"그녀도 마찬가지로 천황폐하를 감시하려는 목적으로 한국정부에서 붙인 요원이었습니다. 두 번째 장을 보시죠."

무 부장이 첫째 장을 넘기자 거기에는 그의 첫사랑 사진이 붙어있었다.

"나⋯⋯ 난 그녀와 결혼할 생각까지 했는데⋯⋯. 그녀는 내가 대학 입학하자마자 만났습니다. 입학식 때 그녀가 나에게 말을 건넸었는데⋯⋯."

"한국정부의 지령에 따라 그녀가 폐하께 의도적으로 접근했던 겁니다. 아마 한국정부의 허락이 있었다면 그녀도 아무런 망설임 없이 폐하와 결혼했을 겁니다. 다만 그때 다른 사유로 결혼은 안 된 걸로 압니다."

"허기야 서울 출신의 외모가 뛰어난 미녀가 시골 출신이면서 인물도 좋지 않은 날 좋아하는 게 이상하다고 친구들이 그때도 수군대곤 했었죠. 그럼 혹시 지금의 아내도?"

"지금 폐하 옆에 계신 황후께서는 다행히 한국정부의 요원은 아닌 걸로 확인 되었습니다."

"그…… 그래요. 그나마 다행이네요."

"그리고 오래 회사생활을 같이 했던 김 대리라는 사람이 국정원 요원이라는 것은 잘 알고 계실 테죠?"

"네……. 그…… 그건 어제 뼈저리게 느꼈습니다. 하지만 다른 사람도 아니고 어머니가 국정원 요원이라니……. 도저히 믿을 수 없습니다. 저희 어머니는 그냥 평범한 촌 노인네란 말입니다."

무 부장은 그의 어머니를 떠올려보니 어딜 봐서도 어머니가 스파이라는 것을 느낄 수 없었다.

"사실 패전되던 해에 12살이었던 당시 황태자인 아키히토(明仁)께서는 아, 아버님의 진짜 이름은 아키히토이셨습니다. 패전 전까지 대일본제국의 대를 이을 황태자였지만 일본이 패전되고 쇼와 천황이 폐위되었을 때 같이 폐위되어 거제도에 같이 유폐되었습니다. 그래서 청소년기에 너무나 큰 충격을 받았던 황태자께서는 아무런 희망 없이 하루하루를 소비했었습니다. 황태자께서는 자신의 신세를 한탄하면서 장성하시고도 결혼할 생각을 하지 않으셨습니다. 자신의 후손들에게 똑같은 아픔을 줄 수 없다고 생각했던 것 같습니다. 그때 황태자 앞에 나타난 게 지금의 폐하 어머니이십니다. 당시 사진을 보니 폐하의 어머니께서는 단아한 미모여서 단숨에 황태자를 사로잡았던 것 같습니다. 물론 황태자께서는 어머니가 한국정부에서 보낸 비밀요원이라는 것을 꿈에도 몰랐지만 말입니다. 쇼와 천황께서는 처음에 한국인과의 결혼에 반대했지만, 한국정부의 강권에 의해 어쩔 수 없이 둘의 결혼을 허락했고 한국정부는 천황 일가 안에 공공연한 감시자를 집어넣었으며 순수한 천황가의 피를 조센징의 피로 더럽히게 한 것입니다."

"조센징이란 표현은 굉장히 거북합니다."

무 부장은 얼굴을 찡그리며 아베에게 말했다.

"하잇. 죄송합니다. 다시는 폐하 앞에서 그 말을 쓰지 않겠습니다."

"제 앞뿐만 아니라 다시는 그 말을 입에 담지 마세요. 굉장히 모욕적입니다."

"네……."

아베는 기어들어가는 목소리로 대답했다.

"하지만 그래도 전 도저히 못 믿겠습니다. 어머니께 전화 걸어 확인해야겠습니다."

"하지만 폐하. 지금 어머니께 전화하면 여기 위치가 노출됩니다. 지금 폐하의 어머니와 누님 가족은 한국 국정원에 잡혀 있는 상태입니다."

"뭐라구요? 국정원이 우리 가족을 잡고 있다구요?"

"네. 폐하. 지금 전화거시면 한국 국정원의 전략에 말리는 겁니다."

"이런…… 나 때문에……. 나만 아니었으면 이런 일이 벌어지지 않았을 텐데……."

"아닙니다. 폐하. 국정원의 목적은 폐하의 가족을 이용해서 폐하를 잡아서 죽이려는 겁니다. 그러니 제발 저희 말을 들으십시오, 폐하."

"그놈의 폐하라는 말을 하지 마세요. 내가 무슨 폐하입니까? 도저히 들을 수가 없습니다. 저는 그냥 무인복이라구요. 무인복 부장. 그러니 제발 그냥 절 무 부장이라고 불러주세요."

"하지만 폐하. 어찌 폐하를 부장이라고 부를 수 있습니까?"

"폐하라는 말 도저히 들을 수 없단 말입니다. 당신들 말대로 천황은 폐위되고 이어진 적이 없는데 내가 어찌 천황이 되고 폐하가 될 수 있냐구요. 그러니 제발 날 폐하라고 부르지 말아주십시오."

무 부장이 간청을 하자 아베는 옆의 나카야마에게 일본어로 설명했다. 나카야마가 한참을 듣고 생각하더니 다시 일본어로 아베에게 말했다.

"일단 알겠습니다. 이제부터는 천황이나 폐하라고 부르지 않겠습니다. 부장님이라고 부르면 되겠습니까? 하지만 그렇다 하더라도 저희의 입장은 변하지 않을 겁니다."

"네. 그거라도 고맙습니다. 그건 그렇고 지금 어머니와 누나 가족이 국정원에 잡혀 있는 것은 사실입니까?"

"저희가 파악한 바로는 그렇습니다. 저희가 폐하…… 아니 부장님과 가족들을 피신시키고 급하게 거제로 팀을 보냈지만 이미 국정원 쪽에서 손을 쓴 상태였습니다. 여기 오늘 아침에 찍은 부장님 어머니 댁과 누나 집의 사진들입니다."

아베는 태블릿 PC를 꺼내 무 부장에게 보여주었다. 무 부장이 보니 눈에 익은 장소였지만 어디에도 그의 어머니와 누나 가족은 보이지 않았다. 이불과 집기들이 어지럽게 널브러져 있는 것으로 봐서는 급하게 그들을 데려간 듯했다.

"지금 가족은 어디 있습니까?"

"그건 저희도 알 수가 없습니다."

"그들도 제 가족입니다. 그들을 구해야지요."

"그들을 구하는 길은 두 가지밖에 없습니다."

"그 길이 뭡니까?

"첫 번째는 지금이라도 부장님께서 국정원에 제 발로 가면 국정원은 부장님을 잡고 그들을 풀어줄 겁니다. 다만 그렇게 되면 부장님의 목숨은 없어지겠죠."

"나머지 하나는 뭡니까?"

무 부장이 묻자 아베는 크게 한숨을 쉬고 뜸을 들이다가 말을 했다.

"일본으로 건너가 일본의 천황으로 정식 즉위하시는 겁니다."

"뭐라구요? 그런 황당한 이야기를……."

"아닙니다. 그러면 가족들은 일반 한국사람이 아니라 일본 천황의 일가라는 것을 전 세계에 공표하게 되는 겁니다. 그렇게 되면 한국정부는 함부로 가족을 잡거나 해치지 못합니다. 그때 당당하게 가족들의 반환을 요청하시면 됩니다. 하지만 그렇다 하더라도 부장님의 어머니는 일본으로 가서 태후로 모시지는 못할 겁니다."

"왜요?"

"순수 한국인인데다가 국정원의 요원이니 어찌 일본국민들이 충심으로 그분을 모실 수 있겠습니까?"

"당신 논리대로 하면 저도 이미 반은 한국인이니 일본인들이 받아들이지 못하겠군요."

무 부장의 말에 아베는 깜짝 놀랐다.

"아…… 아닙니다. 폐하……. 부장님은 어찌 되었건 천황의 적통이십니다. 천황은 살아있는 신이자 일본 그 자체이기에 다른 핏줄이 조금 섞였다고 문제되지는 않습니다."

"어찌되었건 두 가지 다 제가 받아들일 수 없군요."

"네? 왜 그러십니까? 부장님은 만세일계 천황의 피를 가지신 분입니다. 운명을 거부하시지 마십시오. 부장님이 일본의 천황이 되고 일본을 이끌어나가는 것은 숙명이자 천명입니다."

"웃기는 소리하지 마세요. 저는 어제까지 한국인이었습니다. 누구보다도 일본을 싫어하는 한국인이라구요. 그런데 내가 그렇게도 싫어하는 일본인이고, 거기다가 식민지 침략의 원흉인 천황의 후손이라니……. 이건 말이 안 되는 겁니다. 도저히 믿을 수도 없구요. 거기다가 나보고 일본으로 가서 천황으로 즉위하라니…… 이게 말이 된다고 생각합니까? 운명이니 숙명이니 천명이니 하지 말란 말입니다. 나 그딴 거 몰라요. 난 그냥 평범하게 살아가는 서민일 뿐입니다. 하루하루 아등바등 살아가는 사람이라구요. 그런 사람이 천황이 되고 일본을 이끌어요? 말이 안 됩니다. 난 죽었으면 죽었지, 그렇게 못합니다. 그리고 제 가족에게는 이 사실을 절대 말해서는 안 됩니다. 제가 아직 천황이 될 생각이 없는데 가족에게 이것을 알려서 좋은 게 없을 것 같습니다. 그들에게는 그냥 비밀로 해주십시오."

무 부장은 참았던 화를 내며 말을 쏟아냈다. 그가 외치듯 말하자 아베는 놀란 토끼 눈을 하였다. 그러고는 무 부장의 말을 열심히 나카야마에게 설명하였다.

"저 양반에게 다 설명했죠? 그러니 나 좀 내버려 둬요. 지금 머리가 터질 것 같으니까. 다들 이 방에서 나가주세요."

"부장님. 일단 알겠습니다. 가족에게는 비밀로 하겠습니다. 하지만 그동안 잘 생각해보시기 바랍니다."

아베가 말을 하고는 일어나 나카야마와 함께 공손하게 무 부장에게 인사를 하고 방을 나갔다. 이 대리는 천천히 일어나더니 무 부장에게 다가왔다.

"폐하. 아니 부장님. 혼란스러우시죠?"

"당연하지. 자네라면 안 그렇겠어? 그럼 자네도 일본인이야?"

"네. 그렇습니다. 나고야 출신입니다."

"일본 이름도 있고?"

"이제야 제대로 된 제 소개를 하게 되었습니다. 타카하시 카쥬야(高橋 和也)입니다. 앞으로 잘 부탁드리겠습니다."

이 대리는 소개를 하고는 꾸벅 인사를 하였다.

"타카 뭐? 난 그거 모르겠고 계속 이 대리라고 부를게. 괜찮지?"

"부장님 편하신 대로 하십시오. 하지만 부장님. 부장님은 전 일본과 일본인의 희망이자 등불이자 태양이십니다. 그걸 잊으시면 안 됩니다. 일본인 모두가 부장님이 천황으로 즉위하는 날만 기다리고 있습니다."

"알았어. 알았다구. 자네마저 그러지 마. 나 진짜 돌아버릴 것 같다."

"알겠습니다. 그럼 좀 쉬십시오."

이 대리는 역시나 인사를 꾸벅하고 방을 나갔다. 이 대리가 나가자 무 부장은 방을 살펴보기 시작했다. 어디 도망칠 곳이 있나 찾는 것이었다. 커튼을 치우고 창문을 열어보았지만 거기에는 그냥 벽만 있었다. 여기저기 다 찾아보았지만 어디에도 도망칠 만한 곳은 없어 보였다. 그는 한참 왔다 갔다 하다가 지쳤는지 그냥 침대에 들어 누웠다.

'젠장……. 뭐가 어떻게 돌아가는 거야? 어렸을 때는 내가 뭔가 대단한 사람이기를 바란 적도 있었지만 지금은 전혀 아닌데…… 그냥 평범하게 살고 싶은데…… 내가 왜 이런 짐을 짊어져야 하는지…… 진짜 미치겠다. 이야기할 사람도 없고, 저 사람들이 날 순순히 내보내 줄 것 같지도 않고. 그렇다고 진짜 일본으로 건너가 천황이 될 수도 없고…… 국정원으로 갔다간 날 진짜 죽일지도 모르고…….'

그는 이러지도 저러지도 못한 채 누워만 있었다.

아베와 나카야마는 무 부장 방을 나와서 조그만 방에서 이야기를 나누고 있었다.

"이거 생각보다 쉽지 않겠습니다."

아베가 한숨을 쉬며 나카야마에게 말했다.

"그렇군. 이 정도일 줄은……. 타카하시의 보고를 듣고 직접 보긴 했어도 설마설마 했는데 이 정도일 줄은……. 이거 어쩌지?"

"그러게 말입니다. 이제 곧 야마다 님과의 회의가 있을 텐데……. 뭐라고 하죠?"

"사실대로 이야기해야지. 어쩔 수 없잖나. 야마다 님도 이러한 사태를 사전에 짐작하고 계셨다네."

"그렇군요. 하지만 실망이 크시겠습니다. 부장…… 아니 폐하는 피만 천황가의 피일뿐 머릿속은 완전히 한국인이나 마찬가지입니다."

"맞아. 머리는 완전히 조센징이었어."

"나카야마 님. 폐하께서는 조센징이라는 말을 쓰지 말라고……."

아베는 주위를 살피며 조용히 나카야마에게 말했다.

"칙쇼. 여기는 방음이 철저하여 밖에서는 아무도 듣질 못해. 내 마음대로 이야기도 못하냐구. 조센징 보고 조센징이라는데 뭐가 문제야?"

"그래도……."

"이거 이러다가 플랜B를 준비해야 하는 거 아냐?"

"플랜B라면? 혹시?"

"그래. 다른 분을 천황으로 옹립하는 거지. 지금의 무 부장은 철저히 조센징이니 그런 사람을 어찌 대일본제국의 천황으로 옹립할 수 있겠나?"

"하지만 그분만큼 적통이신 분은 없습니다."

"그렇긴 하지. 하지만 미카사노미야(三笠宮) 님도 충분한 자격이 있다고 본다구."

"그분도 역시 친왕이시니 자격으로는 충분합니다. 하지만 쇼와 천황의 직계는 아니잖습니까? 일본인들은 쇼와 천황의 직계가 천황이 되었으면 한단 말입니다."

"휴…… 그러게. 일단 야마다 님과의 회의를 통해서 결정해보자구."

약 한 시간 후 안가의 조그만 방에 여러 사람이 모였다. 거기에는 무 부장이 만났던 나카야마와 아베 그리고 이 대리도 있었다. 그들은 방 정면에 있는 스크린을 쳐다보았다. 스크린의 중앙에는 하얀 화면만 나오고 있었다. 그 아래 작은 화면들이 있었고 각각 일본을 대표하는 지역명이 적혀 있고 화면에는 사람의 얼굴이 떠 있었다. 그때 스피커에서 목소리가 들렸다.

"모두 모였습니까?"

"네. 한국 쪽 동지들은 모두 모였습니다."

"여기 내지 쪽 동지들도 모두 모였습니다. 그럼 영상회의를 시작하도록 하겠습니다. 야마다 님께서 나오십니다."

화면에는 하얀 일본식 가면을 한 자가 나왔고 그가 나오자 모두 일어나 그에게 인사를 하였다.

"모두 모여 주셔서 감사합니다. 특히 한국 쪽 동지들께서 폐하를 안전하게 모시는데 고생했다고 들었습니다. 폐하를 모시는 데 있어서 저희 동지들이 죽거나 다치지는 않았습니까?"

"네. 다행히 죽은 동지는 없습니다. 다만 일부 동지들이 한국 국정원 요원들과의 전투에서 다치긴 했지만 심각하지는 않습니다. 곧 다 나을 겁니다."

나카야마가 한국에 있는 조직원들을 대표해서 말했다.

"다행입니다. 폐하의 건강상태는 어떻습니까?"

"국정원 요원이 폐하를 암살하려고 했었지만 다행히 크게 다치시거나 하지는 않았습니다. 다만……."

"다만? 뭐가 문제입니까?"

"폐하는 천황이 되기 싫다고 하셨습니다."

"음……. 그렇군요. 예상한 바입니다. 한국인으로 평생을 산 사람이 갑자기 생각을 바꿀 수는 없는 거잖습니까? 폐하와 나눈 대화를 제가 볼 수 있을까요?"

"네. 방 안 CCTV가 있으니 일본어로 번역되는 대로 보내드리도록 하겠습니다."

"그건 여기서 할 테니 바로 보내세요. 그래서 어떻게 했으면 좋겠습니까?"

"물론 저희의 목적은 분명합니다. 쇼와 천황의 후손을 찾아서 그분으로 하여금 끊어진 만세일계를 잇게 하겠다는 겁니다. 하지만 일본어조차 못하는 천황이라니……. 이게 말이 됩니까? 과연 일본인들이 평생 한국인으로 살았고 일본어는 단 한 마디도 못하는 분을 천황으로 모시고 따르겠습니까?"

"칸사이(關西) 대표인 토리이(鳥居) 말씀 드리겠습니다."

화면 아래쪽에 보이는 사람들 중 한 사내가 손을 들고 말했다.

"네. 말씀하시죠."

야마다의 허락이 있자 토리이는 말을 이어나갔다.

"한국에서 고생하시는 동지 여러분들의 노고에 치하의 말씀을 먼저 드립니다. 나카야마의 의견도 좋지만 그래도 천황의 혈통이 중요합니다. 그분이 아무리 일본어도 못하고 한국인으로 살아오셨다지만 고귀하고도 고귀한 쇼와 천황의 직계이십니다. 그것은 누구도 부인하지 못 할 겁니다. 아마테라스 오미카미(天照大神)의 후손께서 천손강림(天孫降臨)하시어 일본의 천황이 된 이후 단 한 번도 끊이지 않은 이 만세일계가 훼손되어서는 절대 안 됩니다. 그분도 지금은 모르고 있지만 저희가 그분을 설득하면 반드시 스스로 일본인임을 자각하고 천황임을 자랑스럽게 생각하실 겁니다. 그분 마음에는 야마토 다마시(大和魂, 일본 정신)가 반드시 있을 겁니다. 그러니 쇼와 천황의 직계인 분을 우리의 천황으로 모셔야 한다고 생각합니다."

"토리이 상 감사합니다. 너무나 당연하고 맞는 말씀을 하셨습니다."

야마다는 토리의 말에 찬성을 표시했다.

"하지만 야마다 님. 그분의 피에는 조센징의 피가 반이 흐르고 있습니다. 조센징의 피가 흐르는 천황이라니. 이건 있을 수 없잖습니까?"

"나카야마. 어찌 신의 피가 인간의 피로 더럽혀 질 수 있나요?"

"네?"

"천황은 신의 후손입니다. 토리이 상께서 말씀하신 대로 그분은 아마테라스 오미카미의 후손이십니다. 아마테라스 이후로 많은 인간들과 피가 섞였지만 천황이 신이라는 점은 한 번도 바뀐 적이 없습니다. 그 말은 일부 조센징의 피가 섞였다고 그 본류가 바뀌지 않는다는 겁니다."

"아…… 역시 야마다 님이십니다. 저는 그렇게는 생각하지 못했습니다."

"그럼 다른 의견이 더 이상 없다면 지금 한국에 계신 분을 천황으로 모시는 걸로 하겠습니다. 나카야마. 폐하를 어떻게 일본으로 모실 생각인가요?"

"네. 한국 국정원이 눈을 부릅뜨고 폐하를 찾고 있기 때문에 항공기나 다른 정상적인 방법은 불가능해 보입니다. 결국 밀항밖에는 없을 것 같습니다."

"밀항이라……. 폐하가 너무 힘들어 하시지 않겠습니까?"

"그렇지만 현재로서는 그 방법밖에 없습니다. 안가에서 이동하여 부산으로 간 다음 밀항선을 타고 한국을 떠났다가 한국 영해를 벗어나면 준비하고 있던 저희 쪽 배로 옮기는 걸로 해야겠습니다."

"음……. 그렇군요. 되도록이면 빠른 시간 내 폐하를 일본으로 모셔야 합니다. 지금 일본 내는 국체회복에 대한 분위기가 그 어느 때보다 좋습니다. 이런 분위기를 타서 바로 국체회복과 천황의 즉위를 발표하고 실행해야 합니다."

"그런데 공화파 놈들이 방해하지 않을까 걱정입니다."

"그건 그렇습니다. 지금 권력을 쥐고 있는 자들이 모두 공화파이니……. 미국의 지원을 받는 공화파가 힘이 센 건 사실이지만 우리는 일본인들의 전폭적인 지지와 명분이 있습니다. 만약 우리가 국체회복을 선언하면 1억 2천만 일본인들은 모두 찬성할겁니다. 그러니 한시 빨리 폐하를 일본으로 모시고 와야 일이 진행됩니다."

"네. 알겠습니다. 바로 진행하도록 하겠습니다."

모든 회의가 끝나고 다른 사람들은 방을 나갔다. 나카야마는 무슨 생각에 잠겼는지 눈을 감고 조용히 앉아있었다. 나가려던 아베가 다시 자리에 앉아 나카야마에게 물었다.

"나카야마 님. 무슨 걱정이라도……."

“자네는 폐하가 일본으로 순순히 가실 것 같나?”

“네? 그게 무슨…….”

“지금 내지에 있는 동지들은 폐하의 현재 상태를 정확히 모르고 있어. 그러니 저런 원론적인 이야기만 할 뿐이지. 자네가 보기에 지금의 폐하에게 야마토 다마시(大和魂)가 있어 보이던가?”

“그…… 그거는 토리이 님 말대로 저희가 폐하의 마음을 바꾸려고 노력하다 보면…….”

“아냐. 40이 넘은 사람의 마음은 쉽게 안 바뀌어. 아마 우리가 일본으로 가자고 하면 폐하는 안 간다고 할 게 뻔해. 그럼 어떻게 해야겠냐고?”

“폐하께서 안 간다고 끝까지 우기시면…… 강제로라도…….”

“그렇지. 그 길밖에 없어. 폐하를 강제로 일본으로 모시면 그분이 우리 말을 따라 천황에 오르고 일본을 이끌어 나가려고 할까? 그것도 강제로 해야 하나?”

“음…… 그것까지는…….”

“이제 진짜 플랜B를 생각해야 할 때야.”

“네? 진짜 플랜B요?”

“그래. 내가 일본에서 오면서 생각한 거야. 방계로 잇는 것이 조직 내부의 반발로 불가능하다면 다른 방안을 대비해야 한다고 생각했지.”

“그게 뭡니까?”

“자네는 내가 왜 폐하와 폐하의 가족을 떼어 놓았는 줄 아나?”

“그건 안전상의 문제 때문에…….”

“아니……. 진짜 플랜B때문이야.”

“네? 전 무슨 말씀이신지 통…….”

"내가 말했지. 40이 넘으면 생각이 안 바뀐다고. 그 말은 사람이 어리면 어릴수록 생각을 바꾸기가 쉽다는 이야기야. 만약 어리면서 쇼와 천황의 직계인 아들이 있다면……."

"네? 그 말은 폐하의 아드님이신 황태자를 말씀하시는 겁니까?"

"그렇지. 그분이야말로 우리가 가르친다면 진정한 일본인으로 거듭나고 천황으로서 거듭날 거라는 말이지."

"오…… 저는 그런 생각을 하지도 못했습니다. 그래서 폐하와 폐하의 가족을 떼어놓으신 거군요. 정말 대단하십니다. 정말 일본에 대한 충성심이 대단하시군요. 근데 황태자가 천황이 되려면 폐하는 어찌?"

아베는 놀란 토끼 눈을 하고 나카야마를 쳐다보았다.

"뭐…… 생각해보자구……."

나카야마는 씩 미소를 지으며 아베의 어깨를 툭 치고 자리에서 일어났다.

"그나저나 아베 자네는 국체가 그대로 있었다면 무엇을 했겠는가?"

"네? 그게 무슨……."

"국복회 일이 아니면 무슨 일을 하고 싶었냔 말이야."

"저는 아마 정치를 했을 겁니다. 아시죠? 저의 외할아버지께서 정치를 했다는 거."

"아 그래. 들었어. 기시 노부스케(岸 信介)가 자네 외할아버지시지? 참 훌륭한 분이셨는데……."

"네. 종전에는 도조 히데키 내각에서 상공대신까지 하시다가 전후 전범으로 처형 당하셨죠. 미국 놈들이 난징에서 학살을 했다는 말도 안 되는 죄를 뒤집어 씌워 죽이지만 않으셨어도 총리까지 하셨을 분인데……. 어머니께서는 아직도 그 일을 한스러워 하십니다."

"그래. 우리 국복회 동지들이 다 그런 한을 품고 국복회에 들어왔지. 그 모든 비극이 천황폐위에서 시작된 거야. 그럼 자네는 국체가 회복되면 정치를 할 생각인가?"

"네. 그러고 싶습니다. 천황께서 복위하시면 정치를 시작해야죠. 지방의원부터 시작해서 총리까지 해봐야죠."

"천황을 옹립하면 자네도 1등공신이 되니 총리도 안 될 거 없지. 미래의 총리대신님. 저 좀 잘 부탁드립니다. 하하하."

"아이, 왜 이러십니까? 저보다는 나카야마 님이 먼저 총리가 되셔야죠. 공도 저보다 훨씬 큰데."

"난 이제 늙었어. 자네 같은 사람들이 앞으로 천황이 있는 강한 일본을 이끌어야지."

나카야마는 입맛을 다시며 방을 나섰다.

훗카이도에 있는 한 작은 마을에 승용차가 들어섰다. 차에서 두 사내가 내리더니 마을 어귀에 있는 조그만 집으로 가서는 초인종을 눌렀다. 조금 있다가 한 노인이 문을 열었다.

"어찌 오셨습니까?"

"카와사키 유지(川崎 裕史) 상 되십니까?"

"네. 그렇습니다만……."

노인은 사내들을 굉장히 경계하며 말했다.

"네. 저희들은 현청(縣廳)에서 나왔습니다. 현 내에 있는 노인 분들을 방문해서 노인 분들의 복지향상에 도움을 주려고 합니다. 그래서 일일이 방문해서 어려운 점은 없는지 확인하러 왔습니다. 괜찮으시면 잠시만 시간을 내주십시오."

"아…… 그렇습니까? 고생들 하시는군요. 자자…… 안으로 들어오십시오."

노인은 현청 공무원이라는 말에 경계를 풀고 둘을 집안으로 들였다.

"자자. 여기 앉으십시오. 뭐 차라도 드릴까요?"

"아…….아닙니다. 그저 몇 가지만 여쭙고 가면 되니 괜찮습니다. 저는 아이다(會田)라고 합니다. 이쪽은 오카와라(大河原)라고 하구요."

"안녕하십니까? 처음 뵙겠습니다. 오카와라 야수노리(大河原 康典)합니다."

"네. 그러시군요. 그래.. 무엇이든 물어보십시오."

오카와라라는 사내가 노인에게 서류를 보면서 무엇인가를 계속 물어볼 때 아이다라는 사내는 일어나 거실 안을 구경했다.

"아노…… 카와사키 상. 지금 혼자 사십니까?"

"네. 젊었을 때는 결혼도 하고 애들도 있었지만 지금은 다 죽고 혼자입니다."

"그렇군요. 정기적으로 방문하는 사람은 있습니까? 친구라던가. 친지라던가……."

"뭐 이런 늙은이를 찾아오는 사람이 있겠습니까? 늘 혼자죠."

"네. 그렇군요. 마지막으로 묻겠습니다. 에…… 카와사키 상은 본명이 미카사노미야 다카히토(三笠宮 崇仁)시죠?"

"네?"

사내의 질문에 노인은 파랗게 질렸다.

"아…… 아니……무슨…… 처…… 처음 들어보는…… 이…… 이름……입니다. 당…… 당신들…… 누…… 누구……."

그때 아이다는 노인의 목에 줄을 걸어 힘껏 당겼다. 노인은 팔다리를 휘저으며 저항해보려 했지만 힘없는 노인은 얼마 지나지도 않아 사지가 축 늘어졌다. 사내 둘은 노인의 시체를 너무나 가볍게 들고는 욕실에 가서 샤워기에 끈을 연결하여 목을 매달았다. 그러고는 주머니에서 유서처럼 보이는 하얀 종이를 꺼내 세면대에 놓았다. 그들이 모든 일을 끝내자 또 다른 한 사내가 집으로 들어왔다. 그리고 자살로 꾸민 시체를 살피더니 카메라를 꺼내 시체의 사진을 찍었다.

"모든 것을 정리하고 여기를 뜨도록."

사내는 둘에게 명령을 내리고 먼저 집을 나갔다. 모든 정리가 끝난 후 둘은 방 안에 자기들의 흔적을 모두 없애고 유유히 집을 빠져나왔다. 그 둘이 나올 때 그 집을 향해 있던 CCTV는 반대쪽을 보고 있었다.

카와노 추토무(河野 努)는 조심스럽게 문 앞에 무릎 꿇고 앉았다.

"하라다 님. 카와노입니다."

"음, 들어오게."

하라다의 명이 떨어지자 카와노는 방문을 열고 들어갔다.

"그래. 어떻게 되었나?"

카와노가 들오자마자 하라다는 그에게 질문을 던졌다.

"지시하신대로 다 처리되었습니다. 하라다 님의 수첩에 있는 자들은 모두 제거되었습니다."

"확실하게 한 거지?"

"네. 제가 두 번 세 번 확인한 사실입니다."

"뒤처리도 깔끔하게 했겠지?"

"네. 자살이나 사고로 다 처리되었기 때문에 문제없을 겁니다."

"그럼. 일단 일본 내에서 천황으로 옹립될 만한 사람들은 모두 제거되었다는 거군."

"네. 친왕인 사람들뿐만 아니라 방계까지 모두 제거되었습니다."

"미카사노미야 다카히토(三笠宮 崇仁)도 확실히 제거된 거지?"

"네. 그건 제가 직접 확인했습니다. 사진을 보시죠."

카와노는 미카사노미야 다카히토(三笠宮 崇仁)의 자살 사진을 하라다에게 보여주었다.

"휴우……."

하라다는 사진을 보고서야 안심의 한숨을 지었다.

"이젠 일본 내 화근의 불씨는 모두 제거된 셈이군. 난 국복회가 미카사노미야 다카히토(三笠宮 崇仁)는 별도로 보호하고 있을 줄 알았는데……. 다행이군."

"국복회도 지금으로서는 한국 쪽 일이 더 클 겁니다. 그래서 옛 황족들에 대한 보호에 신경을 못 쓴 거 같습니다."

"그렇군. 난 만약 국복회가 쇼와 천황의 직계를 못 찾으면 미카사노미야 다카히토(三笠宮 崇仁)를 천황으로 옹립할 것으로 예상했었지."

"그래서 하라다 님께서 미카사노미야 다카히토(三笠宮 崇仁)에 대한 감시를 계속 하셨던 거군요."

"맞아. 하지만 이제 쇼와 천황의 직계를 찾은 만큼 미카사노미야 다카히토(三笠宮 崇仁)의 필요성이 떨어졌겠지만 어쨌든 화근을 모두 제거하는 것은 중요해. 그렇다면 이제 천황에 오를 가능성이 있는 사람은 한국에 있다는 사람뿐이군. 국복회 내에 심어놓은 제5열을 통해서 알아낸 정보는 없나?"

"일단 쇼와 천황의 직계라고 알려진 자는 남자이고 40대라고 합니다. 형제로는 누나만 있고 누나는 한국사람과 결혼해서 살고 있다고 합니다."

"음…… 그 자에게 아들이 있다고 하던가?"

"네. 하나 있다고 들었습니다."

"골치 아프게 생겼군. 결국 둘 다 없애지 않으면 안 된다는 이야기인데……."

"들은 바로는 한국 내 국복회 조직에서 둘은 별도의 안가에서 보호하고 있다고 합니다."

"응? 별도로? 음…… 한국 내에 국복회 조직의 총책이 누구라고?"

"나카야마 히로미(中山 博美)라고 들었습니다."

"나카야마 히로미라……."

하라다는 눈을 감고 흰 눈썹을 꿈틀거렸다.

"나카야마 그놈이라면 여우같은 놈인데……."

"네. 예전부터 국복회 내에서 기획통으로 알려졌던 인물입니다. 그가 여러 테러사건을 기획하기도 했었습니다. 골치 아픈 자입니다."

"그렇군. 어쨌든 쇼와 천황의 직계가 일본으로 오는 사태는 무조건 막아야 하네. 제5열을 통해서 저들의 위치를 파악하고 조치를 취하도록."

"하이. 알겠습니다."

이 대리는 조심스럽게 무 부장이 있는 방에 노크를 하였다.

"부장님. 이 대리입니다. 식사 가져왔습니다."

"어. 들어와."

이 대리가 문을 열고 들어가니 무 부장은 의자에 멍하니 앉아있었다. 이 대리는 식사를 탁자에 놓고 나가려다가 무 부장의 얼굴을 살폈다. 무 부장의 얼굴은 평소와 다르게 푸석해 보였다.

"부장님. 어디 편찮으세요?"

"어? 왜?"

"아니 그냥 컨디션이 안 좋아 보여서……."

"좋을 리가 있나? 자네 같으면 이런 상황에서 좋을 것 같아?"

"네……. 하지만 힘을 내십시오. 부장님은 일본의 상징이십니다."

"또 그 소리야? 상징 같은 소리하네. 난 그런 거 관심 없어. 빨리 이 상황을 빠져나가서 일상생활로 돌아가고 싶을 뿐이라고."

"하지만 부장님. 이제 부장님은 부장님이 원한다고 과거로 돌아가실 수 없습니다. 보십시오. 이제 돌아갈 회사도 없지 않습니까?"

"아. 그러고 보니 회사는 어찌 되었어? 그 난리가 났으면 멀쩡하지 않았을 텐데."

"멀쩡하겠습니까? 저희는 그렇게 탈출했지만 국정원이 뒤처리를 했죠."

"뒤처리?"

"네. 제가 알아보니 회사는 그날 밤 불이 났습니다. 큰불이 나서 건물 전체가 홀라당 다 타버렸죠."

"다 탔다고? 전부 다?"

"네. 국정원이 그날 밤 전투의 흔적을 없애기 위해 그런 것 같습니다. 다 태우고 불로 모든 걸 덮어버린 겁니다."

"그럼 회사는 어찌 된 거야?"

"다른 직원들이 다음 날 출근했을 때는 다 타버리고 잔해만 남은 회사건물만 본 거죠. 사실 부장님을 위해서 저희 조직에서 회사를 인수한 거라 경영진도 모두 같이 사라졌습니다. 그래서 그 이후로 회사는 거의 정상적인 운영이 되지 않고 곧 다시 매각될 겁니다."

"젠장……. 나 때문에 직원들이 모두 직장을 잃게 되는 거야?"

"그렇게 생각하지 마십시오. 큰일을 하다 보면 작은 희생은……."

"작은 희생 같은 소리하지 마. 그게 무슨 작은 희생이야? 그 사람들은 직장이 날아 간 거라고. 나도 직장을 잃은 거고."

"부장님은 대신 더 큰 일본을 가지시게 되는 겁니다."

"젠장. 모르겠다. 그나저나 나는 언제까지 여기에 이렇게 있어야 하는 거야?"

"저도 잘…… 일단 다음 단계로 어찌할 건지는 일본 내 국복회 조직과 같이 의논을 해서 정할 겁니다. 곧 정해질 테니 걱정하지 말고 조금만 기다려주십시오."

"그래도 난 일본으로 가서 천황 될 생각 손끝만치도 없어. 내 지금 생각으로는 당장 여기를 탈출하고 싶은 마음뿐이야."

"부장님. 그러지 마시고 생각을 바꿔주십시오."

"안 해. 아니 못해. 내가 어찌 일본 천황이 돼? 차라리 날 보고 국정원 가서 죽으라고 해."

"아……. 부장님……."

무 부장은 말을 하고는 만사가 귀찮은 듯 몸을 침대에 뉘었다. 그러다 무엇인가 생각난 듯 몸을 일으켰다.

"아…… 참. 이 대리 이렇게 있으려니 미치겠는데. 오늘은 술 한잔해도 될까?"

"네? 술이요?"

"그래. 이 좁은 방 안에만 있으려니 답답해 죽겠다고. 이럴 때 술이라고 마셔야 되겠어."

"네……. 뭐 한 번 알아보겠습니다."

"이왕 술 한잔하려면 소주로 하고 안주는 회로 해줘. 너 내가 회 좋아하는 거 알잖아?"

"네. 거제도 출신이라 안주로는 회를 제일 좋아하는 것도 압니다. 잠시 만요."

이 대리는 나와 안가 주방에 술과 안주의 준비를 시켰다. 그때 부엌으로 나카야마가 들어왔다.

"어이 타카하시. 지금 뭐하는 거야?"

"네. 나카야마 님. 폐하께서 술을 한잔하시길 원하셔서요."

"술? 갑자기 웬 술?"

"원래 술을 좋아하시는 편인데, 방에만 있고 최근에 받은 스트레스 때문에 술을 드시고 싶으신가 봅니다. 이럴 때 술이라도 드시면 좀 나아지지 않겠습니까?"

"음…… 뭐…… 그렇긴 하지. 술의 종류는 뭐야? 사케야?"

"아닙니다. 폐하께서 소주를 준비하라고 하셔서……."

"근데 안주는 사시미인가 본데……. 저건 뭐야?"

"네? 네……. 저건 초장입니다."

"초장? 그게 뭐야?"

"네…… 저도 한국 와서 안 건데……. 식초와 고추장을 섞은 겁니다."

"식초와 고추장을 섞어? 저게 왜 필요해?"

"한국사람들은 사시미를 먹을 때 주로 저 초장으로 먹습니다."

"응? 와사비 넣은 간장으로 먹지 않고?"

"네. 그것도 쓰긴 하는데 저걸 더 많이 먹습니다."

"빠가야로. 도대체 뭐가 뭔지. 알았어. 타카하시 자네가 폐하의 술 동무가 되어줘. 그래서 잘 구슬리란 말야. 폐하가 우리 말을 잘 들을 수 있게."

"네. 최선을 다해 보겠습니다."

술과 안주가 다 준비되자 이 대리는 직접 주안상을 들고 무 부장의 방으로 갔다. 나카야마는 이 대리가 무 부장의 방으로 가자 옆방으로 갔다. 거기에는 이미 아베가 무 부장 방을 CCTV로 지켜보고 있었다. 의자에 반쯤 기대어 있던 아베는 나카야마가 들어오자 몸을 일으켜 나카야마에게 자리를 양보했다.

"폐하가 술을 드시고 싶어 하셨답니다."

"웅. 들었어. 근데 무슨 저런 술과 안주를 먹는 건지."

"안주는 사시미인데요?"

"사시미면 뭐해. 이상한 초장이라는 데 찍어 먹던데……. 그리고 저 야채는 뭐야?"

"상추라는 건데 싸먹는 거랍니다."

"쩝…… 하여간 조센징들은 사시미 먹는 것도 참 희한해."

이 대리가 술을 가지고 들어가자 무 부장은 간만에 보는 술이 너무 나 반가웠다.

"아이고 이게 얼마만이냐?"

"부장님. 저하고 한잔하시죠? 괜찮죠?"

"그럼. 내가 여기서 같이 술 마실 사람이 이 대리밖에 더 있어. 아베 인지 뭔지 하는 사람은 왠지 느끼해. 같이 있기 부담스러워."

"네? 하하하…… 네……."

이 대리는 CCTV로 이 모든 걸 보고 있을 아베를 생각하고 괜히 어 색한 웃음을 짓고는 소주의 병뚜껑을 땄다.

"무 부장님. 간만에 같이 술 한잔하게 되네요."

"그러게……. 한두 달 전에 팀회식 하고는 처음이지?"

"네. 그런 것 같습니다."

"참. 그때 이 대리가 나 구해줬었는데……."

"네……."

이 대리는 쑥스러운지 머리를 긁으며 대답했다.

"그때 이 대리하고 나하고 사귄다는 이상한 소문이 회사에 돈 거 알아?"

"네. 저도 들었습니다. 어찌나 우습던지."

"그럼 자네는 순전히 나 때문에 한국인 것처럼 하고 우리 회사의 들어온 거야?"

"네. 조직에서 부장님의 존재를 알고 나서 먼저 거제에 갔지만 부장님의 아버님이신 아키히토 천황께서 워낙 완강히 자신의 존재를 부인하셔서 조직에서 어찌할 바를 모르다가 일단 부장님의 경호와 만일의 사태를 대비해 저를 신입사원으로 위장해서 회사에 들어가게 했었습니다."

"그래서 자네가 내 말이라면 무조건 따랐구만."

"네. 저의 임무라서."

"휴우……. 난 그때 자네가 왜 그리 날 따르는지 의아했었지. 이제와 생각해 보니 내 주위 사람들은 좀 이상했었어. 나에게 다들 친절했고 필요 이상으로 나에 대한 관심이 많았었어. 내 고등학교 때 절친도 그랬고 내 첫사랑도 그랬고. 내가 그 사람들에게 하는 것 이상으로 그 사람들이 나에게 주었지. 알고 보니 그게 다 나를 감시할 목적이었겠지만."

무 부장은 자기의 인생이 허무하게 느껴서인지 회한에 잠긴 표정을 지었다.

"부장님을 속인 그 사람들과 한국정부의 잘못이지, 부장님의 잘못은 아니잖습니까?"

"그렇긴 한데…… 너무나 허무해서……. 나 까짓 게 뭐라고…… 나 첫사랑인 수지랑은 자기도 했었어."

"네? 대학교 때요?"

"응. 그땐 내가 수지에게 불이 붙었었거든. 수지가 진짜 예뻤었어.

그리 예쁜 애가 날 좋아한다니까 내가 정신 못 차렸지. 춘천인가 같이 놀러 갔다가 내가 그녀를 가지고 싶어서 애걸복걸했었지. 그녀는 약간 주저하더니 나랑 하룻밤을 같이 보냈지. 그것도 지령에 의해서였을까?"

"글쎄요? 그랬을지도 모르죠. 부장님 옆에 있으려면 그렇게 해야 하지 않았을까요?"

"휴우……. 좋아하지도 않는 나랑 지령 때문에 같이 잔 수지의 마음은 어땠을까?"

"그래도 부장님을 싫어하지는 않았을 겁니다."

"왜 그렇게 생각해?"

"그냥요. 저도 사실 명령에 의해 부장님 옆에 있었지만 부장님의 인간미에 반했었습니다."

"내가 뭘…… 무능해서 맨날 욕만 먹는 사람이 무슨……."

"다른 분들에 비해서 진짜 인간적인 정은 깊었었습니다."

"그렇게 이야기해 주니 고맙네. 나는 진짜 같이 일하는 사람들에게 잘해주려고 했는데…… 특히 홀어머니 모시고 총각으로 사는 김 대리에게는 더욱더……. 근데 그것도 모두 거짓이었을까?"

무 부장은 김 대리 이야기가 나오자 울컥했는지 눈물을 참고 술 한 잔을 원샷했다.

"부장님. 천천히 드십시오."

"뭐 어때? 늦게 간다고 뭐라 할 마누라가 있나? 내일 일찍 일어나서 출근해야 하는 직장이 있나? 내일도 하루 종일 멍하니 이 방에 있기만 할 건데…… 이 대리 자네도 할일 없지?"

"네. 부장님 지키는 일 외에는."

"그러니까 오늘 간만에 달려보자고. 괜찮지?"

"네. 부장님."

"그러면 아예 소주 박스째 여기 갖다 놔. 괜히 왔다 갔다 하지 말고."

무 부장의 말대로 이 대리는 나가서 소주 한 박스를 들고 들어왔다. 이 모습을 옆방에서 지켜보던 나카야마는 자리에서 일어났다.

"어? 나카야마 님. 어디 가시게요?"

"그냥 저런 헛소리 듣기에는 내 시간이 너무 아깝다. 아베 잘 듣고 있어. 난 일본 밀항계획이나 짤 테니."

"네. 들어가십시오."

이 대리가 소주를 더 가져오자 무 부장은 아예 소주잔을 치우고 맥주 글라스에 소주를 부었다.

"이봐. 이 대리……. 이 정도는 먹을 수 있지?"

"아이고, 부장님. 이거 너무하십니다."

"뭘 이정도 가지고 그래. 저번에 보니 폭탄주고 양주고 잘 먹더구만."

"아이…… 참……. 그런데 첫사랑은 어떻게 헤어지신 거예요?"

"어? 수지랑? 그러니까 내가 수지랑 처음 잔 이후에 왠지 좀 멀어진 듯한 느낌이 들었어. 그 이후로 몇 번 더 같이 잤었어. 근데 난 동물처럼 그녀에게 덤벼들었는데 그녀는 좋아서 하는 게 아니라 억지로 한다는 느낌이 들더라고. 그 있잖아. 중년 부부가 의무감에 같이 자는 것 같은 거……."

"하하하. 20대 청춘이 그런 것도 느끼셨어요?"

"응……. 그땐 나 진짜 심각했었어. 그래서 그때 수지랑 결혼할 생각도 했었지. 그래야 그녀를 잡을 수 있겠다 싶었거든. 그런데 그녀가 갑자기 유학을 간다고 하더라고. 집안이 전체다 미국으로 이민 간다나 어쩐다나."

"그것도 국정원 지령에 때문이었겠네요."

"지금 보니 그런 거 같아. 나로서는 갑작스런 그녀의 이별 통보에 슬펐지. 세상에 끝난 것 같았어. 매일 술로 지새웠지. 그러다 그냥 홧김에 군대에 가려고 했어. 그런데 뭔 이유인지는 모르겠지만 면제라고 하더군. 결국 군대도 못 가고 휴학해서 한 학기 놀았지. 그러고는 끝이야. 나중에 친구들한테 수소문했는데, 아는 사람이 아무도 없더라고. 난 그녀를 잊은 줄 알았는데…… 젠장."

무 부장은 다시금 수지가 생각나는지 맥주 글라스에 담긴 소주를 벌컥벌컥 들이켰다.

"이…… 이봐. 이 대리…….자네 본명이 뭐? 타카?"

"네. 타카하시 카츄야입니다."

"어…… 그래…… 타카하시. 자네는 원래 뭐하던 사람이야?"

무 부장은 이제 상당히 취했는지 혀가 꼬인 상태로 질문을 했다.

"원래 아버지가 국복회 동지셨습니다. 제가 어렸을 때부터 열성적으로 활동하셨는데 일본 정부는 국복회를 테러단체나 반국가단체로 규정하고 탄압을 많이 가했었습니다. 그래서 저희 아버지께서도 국복회 활동 때문에 몇 번 투옥되셨다가 감옥에서 돌아가셨습니다."

"아이고 저런……."

"제가 대학교 다니던 때였는데……. 아버지께서 돌아가신 후 저는 국복회에 가입하게 되었고 그 이후로 현장요원으로서 훈련받고 한국으로 오게 된 것입니다."

"한국어는 언제 배운 거야? 진짜 한국사람 같던데……."

"네. 대학 때 한국어를 전공했었습니다."

"응? 왜? 국복회라면 상당히 극우단체 같은데……. 그런 극우 단체 회원이었던 자네 아버지께서 자네를 한국어과에 보냈다고?"

"한국은 언젠가는 다시 정복해야 하는 나라이기에 한국어를 배워야 한다고 하셔서……."

이 대리의 말에 무 부장은 심기가 불편해 졌는지 아니면 술 때문인지 얼굴이 붉으락푸르락해졌다.

"씨발……. 그놈에 극우파 놈들…… 과거 침략도 부정해…… 사과도 안 해……. 그래놓고 무슨…… 다시 정복? 아이 씨발 재미없다. 다른 이야기하자. 너는 애인 있냐?"

"없습니다."

"하기야 무슨 독립운동하는 것도 아니고 내 뒤만 졸졸 따라 다녔으니 무슨 애인이 있겠어……. 에이 모르겠다. 오늘은 그냥 먹고 죽자. 죽자."

무 부장은 글라스 한 잔 더 마시고는 맥없이 앞으로 쓰러졌다. 쓰러진 무 부장을 이 대리가 부축하여 침대에 눕혔다.

"폐하. 폐하께서 아무리 그러셔도 저에게 천황은 폐하뿐입니다. 안녕히 주무십시오."

무 부장이 잠든 것을 확인한 이 대리는 방을 정리하고 불을 끄고 방을 나왔다.

같은 시간 서초구에 위치한 국정원에서는 비상 TFT 회의가 열리고 있었다. TFT장은 특별실의 이건희 실장이 맡았고 모든 특별실 요원들이 모두 참여하고 있었다. 그리고 일본관련 업무의 처리를 위해 일본팀의 최동국 팀장까지 합세하였다.

"지금까지의 상황을 정리해 보자구. 국복회는 그동안 한국 내에 없었던 것으로 봤는데 언제 한국 내로 잠입한 거지?"

"그건 확실히 알 수 없습니다. 다만 국복회 특성상 쇼와 천황의 후손들을 찾기 위해 백방으로 노력했기 때문에 그 결과로 한국까지 오게 된 걸 겁니다."

일본팀의 팀장이면서 일본 내 극우단체에 대한 해박한 지식을 자랑하는 최동국 팀장의 말이었다.

"그러면 결국 국복회가 단서를 쫓다가 여기로 왔다는 거군. 이상한 게 우리는 그들이 쇼와 천황의 후손이라는 것을 철저히 비밀로 했는데 어찌 알게 된 거지?"

"세상에 영원한 비밀은 없습니다. 제가 들은 바로는 그들이 미국 내 친일 단체를 이용해서 미국 CIA 비밀 서류에 접근했던 것 같습니다. 거기서 쇼와 천황의 가족을 한국에 유폐했다는 것을 알아냈을 겁니다."

"음…… 결국 미국 애들이 문제야. 그렇게 일본 놈들과 하고 싸웠는데 일본 놈들 돈에 놀아나다니……. 어쨌건 천황의 후손을 확인하고 나서 무 부장을 일본으로 빼돌리기 위한 작전을 짠 거군."

"그런 것 같습니다. 무 부장이 다니던 회사를 인수한 일본 펀드에 국복회 자금이 흘러 들어갔다는 사실을 확인했습니다. 그들은 무 부장을 아무런 의심을 사지 않고 일본으로 빼돌리기 위해 아예 회사를 인수한 것입니다. 겉으로 회사를 인수한 일본 회사는 실체가 없는 페이퍼 컴퍼니였습니다."

"우리 쪽 요원이 아니었으면 진짜 그렇게 되었겠군."

"그래도 쉽지 않았을 겁니다. 무 부장은 특별 관리 인물이라 여권 발급도 안 되고 군대도 가지 못하는 사람이었습니다."

"그건 그래. 하여간 무 부장이 다니던 회사를 좀 더 조사해 봤어?

뭐 단서가 될 만한 것을 발견했어?"

이 실장은 특별실 요원들을 쳐다보고 물었다.

"네. 회사 인수에 참여했던 인물들을 위주로 조사했는데 아무런 혐의점을 찾지 못했습니다. 인수계약에 참여했던 로펌이나 변호사들은 그냥 일반적인 M&A로 알고 있었습니다. 그전에 그 회사 오너의 경영실패로 회사 운영이 굉장히 어려워서 회사 매각을 서두르고 있었다고 합니다. 부실의 규모가 커서 아무도 인수하지 않으려는 것을 일본 회사가 나타나 인수하게 된 것입니다. 겉으로는 지극히 정상적인 거래였다고 합니다."

"일본 회사를 대리했던 사장이 있었다던데?"

"네. 대표이사를 했던 이석준이라는 인물인데 사건 이후 시체로 발견되었습니다. 이용가치가 없어지자 국복회 측에서 제거한 거 같습니다."

"휴우……. 그럼 그 회사는 어찌 되는 거야?"

"현재로서는 경영진이 붕괴된 상태이고 사무실도 저희 쪽 처리에 따라 다 불타 버려서 정상적인 영업이 안 되고 있습니다. 아마 곧 파산처리 될 것 같습니다."

"이거 도마뱀이 꼬리 짜르고 도망간 거 같아."

"네. 어차피 그 회사는 무 부장을 데리고 가기 위한 수단에 불과했습니다."

"그 와중에 직원들이 직장을 잃겠구만. 그건 중요한 게 아니고……. 무 부장의 흔적을 어디에서도 찾을 수 없어?"

"네. 경찰에 무 부장과 그 가족들의 인적사항과 사진을 돌리고 검문검색을 강화했지만 아직까지 어디에 있는지 전혀 파악하지 못하고 있습니다."

"어쩐다……. 이러다 진짜 무 부장이 일본으로 가는 거 아냐?"

이 실장의 말에 아무도 대답을 하지 못했다.

"실장님."

모두 고개 숙이고 있을 때 최 팀장이 말했다.

"어. 그래. 말해봐."

"결국 국복회는 무 부장과 그 가족을 일본으로 데리고 가려고 할 겁니다. 그런데 지금 우리가 이러고 있기 때문에 정상적인 루트로 일본으로 그들을 데리고 갈 수 없다는 것을 잘 알겁니다."

"그래서?"

"정상적인 방법이 안 된다면 결국 비정상적인 방법밖에 없습니다."

"비정상적인 방법?"

"네. 바로 밀항이죠. 일본과 우리나라는 그리 먼 거리가 아닙니다. 빠른 배를 이용한다면 하룻밤이면 현해탄을 건널 수 있습니다."

"음…… 그렇군. 그들은 밀항이라는 방법밖에 없겠어."

"우리는 그 밀항의 기회를 없애버리는 겁니다. 그래서 그들을 한국 내에 잡아둔 다음 찬찬히 훑어 잡는 겁니다. 단기전이 안 되면 적의 퇴로를 차단하고 장기전으로 가는 거죠."

"그게 말은 되는데 어떻게 밀항의 가능성을 없애지?"

"일단 지도를 보시죠."

최동국 팀장은 PC를 켜서 회의실 대화면에 한반도 남부의 지도를 띄웠다.

"일본으로 밀항할 수 곳은 남해, 서해 남부, 동해 남부의 항구들입니다. 이곳은 하루에도 수많은 배들이 들락날락합니다. 하지만 우리가 모든 인원을 동원해서 들고 나는 모든 배를 전수 검사하는 겁니다."

"전수검사? 그게 가능해?"

"경찰과 해양경찰, 필요하다면 군대까지 동원해서 하는 겁니다. 그렇게 강력하게 통제를 하면 저들도 밀항하는 게 쉽지 않다는 것을 알게 될 겁니다. 그렇게 그들을 가두는 거죠. 그리고 또 하나 무 부장을 언론에 공개하는 겁니다."

"뭐? 언론에 공개한다고? 그건 안 돼. 절대 안 돼. 그걸 공개했다가 일이 커지면 어떡하려고?"

이 실장은 최 팀장의 말을 펄쩍 뛰며 반대했다.

"있는 그대로 공개하는 게 아닙니다. 지금 비밀로 하고 그를 찾으니 한계가 있는 겁니다. 저는 무 부장을 언론에 공개하되 진실을 감추는 거죠."

"어떻게 하자는 거야?"

"무 부장을 잔혹한 살인자로 만드는 겁니다. 저번 회사 화재를 무 부장이 일으켰고, 단순히 방화가 아니라 그가 저지른 살인들을 덮기 위해서 불을 질렀다고 하는 겁니다."

"응? 그래서?"

"즉. 그를 공개 수배할 수 있는 배경을 꾸미는 겁니다. 그렇게 공개 수배를 하고 포상금을 내건다면 그들도 그를 쉽게 움직이지 못하게 할 겁니다. 수많은 국민들을 감시자 겸 제보자로 만드는 겁니다."

"좋은 생각이긴 한데……. 만에 하나 잘못되면 어떡하지?"

"그가 살인자로 몰린다면 그의 말을 누가 들어주겠습니까? 그가 다른 말을 하기 전에 찾아서 제거해야지요."

"그건 그래. 최 팀장은 이 계획을 서류로 작성해서 내일 아침에 나에게 보고해. 그리고 그걸 가지고 원장님께 보고 드리자고. 그리고 무 부장 탈주 시 이용된 차량에 대한 추적을 하고 있는 거야?"

"네. 하고는 있는데 쉽지 않습니다. 그들이 처음 이용된 차량을 버리고 다른 차량으로 갈아탄 거 같습니다. 번호판도 바로 바꾼 것 같습니다. 추적이 안 됩니다."

"휴우……. 이거 오늘도 집에 가긴 틀렸군. 이러다 그놈 죽이려다 내가 먼저 죽겠다. 하여간 좀 더 힘내고……. 이만……."

이 실장은 피곤한지 눈을 질끈 감았다가 뜨고는 자리에서 일어나서 회의실을 나갔다.

무 부장은 눈을 떴지만 심한 두통이 밀려와 도로 눈을 감았다.

"으악…… 속 쓰려…… 어제 얼마나 먹은 거야…… 으……. 죽겠다."

무 부장은 한참이 지난 후에 눈을 뜨면서 투덜댔다. 그는 주위를 둘러보았다. 지난 며칠간 달라진 게 하나도 없어 보이는 방이었다. 그는 힘들게 침대에서 일어나 앉았다. 속이 더부룩한 게 미칠 것 같았다.

"으아…… 이럴 때 시원한 북엇국이나 콩나물국이나 먹고 싶네…… 젠장……."

그는 혼잣말을 하면서 일어나 화장실로 갔다. 대충 씻고 나오자 밖에서 노크 소리가 났다. 그가 대답하자 웬 사내가 문을 열고 들어왔다.

"식사 가져왔습니다."

그는 쟁반을 탁자 위에 놓았다. 무 부장이 보니 그의 마음을 알았는지 콩나물국이 있었다.

"이야. 내가 속 쓰릴까봐 이 대리가 준비했나 보네. 고마워요."

"네. 그럼……."

사내는 조금 망설이는 것 같더니 고개를 숙이고 나서 바로 방을 빠져 나갔다. 그가 나가자 무 부장은 자리에 앉아 밥을 콩나물국에 말았다. 그가 막 먹으려고 하자 밖에서 노크 소리가 났다.

"누구세요? 들어오세요."

무 부장이 대답하자 이 대리가 음식이 든 쟁반을 들고 들어왔다.

"무장님. 속 쓰리시죠. 그래서 제가 북엇국을……."

"어? 무슨…… 여기 벌써……."

무 부장은 막 한술을 뜨려고 하는 순간이었다. 이 대리는 쟁반을 던져버리고는 뛰어와 무 부장의 팔을 잡았다.

"부장님. 잠깐만요. 잠깐 그대로 계십시오."

"어?…… 왜…… 그래?"

"이거 드시지 말고 잠깐만 기다리십시오."

"어…… 그…… 그래."

무 부장은 이 대리가 너무 무섭게 이야기해서 놀라고 쫄아서 대답했다.

"아까 이거 가져다 준 사람 기억나십니까? 얼굴의 특징이라든가? 아님 옷 입은 거라든가?"

"글, 글쎄? 얼굴은 뭐 평범했고. 키가 180이 넘었고, 파란 옷을 입고 있었던 것 같아."

"알겠습니다. 잠시만 여기에 그대로 계십시오. 이거는 절대 드시지 마시구요."

"알았어."

무 부장이 겁먹은 얼굴로 고개를 끄덕였다. 이 대리는 일어나 방 밖으로 나갔다. 그러고는 방 밖에서 지키고 있던 경호원에게 갔다. 그러고는 빠른 일본말로 그에게 물었다.

"방금 전에 폐하께 식사를 주었다는 사람 기억하나?"

"네? 글쎄요? 전 그냥 폐하께 드릴 식사라고 해서."

"폐하께 식사를 드리는 건 나만 한다는 사실을 몰라?"

"네? 네…… 순간 깜박했습니다."

"그놈 어디로 갔어?"

"그냥 저쪽으로 갔습니다."

"알았어. 넌 당장 폐하 방으로 들어가서 폐하를 보호해. 무슨 일이 있어도 아무도 폐하 방으로 들어가지 못하게 하란 말야. 알았지?"

"네? 네. 알았습니다."

그는 품에서 권총을 꺼내더니 무 부장의 방으로 들어갔다. 그가 갑자기 총을 들고 들어오자 무 부장은 깜짝 놀라 벌떡 일어났다.

"무…… 무슨 일입니까?"

"아노…… 저는…… 가드이무니다. 잠…… 잠시만……."

그는 서툰 한국말로 무 부장에게 대답했다. 무 부장은 놀란 마음을 추스르지 못하고 있었다. 그때 이 대리는 경호원이 가리킨 쪽으로 열심히 뛰어갔다. 그들이 있는 안가는 밖으로는 평범한 창고의 형태지만 지하를 뚫어 그 안에 여러 개의 방을 만들어 놓고 있었다. 그래서 그 안쪽에서는 마치 미로처럼 되어있었다. 이 대리는 지나가다가 경호조의 한 명을 발견했다.

"어이. 사토. 자네는 날 따라와."

사토는 이 대리의 지시에 따라 그의 뒤를 따랐다. 이 대리는 곧 이제 막 지상으로 나가는 문을 열려는 한 사내를 발견했다.

"어이. 잠깐만."

이 대리가 일본어로 외치자 그 사내는 흠칫 놀라는 것 같았다. 그러고는 천천히 돌아섰다. 사내는 위에 파란 잠바를 입고 가방을 메고 있었다.

"무슨 일입니까?"

"못 보던 얼굴인데? 언제 여기로 온 건가?"

"야마다 님께서 폐하의 안전을 강화하기 위해서 보냈습니다. 오늘 아침 일찍 도착했습니다."

"그래? 국복회 ID를 볼 수 있겠나?"

"왜 그러시죠?"

"그냥 폐하의 안전이 최우선이니 조심하자는 거야. 당장 보여줘."

"뭐. 그러죠."

사내는 순순히 바지에서 ID를 꺼내 이 대리에게 보여주었다. 이 대리가 보니 틀림없이 국복회 요원들에게 발급하는 ID였다.

"아까 폐하께 식사를 가져다주지 않았나?"

"네? 저는 아직 폐하를 본적도 없습니다."

"그래? 그럼 나와 같이 갈 수 있을까?"

"왜 그러십니까?"

"그냥 확인할 게 있어서 그래. 가서 CCTV로 확인만 하면 돼."

"아이참. 바쁜데."

그는 어이없다는 듯이 머리를 긁적이다가 등에 숨겨놓았던 총을 꺼내 이 대리에게 쐈다. 이 대리와 사토는 총소리에 반응하여 잽싸게 몸을 피했다. 지하에서 총소리가 나자 마치 천둥치는 것 같았다.

"뭐야? 무슨 소리야?"

나카야마는 깜짝 놀라 하며 외쳤다.

"무슨 총소리 같습니다."

아베도 역시 놀란 상태로 대답했다.

"제가 나가서 알아보겠습니다."

이 대리에게 총을 쐈던 사내는 가방을 열어 우지 기관단총을 꺼냈다.

"젠장…… 바로 총으로 제거할 걸……."

그는 투덜대면서 이 대리와 사토가 숨은 쪽으로 우지 기관단총을 쏘아댔다. 그러고는 조금씩 지상으로 나가는 문 쪽으로 갔다. 이 대리와 사토는 품에서 권총을 꺼내 그에게 응사했다. 그때 아베가 달려오다가 쏟아지는 총알에 놀라 낮은 포복으로 이 대리에게 다가갔다.

"이봐. 타카하시. 어찌 된 거야?"

"암살자입니다."

"뭐? 암살자? 폐하를 노린 거야?"

"네. 지금 도망치려던 것을 제가 잡으려니 저렇게 총을 난사하고 있습니다. 저대로 두면 지상으로 나가 도망칠 것 같습니다."

"젠장. 알았어."

아베는 주머니에서 무전기를 꺼냈다.

"비상사태 발생. 암살자가 나타났다. 지금 지상으로 도망치려고 하고 있다. 반드시 잡아라. 생포해라. 배후를 밝혀야 한다. 지상으로 나가게 두면 안 된다."

암살자는 총을 쏘다가 품에서 수류탄을 꺼내 안쪽으로 집어 던졌다.

"빠가야로 새끼들. 잘 있거라."

수류탄이 굴러 이 대리와 사토, 아베가 있는 쪽으로 왔다. 다들 놀라 움직이지 못할 때 사토는 몸을 날려 수류탄을 덮쳤다.

"덴노 헤이카 반자이(천황폐하 만세)."

사토의 외침과 동시에 수류탄이 터졌고 그의 몸은 산산조각이 났다. 이 대리와 아베는 사토의 피를 뒤집어썼다. 아베가 멍하니 있을 때 이 대리는 벌떡 일어나 암살자를 쫓았다. 이 대리가 지상으로 나오자 거기에는 이미 지상요원들이 죽어 있었다. 킬러가 밖으로 나가면서 죽인 것이었다. 이 대리가 건물 밖으로 나가보니 이미 킬러는 차를 타고 달아난 뒤였다. 이 대리는 킬러 뒤를 쫓는 것을 포기하고 안가로 급히 돌아왔다. 그러고는 나카야마에게 갔다.

"어떻게 된 거야?"

"안가가 공격당했습니다."

"뭐야? 공격을 당해? 누가 한 거야?"

"그건 모르겠습니다. 킬러는 폐하를 독살하려다 실패하고 저희와 교전을 벌이다가 도망쳤습니다."

"이런 젠장. 무슨 보안이 이리 허술해. 여기로 숨은 지 얼마나 됐다고 킬러가 폐하에게까지 접근하냐고? 이게 말이 돼? 도대체 누가 여기를 공격한 거야?"

"나카야마 님. 그게 지금 중요한 게 아닙니다. 여기가 털렸으니 여기는 매우 위험합니다. 폐하를 시해하려 했던 세력이 더 많은 암살자를 보낼지도 모릅니다. 그리고 한국 국정원에서도 여기를 덮칠 수도 있습니다. 그러니 빨리 여기를 떠야 합니다."

"알았어. 일단 여기를 벗어나는 게 급선무다. 전 동지들에게 알려라. 즉시 여기를 버리고 제2의 장소로 이동한다. 황후와 황태자를 모시는 쪽에도 알려서 즉시 이동하라고 해. 빨리. 시간이 없다."

"네. 알겠습니다."

이 대리는 나카야마의 명령이 있자 제일 먼저 무 부장에게로 달려갔다. 이 대리가 문을 열고 들어가니 아까 경호원이 벌벌 떨며 총을 이 대리에게 겨누었다.

"나다. 멈춰."

"하…… 하이."

"넌 빨리 여기를 떠날 준비를 하라."

"네. 알겠습니다."

경호원이 나가자 이 대리는 무 부장에게로 갔다.

"부장님. 괜찮으십니까?"

"응? 응. 뭐가 어찌 된 거야?"

"일단 여기를 피하셔야 합니다."

"피…… 피한다고? 여기는 안가라며?"

"그런데 여기가 노출되었습니다."

"왜? 어떻게?"

"정확하게는 모르겠지만 확실한 것은 여기 그대로 있으면 위험하다
는 겁니다. 즉시 옮기셔야 합니다."

"어디로 간다는 말이야?"

"저희가 몇 군데를 미리 준비해 놨습니다. 여기를 버리더라도 제2,
제3의 장소가 있으니 걱정하지 마십시오."

"그래? 그렇다면 다행인데……. 거기도 안전하다는 보장이 있는 거
야?"

무 부장의 질문에 이 대리는 말을 못하고 머뭇거렸다. 무 부장의 말
대로 다른 장소도 노출되지 않았다는 보장이 없었다. 하지만 그들에
게 선택의 여지는 없었다. 그때 나카야마가 방으로 들어와 이 대리에
게 일본어로 외쳤다.

"타카하시. 뭐하고 있어. 빨리 폐하를 모시지 않고."

나카야마의 호통에 정신이 번쩍 든 이 대리는 무 부장을 힘으로 끌
고 나갔다.

"이…… 이봐. 좀 살살해. 아파. 아프다구."

"죄송합니다. 부장님. 너무나 위급한 상황인지라 어쩔 수 없습니
다."

이 대리가 고갯짓을 하자 다른 경호원 둘이 무 부장에게 더 붙어
그를 거의 끌다시피 하였다. 그들은 무 부장을 밖으로 끌고 가더니

거의 차에다 집어던지듯 타게 했다. 무 부장이 타자 이 대리는 곧바로 타서 차의 문을 닫았다. 그러고는 무전기를 꺼내 빠르게 일본어를 내뱉었다.

"폐하는 차에 탑승했다. 1호차 즉시 이동한다. 각자 탈출해서 제2장소에 집결한다. 경호차량은 두 대가 따라붙도록. 이상."

무 부장은 멍하게 이 대리가 일본어로 말하는 것을 쳐다만 보았다.

"이…… 이 대리…… 어디로……."

"부장님. 죄송합니다."

이 대리는 품에서 손수건을 꺼내더니 무 부장의 입에 대었다. 그러자 무 부장은 바로 잠에 빠져들었다.

"폐하. 죄송합니다. 이런저런 설명을 할 시간이 없어서 그랬습니다. 용서하십시오."

무 부장과 이 대리가 탄 차는 굉음을 울리면서 출발하였다.

그들이 떠나고 약 3시간 후 검은색 차량 여러 대가 같은 장소를 들이 닥쳤다. 최동국 팀장은 첫 차에서 내려 다른 차량에서 대원들이 내리기를 기다렸다. 그들은 특전사용 전투모와 방탄조끼와 MP5기관단총 등으로 완전무장하고 있었다. 최 팀장은 익명의 제보를 받고 공격조를 이끌고 무 부장이 있던 안가로 온 것이었다. 그는 공격조를 확인하고는 안전전화로 국정원장에게 전화하였다.

"원장님. 모든 준비가 끝났습니다. 지금 바로 진입하겠습니다."

"그래. 알았어. 조심하도록. 저들은 고도로 훈련받은 자들이야."

"네. 알겠습니다."

최 팀장은 공격조를 3조로 나누어 안가에 침투하게 했다. 1조는 조심스럽게 창고에 접근했다. 모두가 총의 방아쇠에 손가락을 걸고 조용히 걸어갔다. 창고의 문은 열려 있었고 안에 들어가니 여러 구의 시체가 널려있었다. 다들 총상이 있거나 칼에 의해 죽임을 당해 보였다. 1조가 지상의 창고를 파악하는 동안 2조는 지하로 연결되는 문을 발견하였다. 그리고 3조를 기다렸다가 2, 3조가 같이 지하로 내려갔다. 거기도 마찬가지로 전투의 흔적이 여기저기 보였다. 수류탄이 터졌던 흔적도 보였다. 하지만 어디에도 살아있는 사람은 보이지 않았다. 30분의 철저한 수색 후 최 팀장은 보고를 위해 국정원장에게 전화를 걸었다.

"원장님. 여기는 아무도 없습니다."

"뭐야? 허위 신고였다는 거야?"

"아닙니다. 그들은 불과 몇 시간 전까지 여기 있었습니다."

"그런데?"

"지금은 여기를 버리고 갔습니다. 그것도 아주 황급하게."

"그래? 무슨 일이 있었나?"

"안가 곳곳에 전투의 흔적이 있습니다. 아무래도 여기서 전투를 벌였고 그 이후에 여기를 탈출한 거 같습니다."

"음……. 그렇다면 그 제보가 유효하다는 이야기군. 일단 알았어. 감식반 보낼 테니 그곳을 샅샅이 뒤져. 뭐라도 단서를 찾아야 하잖아."

"네. 알겠습니다. 즉시 조사해서 보고하도록 하겠습니다."

최 팀장은 원장에게 보고한 후 특별실장에게도 같은 내용을 보고했다.

무 부장이 눈을 뜨자 이 대리가 그를 쳐다보고 있었다.

"으…… 머리야."

"부장님. 이제 정신이 드세요?"

"어? 어……. 그렇긴 한데…… 머리가 너무 아프다. 어제 그렇게 술 먹고 해장도 하기 전에 그 난리가 나서 아무것도 먹지를 못했다."

"그러실 줄 알고 제가 해장국을 준비했습니다. 이거라도 좀 드시죠."

이 대리가 접시를 내밀자 무 부장은 밥을 해장국에 말아 한 입 넣으려다가 이 대리를 쳐다보았다.

"부장님. 이건 안심하고 드셔도 됩니다."

이 대리는 알았다는 듯이 말했고 무 부장은 그제야 안심하고 해장국을 먹었다. 무 부장은 배가 부르자 주위가 좀 보이기 시작했다.

"여기는?"

"네. 새로운 안가입니다."

"그래? 저번하고는 좀 다르네."

"네. 저번보다는 그래도 좀 더 아늑할 겁니다. 여기는 TV를 보실 수도 있습니다."

이 대리는 리모컨을 들어 TV의 전원을 켰다.

"이야. 정말이야? 이거 케이블이나 종편도 나오나?"

"그…… 그게 지상파만……."

"그래? 그래도 그게 어디야. 이제 좀 낫겠구만. 참 내 가족들은?"

"네. 마찬가지로 새 안가로 이동했으니 걱정하지 마십시오."

"그래? 그래도 연락 좀 했으면 하는데."

"네. 알겠습니다."

이 대리는 휴대전화를 꺼내더니 화면 중앙에 자신의 오른쪽 엄지손가락을 갖다 댔다. 좀 있다가 화면이 켜지더니 전화를 연결해서 무 부장에게 주었다.

같은 시간 국정원내 TFT에서는 안가 내부에 대한 분석을 하고 있었다.

"최 팀장. 안가에서 새로운 단서를 찾아낸 게 있어? 새로운 안가의 위치라던가?"

"다른 안가에 대한 정보는 없었습니다. 안가 안에는 지도나 컴퓨터 같은 게 전혀 없었습니다. 아마 그들이 거기서 철수하면서 모든 걸 가져간 듯합니다."

"음…… 그렇구만. 뭐 다르게 알아낸 거는?"

"화면에서 보시는 것처럼 안가는 지상의 창고 아래에 미로처럼 지하를 뚫고 방들을 만들었습니다. 상당한 공이 들었을 텐데요. 지하에는 방이 10개가 있었습니다. 그리고 가장 안쪽에 있는 방에 무 부장의 흔적들이 있었습니다."

최동국 팀장은 레이저 포인터로 화면에 표시된 방 중 가장 안쪽에 있는 방을 가리켰다.

"흔적이라면?"

"그 방에만 무 부장의 지문이 가득히 있었습니다. 남겨진 모발의 DNA를 확인해 보니 틀림없는 무 부장의 것이었습니다."

"그럼 무 부장이 거기에 우리가 가기 몇 시간 전까지 있었다는 것은 확실하구만."

"네. 그렇습니다. 그런데 무슨 일인가 터졌고 그러고는 급히 그들은 저곳을 버리고 딴 곳으로 이동한 것입니다. 이 사진을 보시면 아시다시피 창고와 안가 지하 입구에서는 상당히 치열한 전투가 있었습니다. 지하에서는 수류탄이 터진 흔적도 있습니다."

최 팀장은 한 장의 사진을 화면에 띄웠다. 거의 다 타버리고 몸이 갈기갈기 찢어진 시체 사진이었다.

"저 사람이 수류탄에 몸을 던진 것 같구만."

"네. 맞습니다. 그리고 창고에서도 4구의 시체가 나왔는데 상당한 교전이 있었고 기술적으로 뛰어난 자에 의해서 살해당한 거 같았습니다."

최 팀장은 역시 여러 개의 시체 사진을 화면에 보였다.

"살해당한 자들이 국복회 회원인 것은 알겠는데……. 그럼 저들을 죽인 자들은 누구지?"

"현재로서는 알 수가 없습니다. 다만 우리에게 제보한 자와 같은 편이지 않을까 추측하는 정도입니다. 제 생각으로는 미국일 수도 있고 아니면……."

"아니면 뭐?"

최 팀장이 조금 머뭇거리자 이건희 실장이 물었다.

"일본 내 공화파의 소행일 수도 있습니다."

"공화파? 그게 뭐야?"

"국복회가 천황을 옹립하려는 왕당파라면 천황의 옹립과 왕정복고를 반대하는 자들이 공화파입니다. 그들은 지금 권력을 잡고 있는 세력인데 그 배후에는 일본 최고의 막후 권력을 쥐고 있는 하라다 신이치(原田 伸一)라는 자가 있습니다."

최 팀장은 하라다의 사진을 화면에 띄웠다.

"응? 저자는 처음 보는데? 총리라도 했던 사람이야?"

"아닙니다. 저자는 단 한 번도 총리가 되거나 심지어는 내각에 들어간 적도 없었던 자입니다."

"그런데 저런 자가 막후 실력자라고?"

"네. 공식적인 직함을 가진 적은 없지만 1990년대 이후 저 사람의 허가가 없으면 누구도 총리도 각료도 되지 못할 정도로 막강한 파워를 휘둘렀습니다. 1980년대 민간 독재 시절을 거치면서 일본도 민주화가 되었지만 그러는 사이 보수적이면서도 왕정복고에 반대하는 세력을 저자가 규합하고는 계속 자기 세력으로 하여금 권력을 잡게 공작을 해왔습니다."

"음…… 일본의 그림자 총리이구만."

"네. 저자의 별명이 그림자 천황(影天皇, 가케 덴노)입니다."

"우습군. 천황제의 복귀를 반대하는 자의 별명이 그림자 천황이라니……. 하여간 저 세력이 국복회의 활동에 브레이크를 걸 수도 있다는 거군."

"네. 그 가능성도 열어 둬야겠습니다. 그리고 또 하나 이 안가에서 무 부장의 아내나 자식들의 흔적은 찾지를 못했습니다."

"응? 그래? 그게 무슨 뜻이지?"

"무 부장의 흔적을 지울 시간이 없을 정도로 급박하게 철수한 그들이 가족들의 지문이나 모발을 모두 없애고 철수했다는 것은 말이 안 됩니다. 즉, 그의 가족은 저기에 애초부터 있지 않았다는 말이 됩니다."

"왜지?"

"글쎄요? 그건 알 수가 없습니다만, 그들이 안전상의 이유로 그렇게 했을 수는 있을 것 같습니다. 무 부장을 갑작스럽게 데려가고 가족들을 따로 데려가다 보니 함께 합치기 어려웠을 수도 있죠."

"그래? 그건 좀 더 알아보고 다른 것은?"

"무 부장이 있었던 방에 음식이 있었습니다."

최 팀장은 음식이 있는 사진을 화면에 띄웠다.

"그냥 일반적인 음식인데? 자세히 보니 콩나물국 같네. 저게 뭐 어쨌다는 거야?"

"하나도 먹지 않았다는 것이 이상해서 저 국을 조사해봤더니 국에서 치사량의 독극물이 나왔습니다. 소량으로도 즉사할 수 있는 독이었습니다."

"응? 그래? 독살의 시도가 있었다는 거야?"

"네. 그런 것 같습니다."

"누가 했는지는 모르고?"

"저것이 안가를 급히 떠난 이유가 아닌가 생각이 듭니다. 누군가가 암살자를 보냈고 처음에는 조용히 무 부장을 독살하려다 실패하고는 암살자에 의해 전투가 벌어진 게 아닌가 추측할 수 있습니다."

"그래야 전투의 흔적과 시체들을 설명할 수 있겠구만……. 그렇다면 누군가가 무 부장이 죽기를 강력하게 바라고 있다는 건데……. 그 자가 우리에게 제보한 자일까?"

"그럴 겁니다. 다만 무슨 사정에 의해서 그들의 뜻을 이루지 못하자 우리에게 그 뒤처리를 떠넘긴 것 같습니다. 어찌 되었건 우리는 무 부장의 단서들을 알게 되었으니 나쁜 건 아닙니다. 그리고 우리와 같은 목적을 가진 자들이 무 부장을 쫓고 있다는 것도 알게 된 거지요."

"휴우…… 이거 좋아해야 할지 싫어해야 할지 모르겠군. 아까 제보 전화에서 뭐 단서가 될 만한 건 없었어?"

"네. 전혀 없었습니다. 조사해 보니 기계적으로 변조된 녹음 파일을 재생한 것이었습니다. 그런데 아까 최 팀장이 제보 내용을 듣더니 일본인 같다고 했었습니다."

다른 TFT요원이 대답했다.

"최 팀장이 듣기에 그렇게 들렸어?"

"네. 굉장히 한국말을 자연스럽게 잘하는 자가 한 것 같지만 일본인 특유의 음색이 느껴졌습니다. 예전에 제가 일본에 유학할 때 많이 들었던 말투였습니다.”

“자네는 와이프가 일본인이지 않어?”

“네. 그래서 한국말 하는 일본인의 특징을 더 잘 아는 것 같습니다.”

최 팀장은 아내 이야기를 하자 쑥스러운 듯 손으로 머리를 긁었다.

“그럼. 제보자가 아까 이야기한 일본 내 공화파일 가능성이 높겠군.”

“전반적인 것을 정리하면 그렇게 보입니다.”

“그런데 공화파는 국복회의 안가를 어찌 알아낸 거지? 우리도 아무것도 못 찾아서 이러고 있는데 말야?”

“일본 공화파들이 우리 보다는 국복회에 대한 정보가 훨씬 많을 겁니다. 공화파는 국복회를 반국가단체나 테러단체로 규정하고 꾸준히 감시해 왔었습니다. 아마 국복회 내부에 끄나풀을 심어놓았을 수도 있죠.”

“그럼 말야. 우리가 공화파와 손을 잡고 일하는 건 어때? 그들과 우리가 같은 목적을 가지고 있다면 공조하는 것도 나쁘지 않지 않아? 최 팀장 생각은 어때?”

“글쎄요? 대통령 각하나 원장님이 그건 안 좋아하실 것 같습니다. 미국과의 공조도 안하는 판에 감정도 안 좋은 일본 내 세력과 공조를 하는 것을 좋아하실까요? 그리고 현재로서는 공화파에 연락할 방법도 없습니다. 아까 들어보니 제보자가 어떠한 연락처도 남기지 않았더군요.”

“그런가? 쩝……. 하도 답답해서 해본 소리야. 난들 일본 놈들과 손잡는 게 좋겠어? 하여간 지금까지의 상황을 정리해서 원장님께 보고하자구. 그리고 각 항구에 대한 감시는 계속하고 있지?”

"네. 모든 항구에 드나드는 배에 대해서 전수 조사하고 있습니다. 그리고 일본으로의 밀항이 자주 있는 곳은 24시간 해상에서도 감시체계를 구축하고 있습니다. 저희들 때문에 일반 밀수나 밀항이 줄었다고 하는 정도입니다."

"그런데 그걸 언제까지 끌고 갈 수 있을지 모르겠다. 벌써 경찰 쪽에서는 불만이 터져 나오던데……. 모르겠다. 이것도 정리해서 원장님께 보고하면 뭔가 말씀이 있으시겠지."

나카야마, 아베, 이 대리는 화상통화로 야마다와 연결되어 있었다.

"이런……. 어쩌다가 안가가 노출된 거지?"

야마다는 자신들의 안가가 뚫리고 무 부장이 독살당할 뻔한 이야기와 암살자와의 전투를 보고받고 매우 놀라했다.

"아무래도 공화파 놈들 소행 같습니다."

나카야마가 확신에 찬 목소리로 대답했다.

"공화파? 그렇다면 하라다 그자의 소행이란 말입니까?"

"네. 그렇습니다. 일단 타카하시의 말에 따르면 킬러는 정식으로 발급된 국복회 회원 ID를 가지고 있었다고 합니다. 그 ID를 가진 것으로 봐서 우리 조직에 침입한 공화파 끄나풀이 뒤를 봐준 것 같습니다."

"응? 그래요? 그 ID라면 확실한 우리의 조직원에게만 발급하는 것인데? 타카하시 이 말이 사실인가요?"

"네. 킬러가 저에게 보여주었던 ID를 가지고 있습니다. 킬러에게서 확인 차 받았다가 킬러가 저희를 공격했었습니다."

이 대리는 킬러에게서 뺏은 ID를 화면에 보여주었다.

"음……. 이건 정말 심각한 상황입니다. 우리 조직의 보안이 완전히 뚫렸다는 것을 뜻합니다. 타카하시는 그 ID를 일본으로 즉시 보내세요. 여기서 추적해 보겠습니다. 그나저나 이래가지고는 대업을 어찌 달성하겠습니까?"

"네. 이래서는 현재의 안가도 안전하다는 보장이 없습니다. 여기도 언제 공화파나 국정원, 미국 애들이 공격해 올지 모릅니다."

"황후와 황태자가 있던 안가도 옮겼습니까?"

"네. 저희가 옮길 때 같이 움직였습니다. 그쪽도 위험하긴 마찬가지니까요."

"잘하셨습니다. 빨리 폐하와 가족들의 밀항을 해야겠습니다."

"그런데 그것도 쉽지 않습니다."

"무슨 일이 있습니까?"

"현재 한국 정부가 폐하를 찾는 것에 혈안이 되어서 모든 항구에 드나드는 배에 대해서 전수 검사를 하고 있습니다."

"응? 그게 가능합니까?"

"국정원이 한국의 경찰뿐만 아니라 해병대와 일반 군대까지 동원해서 감시하고 있습니다. 그런 상황에서 밀항의 시도는 거의 자살 행위입니다."

"이런 한국정부가 폐하를 잡는 것에 광분하고 있군요. 일반 국민들이 많이 불편해 할 텐데……."

"한국정부는 일반 국민들이 좀 불편한 것은 신경 쓰지 않는 것 같습니다. 예전부터 한국정부는 국민들을 압박하는 것에 대해 쉽게 생각하는 경향이 있습니다."

"하지만 아무리 그래도 그러한 감시를 오래 끌지 못할 겁니다. 한 달만 지속해도 국민들의 불만과 감시자들의 피로가 극심해 질 겁니다."

"그렇지만 그렇게 기다리기에는 저희도 시간이 없습니다. 언제 이 안가가 공격당할지 모르는 거잖습니까?"

"그렇군요. 아 참. 그리고 중요한 사항 하나 알려 드리겠습니다. 매우 슬픈 소식인데……. 일본 내 옛 황족들이 모두 살해당했습니다."

"네? 뭐라구요? 그게 무슨……."

야마다의 말에 나카야마와 아베는 놀라 자리에서 벌떡 일어났다.

"한국 내 동지들이 폐하를 모시느라 정신없고 저희들도 폐하가 일본으로 왔을 때를 대비하려고 정신없을 때 옛 황족들이 하나둘씩 죽어 간 것입니다."

"아니 누가 죽었다는 겁니까?"

"공식적으로는 자살과 사고사로 처리되었지만 확인해 보니 전부 살해당한 겁니다."

"야마다 님. 미카사노미야 다카히토(三笠宮 崇仁) 님은 어찌 되었습니까?"

나카야마는 너무나 놀라하며 머리에 떠오르는 한 명에 대해서 물었다.

"미카사노미야 님도 죽었습니다."

야마다의 말에 얼이 빠진 나카야마는 멍하게 서 있다가 자리에 풀썩 주저앉았다.

"이 죽일 공화파 놈들."

"네. 맞습니다. 하라다의 지시에 의해서 일본 내에 있던 천황이 될 가능성이 있는 황족이 모두 살해당한 겁니다."

야마다의 말이 끝나자 긴 침묵이 흘렀다.

"알…… 알겠습니다. 야마다 님. 이제 우리에게 희망이라고는 폐하와 황태자뿐입니다. 이분들을 어떡하던 빨리 일본으로 모시겠습니다."

"네. 그래야겠습니다. 어차피 우리의 원 계획도 쇼와 천황의 직계이신 폐하를 천황으로 모시자는 거였습니다. 그러니 제발 무사히 폐하를 일본으로 모셔야 합니다."

"네. 알겠습니다. 그러나 밀항이 이렇게 힘드니 다른 방법을 생각해 봐야겠습니다."

"그건 일본에서 제가 생각해 보겠습니다. 만약을 대비한 계획이 있었는데 그걸 써야 할 것 같습니다. 시간은 좀 걸리겠지만 시도는 해봐야지요."

"네. 알겠습니다. 야마다 님께서 되는대로 저희에게 알려주시기 바랍니다."

"그럼 폐하를 잘 지키시기 바랍니다."

모든 회의가 끝나고 나서 이 대리가 나가자 나카야마와 아베는 같은 방에서 둘만 남았다.

"이거 공화파 놈들 너무하는 거 아닙니까?"

아베는 아직도 화가 나는지 울분에 찬 말을 토해냈다.

"그러게…… 하라다 그자가 이런 짓까지 할 줄은……."

"매국노가 따로 없습니다. 예전에 쇼와 천황의 폐위에 앞장섰다가 나중에 초대 총리가 되었던 미야케(三宅)와 같은 자 아닙니까?"

"미야케……. 그래 그자 같은 놈이지. 쇼와 천황을 미국에게 팔고 미국에 붙어서 개 노릇을 하다가 미국이 준 권력에 취했던 매국노. 그런데 하라다는 미야케보다 더 한 놈이군."

"네. 맞습니다. 천하의 간신이고 매국노입니다. 어찌 일본인으로서 그런 만행을 저지를 수 있는지."

"그자는 몸만 일본인이지 머릿속은 미국인이야. 미국의 개로써 사는 것을 행복으로 여기는 자야."

"이젠 어쩌죠?"

"뭘 어쩌긴 어째? 야마다 님 말처럼 우리에게는 폐하와 황태자가 있어. 이분들을 빨리 일본으로 모셔야지. 다만 저번에 이야기한 플랜 B는 여전히 유효해."

"폐하가 너무 완고하시니……."

"설득은 불가능할 거야. 적당한 기회와 명분을 봐야지."

"네. 알겠습니다. 빨리 야마다 님께서 말한 방법이 와야 할 텐데."

"안가의 보안에 신경을 더 쓰도록. 안가 주위에 각종 보안장치를 강화하고 부비트랩을 배로 늘려. 그리고 특히 황태자가 있는 안가에 대한 보안을 철저히 해. 거기마저 잘못되면 우리에게는 방법이 없어."

"네. 알겠습니다. 즉시 알려 조치를 취하도록 하겠습니다."

그날 밤. 한 무리의 사내들이 외딴 곳에 있는 조그만 산장으로 접근하고 있었다. 그들은 중화기로 무장하고 있었고 적외선 고글을 착용하고 있어서 사방이 불빛 하나 없이 깜깜했지만 거침없이 앞으로 나아갔다.

"알파 브라보. 포인트까지 약 300야드. 작전 수행 허가 바란다."

무리의 제일 앞에 가던 자가 멈추더니 몸을 낮추고 조용히 무전기에다 영어로 말했다.

"칙. 칙. 작전 허가. 작전 개시."

무전기에서 흘러나오는 작전 개시 명령에 따라 사내들은 몸을 일으켰다. 그들은 가야 할 곳을 정확히 아는 듯 했다. 산장을 아주 가까이 가니 산장 주변에는 우지 기관단총으로 무장한 사내 두 명이 보였다. 침입자들 중 제일 앞선 자가 수신호로 동료에게 지시했고 그의 동료는 조용히 경비 서던 사내에게 접근했다. 동시에 다른 동료도 나머지

경비에게 접근했고 그들은 거의 동시에 경비를 칼로 공격했다. 경비들은 별다른 저항도 못하고 쓰러지고 말았다.

"가드 제거 완료. 산장 내로 진입한다."

지휘하던 사내는 경비의 제거를 보고하고 산장으로의 진입을 알렸다. 그의 수신호에 따라 다른 동료들이 산장의 입구를 지나 마당으로 들어서는 순간 거대한 폭발이 일어났다. 경비들이 숨겨놓은 부비트랩을 건드린 것이었다. 산장 거실에 있던 사람들은 부비트랩 폭발 소리에 깜짝 놀라 일어났다.

"뭐야? 어떻게 된 거야?"

산장의 총 책임자인 듯 보이는 남자가 놀라하며 일본어로 말했다.

"모르겠습니다. 모리타 님. 아마 저희가 설치해놓은 부비트랩이 터진 것 같습니다."

그의 부하가 어쩔 줄 몰라 하며 대답했다.

"미야가와. 나가서 확인해봐. 그리고 쿠니베 자네는 황후와 황태자와 공주를 모셔. 빨리."

"네. 알겠습니다."

모리타의 명령을 받은 쿠니베라는 여자는 무 부장의 아들과 딸을 찾으러 2층으로 뛰어갔다. 미야가와는 산장 거실 안에 불을 다 끄더니 우지 기관단총을 들고 문 밖으로 조용히 나갔다. 그가 조심스럽게 산장을 나오자 적외선 고글로 그를 발견한 침입자들은 그에게 일제히 사격을 가했다. 미야가와는 대응사격을 가했지만 적이 어디 있는지도 모른 채 사방에다 대고 총을 난사하였다. 침입자들이 쏜 총알들이 그의 몸을 파고 들어왔고 그는 겨우 서 있을 수 있는 정도가 되었다. 그는 온몸이 피투성이가 된 채 산장으로 다시 들어왔다.

"모…… 모리타 님. 적이 사방에 있습니다. 빨…… 빨리…… 대피를······."

"미야가와."

모리타는 미야가와에게 달려갔지만 이미 미야가와는 숨을 거둔 후였다. 죽기 전 마지막 힘을 짜내 산장 안에 있는 동료에게 위급한 상황을 알리려 한 것이었다. 쿠니베는 무 부장의 아들과 딸을 확보하고 동료에게 넘긴 후 무 부장의 아내를 찾았다. 언제나 아이들과 늘 같이 있었는데 하필 그때 무 부장의 아내가 보이지 않았다. 쿠니베가 한참 무 부장의 아내를 찾아 헤맬 때 무 부장의 아내는 머리에 수건을 두르고 옷을 급하게 입은 채로 방에서 나왔다. 아마 샤워를 하고 있었던 모양이었다.

"어······ 어떻게 된 겁니까? 무슨 일인가요?"

"사모님. 일단 여기를 피하셔야 합니다."

쿠니베는 능숙한 한국말로 그녀에게 대답했다.

"왜요? 무슨 일인데요? 아이들은?"

"아드님과 따님은 지금 대피 중입니다. 그러니 사모님도 저희와 함께 가셔야 합니다. 저를 따라 오십시오."

쿠니베가 돌아서 앞장서서 가려는 순간 총소리가 났다. 쿠니베는 힘없이 철퍼덕하고 앞으로 쓰러졌다. 무 부장의 아내는 총을 든 채 쿠니베에게 다가가 그녀의 몸을 앞으로 돌렸다.

"쿠니베 상. 지금까지 저와 저의 아이들에게 잘해주었는데 이렇게 되어 죄송합니다."

무 부장의 아내는 능숙한 일본어로 말했다. 힘겹게 의식을 붙들고 있던 쿠니베는 그녀가 자신을 쏜 것을 알고 놀라 눈을 크게 떴다.

"너무 힘주지 마세요. 쿠니베 상. 저는 찾고 싶은 게 있어서."

무 부장의 아내는 쿠니베가 몸을 움직이려 하자 쿠니베의 가슴에 총을 한 방 더 쏘았다. 쿠니베는 입에서 피를 흘리더니 눈을 감았다. 쿠니베가 죽은 것을 확인한 무 부장의 아내는 쿠니베의 몸을 뒤져 휴대전화를 찾았다. 그녀가 휴대전화를 들자 그곳에 침입자들이 들어왔다. 그녀는 손을 들어 그들을 저지했다. 침입자들은 그녀의 명령에 따라 잠시 멈칫했다. 그녀는 쿠니베의 오른쪽 엄지손가락을 휴대전화의 중앙에 대었다. 그러자 휴대전화의 암호가 풀렸고 익숙한 솜씨로 이 대리의 번호를 찾더니 그에게 전화를 걸었다.

"여보세요? 이 대리님? 저예요. 애들 아빠하고 통화할 수 있나요?"

그녀는 약간 떨리는 목소리로 이 대리에게 말했다. 이 대리는 무 부장 아내의 목소리가 평소와 달라 보여 즉시 무 부장에게 뛰어가 전화기를 건네주었다.

"여보. 나야. 무슨 일이야?"

"여보. 큰일 났어요."

"어? 무슨 일인데?"

"나도 모르겠는데. 지금 여기 이상한 사람들이 나하고 애들을 잡아가고 있어요."

"뭐? 잡아간다고? 당신하고 애들을……."

"네…… 무서워 죽겠어요. 엉엉."

그녀가 울먹이며 말하자 무 부장은 미칠 것만 같았다.

"애들은 괜찮아? 당신은 괜찮고?"

"네……. 하지만…… 모르겠어요, 여보 너무 무서워요."

"거…… 거기 당신을 잡고 있는 사람 좀 바꿔."

"네? 누…… 누구……."

그녀가 주위를 두리번거리자 침입자 중 한 사내가 나서서 그녀에게 접근했다. 그녀는 전화기 마이크를 막고 그에게 조용히 말했다.

"애들 아빠입니다. 지금 우리가 잡혀있다고 했습니다. 그러니……."

"네. 잘 알겠습니다."

그는 무 부장의 아내에게 전화기를 건네받더니 목소리를 착 깔아서 조용히 한국말로 말했다.

"우리가 당신의 가족을 보호하고 있다."

"네? 당…… 당신 누구야? 누군데 우리 가족을 데려간 거야?"

"그건 알 거 없고, 가족을 살리고 싶으면 우리의 지시에 따라야 한다. 알았나?"

"여…… 여보세요. 그…… 그게 무슨……."

"다시 전화하겠다."

사내는 무 부장의 대답도 듣기 전에 전화를 끊었다. 그는 전화를 끊은 후 전화기를 무 부장의 아내에게 돌려주었다.

"여기는 다 정리되었습니다. 같이 가시죠."

"아이들은요?"

둘은 유창한 영어로 대화를 나누었다.

"저희가 안전하게 보호하고 있습니다."

"잠깐만요. 저기 칼 좀 주시죠."

사내가 칼을 꺼내주자 무 부장의 아내는 쿠니베에게로 가서 칼로 쿠니베의 오른쪽 엄지손가락을 잘라냈다. 그러고는 그것을 사내에게 주었다.

"이 휴대전화를 여는 암호입니다. 가져가야죠."

그녀는 아무렇지도 않다는 듯 말했고 사내는 손가락을 받아 비닐봉지에 넣었다. 그녀가 침입자들과 같이 밖으로 나와 보니 사방에 켜놓은 서치라이트 때문에 한낮처럼 환했다. 그녀가 보니 자신들의 아이들이 검은 옷을 입은 사내들과 같이 서 있었다. 아이들은 엄마를 보자 울면서 달려왔다. 그녀는 아이들을 끌어안고 아이들이 무사한지를 확인하였다. 잠시 후 세 사람은 사내들의 안내에 따라 검고 큰 미국 차에 타게 되었다. 거기에는 한 사내가 먼저 타고 있었다. 세 사람이 타자 차는 굉음을 올리며 출발했고 차 뒤로 세대의 차가 더 따랐다.

"안녕하십니까? 저는 CIA 한국지부장 에드워드입니다. 전설의 메두사를 드디어 만나보게 되는 군요. 어디 다치신 데는 없습니까?"

"네. 없습니다. 그런데 생각보다 늦었군요."

"죄송합니다. 여기 산세가 하도 험해서……. 그런데 옆에 아이들이 있는데 이렇게 이야기해도 됩니까?"

"걱정하지 않아도 됩니다. 애들은 영어를 전혀 못합니다. 그러니 안심하십시오."

"그렇군요. 그나저나 국화하고는 합치지 않는 겁니까?"

"그런 것 같습니다. 제가 저희와 같이 있던 국복회 사람에게 물어보니 일본으로 건너가기 전까지 같이 움직일 일은 없다고 들었습니다. 일본으로 건너간 이후에 합친다고 하더군요."

"안전상의 이유로 그렇게 했는가 보군요."

"제가 보기에는 다른 이유가 있었던 것 같습니다."

"그래요? 어제 갑자기 이동해서 놀랐습니다. 오늘 작전을 해야 하나 말아야 하나 걱정했었습니다."

"더 이상 국화와 합치지 않는다면 이렇게 있을 이유가 없죠. 우리를 인질로 삼아 국화를 끌어내야 하니까요."

"국복회가 국화를 놓아 줄까요?"

"글쎄요? 일단 자기 가족이 잡혀갔다는데 국화도 어쩌지 못할 겁니다."

"일단 알겠습니다. 저번에 국복회가 국화를 데려갈 때 저희가 미리 메두사에게 연락해 둔 게 잘되었군요. 그렇지 않았다면 아마 당신을 데리러 갔던 국복회 사람들은 다 죽었을 테니까요."

"맞습니다. 그 정보가 없었다면 저는 당연히 저의 가족을 해치러 온 자들로 알고 그들을 제거했을 겁니다. 미리 알았기에 순순히 그들을 따라갔고 저들의 안가를 쉽게 알게 된 거 아닙니까?"

"일단 저희 안가로 가서 쉬면서 다음 작전을 구상하시죠."

"그것보다 저와 제 자식들의 안전을 보장해 준다고 다시 한 번 약속해 주시기 바랍니다."

"그건 저희 국장님께서도 약속한 상황입니다. 전혀 걱정할 필요가 없습니다. 국화를 잡는 데 협조한다면 전혀 문제 될 게 없습니다."

"네. 알겠습니다."

둘이 대화를 한참하자 아이들은 너무나 놀라운 상황 때문에 어찌할 바를 몰라 했다. 아들이 먼저 누나에게 귓속말로 말했다.

"누나. 엄마가 원래 영어를 잘해?"

"아니. 너도 알잖아. 자기는 영어 하나도 모르는 게 한이 된다고, 우리 보고 영어공부 열심히 하라고 노래했잖아."

"그런데 엄마 영어 무지 잘하는데?"

"그러게……. 그리고 저 미국 아저씨랑은 원래 친했나봐."

"우리 엄마 아닌 것 같아. 그지? 누나."

"응. 오늘은 엄마가 이상해."

전화가 끊어진 후 무 부장은 완전히 패닉에 빠졌다. 이 대리는 옆에서 애기가 심각해지자 어찌할 바를 모르고 있었다.

"이런 젠장. 이 대리 어떻게 된 거야?"

"네? 무…… 무슨……."

"어떤 놈들이 내 마누라하고 애들을 다 잡아갔다잖아."

"네? 그…… 그…… 그게……."

"방금 전에 애들 엄마한테서 전화 왔잖아? 근데 어떤 놈들이 우리 가족을 다 잡아갔다는 거야."

"네? 이…… 이런……."

이 대리는 믿을 수 없다는 표정을 지었다. 그러고는 무 부장에게 휴대전화를 뺏었다.

"뭐하는 거야?"

"잠깐만요. 이 전화기는 모든 통화를 녹음하는 기능이 있습니다."

이 대리가 휴대전화를 조작하자 휴대전화에서 아까 무 부장의 통화 내용이 흘러나왔다. 이 대리는 모든 통화를 듣고는 기겁하였다.

"이…… 이럴 수가……."

이 대리는 멍하니 선 채 굳어버렸다. 무 부장은 이 대리에게서 휴대전화를 뺏어서 다시금 들었다.

"누군데 우리 가족을 데려갔다는 거야?"

"저희로서는 도저히 알 수가……. 일단 이 상황을 보고해야겠습니다."

이 대리는 휴대전화를 들고 나카야마에게 가기 위해 방을 나섰다. 무 부장은 이 대리가 방을 나가자 그를 따라나섰다.

"부장님은 일단 방에 계시는 게 나을 것 같습니다."

"무슨 소리야? 가족이 납치를 당했는데 방에 가만히 있으라고? 나도 가야겠어."

"하…… 하지만……."

"몰라. 빨리 앞장서 가기나 해."

이 대리는 어쩔 수 없다는 듯 고개를 떨구고 나카야마가 있는 방으로 갔다.

"나카야마 님. 큰일 났습니다."

이 대리는 방에 들어가자마자 일본어로 말했다.

"뭐야? 무슨 일이야?"

"폐하의 가족이 납치당했습니다."

"가족이라니? 누구를 이야기하는 거야?"

"황후와 황태자, 그리고 공주님 말입니다."

"뭐? 황태자께서 납치를 당해?"

나카야마는 너무나 놀라 자리에서 벌떡 일어났다.

"아니, 그게 무슨 말이야? 황태자께서 납치를 당했다니……."

"이걸 들어보십시오."

이 대리는 휴대전화에 저장된 소리를 나카야마에게 들려주었다. 나카야마는 한국말로만 녹음되어 있어 알아듣지 못하다가 이 대리의 설명이 있자 경악을 금치 못했다.

"누구야? 누가 황태자를 데려간 거야?"

"그건 모르겠습니다. 다만 천황폐하께 다시 연락한다고 했습니다."

"이런 젠장……. 그래서 황태자께서 있는 안가에 대한 보안을 그렇게 강화하라고 했던 건데……."

나카야마는 하늘이 무너진 듯한 표정을 지었다.

'아……. 하늘은 나를 이렇게 버리는 것인가? 미카사노미야 님도 그렇게 보내더니, 이제는 황태자까지……. 그렇다면 이제 우리에게 남은 카드는?'

나카야마는 혼자 생각을 하다가 옆에 멍하게 서 있는 무 부장을 쳐다보았다.

'젠장…… 이젠 진짜 어쩔 수 없구만…….'

나카야마는 결심한 듯 이 대리에게 말을 걸었다.

"일단 저놈들에게서 어떤 연락이 오더라도 폐하께 연결시키지 말고 반드시 나에게 알려줘."

"네? 폐하께도 알리지 말라는 겁니까?"

"그래. 가족이 모두 납치된 걸 안 이상 폐하는 저들의 요구를 들어주려고 할 거야. 누가 했던 저들의 요구사항은 단 하나뿐이야. 저들이 폐하의 목숨을 노리고 접근할 텐데 그걸 놔둘 순 없잖아."

"하지만 폐하께서도 가족의 일이라 강경하실 텐데……."

"어쩔 수 없어."

둘이 심각한 대화를 나누고 있을 때 아베가 헐레벌떡 방으로 뛰어 들어왔다.

"무 부장님. 이걸 보셔야겠습니다."

아베는 한국말로 외치고는 TV 리모컨을 들고 TV를 켰다. TV에는 뉴스속보가 방송되고 있었다.

"이게 뭐야? 무슨 일인데 그래?"

"나카야마 님 이걸 보셔야 합니다. 제가 통역해 드리죠."

아베는 리모컨을 작동시켜 음량을 높였다.

"경찰은 이번 살해 및 방화 용의자로 무인복을 공개수배 한다고 전격 발표하였습니다. 용의자 무인복은 저번 주 목요일인 23일 회사 부하직원인 김 모 씨를 홧김에 살해한 후 이를 감추기 위해 회사건물에 방화를 한 혐의를 받고 있습니다. 무인복은 살해와 방화 후 종적을 감추었고 그의 가족 또한 도피한 상태입니다. 경찰의 조사결과에 따르면 무인복은 매우 잔인한 방법으로 김 모 씨를 살해한 후 이를 은폐하기 위해 방화를 저지를 정도로 사이코패스적인 면을 보였다고 합니다. 경찰은 무인복에 대해 공개수배하고 현상금으로 1천만 원을 걸었습니다. 경찰은 용의자 무인복이 해외로 밀항을 할 거라는 첩보를 입수하고 남해안과 서해안 일대 항구를 조사하고 있다고 합니다. 국민 여러분께서는 용의자 무인복의 인상착의를 숙지하시고 무인복을 발견 즉시 가까운 경찰서나 군부대로 꼭 신고해 주시기 바랍니다. 경찰은 무인복이 이번 살인뿐만 아니라 과거 미 해결 살인사건의 용의자일 가능성에 대해서도 조사하고 있다고 합니다. 무인복의 살해 방법이 매우 잔인하고 치밀하오니 국민 여러분께서는 무인복 발견 시 현장에서 잡겠다는 생각을 말고 경찰에 신고하여 무인복을 검거할 수 있도록 해 주시기 바랍니다. 공개수배 합니다. 살인 방화 용의자 무인복의 사진입니다."

아나운서는 긴 말을 마치면서 무 부장의 사진을 띄웠다. 무 부장은 자신의 사진이 방송에 뜨고 전혀 사실이 아닌 엉뚱한 말이 방송에 나오자 놀라서 얼이 빠질 정도였다. 아베의 통역이 끝나자 나카야마 역시 낮은 신음 소리를 냈다.

"결국 한국정부는 최후의 발악을 하는군. 수단과 방법을 가리지 않고 폐하를 잡겠다는 생각뿐이군. 젠장…… 황태자께서 사라진 마당에 이런 일까지……완전히 엎친 데 덮친 격이군."

"네? 나카야마 님. 황태자가 사라지셨다니 그게 무슨 말입니까?"

아베는 무슨 말인가 싶어 눈이 동그래졌다.

"칙쇼. 누군가가 황태자와 나머지 폐하의 가족을 납치해 갔어."

"네? 그…… 그게 무슨……."

아베와 나카야마가 이야기하는 동안 이 대리는 멍해 있는 무 부장의 몸을 흔들면서 말을 걸었다.

"부장님. 정신 차리십시오. 제발……. 부장님."

"이…… 이봐 이 대리. 아까 저 아나운서가 뭐라고 한 거야? 내가 김 대리를 죽이고 회사에 불을 질렀다고?"

"부장님. 저것은 국정원이 부장님을 잡기 위해 초대형 덫을 설치한 겁니다. 저것 따위에 흔들리시면 안 됩니다."

"무슨 소리야? 내…… 내가 김 대리를 죽이고 불을 냈냐고?"

"당연히 아닙니다. 부장님께서 알고 계신 대로 김 대리는 제가 죽였고 불은 국정원이 낸 겁니다."

"그런데 왜 경찰이 저런 걸 발표하냐고? 죄 없는 나를 이렇게 걸고 넘어지냐구……."

"국정원이 부장님을 잡겠다고 치졸한 짓을 한 겁니다. 저것에 절대 놀아나서는 안 됩니다."

"그래……. 지금 그게 중요한 게 아니지. 내 가족을 어떻게 되찾을 거야?"

무 부장의 질문에 이 대리는 대답을 하지 못했다.

"이봐 이 대리 말 좀 해보라고? 누가 우리 가족을 데려간 거야?"

"그…… 그건 아직 모릅니다. 좀 더 조사를 해봐야."

"그럼 당장 조사를 시작하라구. 당장."

"네. 다른 동지들과 이 일을 논의하도록 하겠습니다. 그러니 부장님께서는 방에 가셔서 조금만 기다려 주시기 바랍니다."

"가족이 납치 되었는데 편안히 있을 수 없잖아?"

"그렇긴 하지만 부장님이 나선다고 일이 해결되지는 않습니다. 먼저 납치해 간 사람들이 어떤 자들인지 알아야 구출하든지 말든지 할 거 아닙니까? 그러니 제발……."

무 부장과 이 대리가 실랑이를 하는 동안 방 한쪽에서 나카야마와 아베는 조용히 심각하게 대화를 이어갔다.

"나카야먀 님. 이젠 어쩌죠? 황태자까지 잡혀갔으니……."

"음……. 이제 방법이 없는 거지. 우리에겐 이제 폐하만 남았어."

"휴우……. 그렇군요. 그나저나 누가 황태자를 납치한 걸까요?"

"우리에게 그건 중요하지 않아. 미국 아니면 국정원 아니면 공화파 놈들이 데려갔을 텐데, 누가 데려갔든 황태자는 이미 죽은 목숨이야. 그들이 황태자와 다른 가족을 빌미로 폐하를 끌어내리려고 할 게 뻔해. 우리는 그걸 막고 폐하를 안전하게 일본으로 모시는 수밖에 없어."

"하지만 한국 정부가 저렇게까지 하는데 어떻게 폐하를 일본으로 모십니까? 이제 모든 한국인들이 폐하를 알아보고 신고하려 들 겁니다. 현상금이 거의 백만 엔 정도 합니다."

"아마 그 현상금도 올리겠지. 조센징들이 현상금에 눈이 멀어 폐하를 신고하려고 난리겠지. 휴우……. 이제 진짜 밀항의 가능성은 없어졌어."

"야마다 님과 협의를 해야 할 것 같습니다."

"그래야겠어. 그리고 여기 보안을 더 강화하도록. 이제 우리마저 무너지면 국복회와 일본은 끝장이니까. 필요하면 여기에서 다른 안가로 옮기는 것도 검토해 봐야겠어."

"네. 알겠습니다. 일본과 연락해서 야마다 님과의 회의 시간을 잡겠습니다."

약 두 시간 후 나카야마와 아베, 이 대리는 조그만 방에서 야마다와 화상회의를 시작했다.

"이런…… 어떻게 이런 일이……. 타카하시. 황태자와 가족을 납치해 간 자들이 누구인지 확인되었습니까?"

"아직 확인 못했습니다. 야마다 님. 아까 걸려온 전화를 분석해 보니 한국말을 하는 자였지만 한국인은 아닌 듯했습니다."

"그래요? 한국인은 아닌 것 같다?"

"네. 한국말을 어느 정도 하는 외국인이 하는 말 같았습니다. 좀 더 분석해봐야겠지만 일본인이 하는 한국말 같지도 않았습니다."

"음……. 그럼 한국인도 아니고 일본인도 아니라면 미국?"

"일단 그렇게 보이기는 하지만 그렇다고 단정 짓지는 못하겠습니다. 말이야 조작할 수도 있고 영어를 하는 일본인일 수도 있고 국정원이 우리를 혼란스럽게 하기 위해 조작한 걸 수도 있습니다. 그러니 좀 더 조사를 해야 봐야겠습니다."

"황태자가 있던 안가에는 가 보았나요?"

"그 안가에 가서 조사해 보면 좀 더 확실해지겠지만 지금 안가로 간다는 것은 너무 위험합니다. 혹시나 하는 마음에 누군가가 잠복해 있을 수도 있습니다."

"음……. 그건 그렇군요. 우리가 황태자가 있던 안가를 조사하러 갔다가 지금의 안가가 노출될 위험도 있군요. 폐하의 지금 상황은 어떻습니까?"

"충격이 너무 커서 어쩌지 못하고 있습니다. 거기다가 한국 정부가 폐하를 살인범으로 몰고 공개수배를 하는 바람에 더 충격을 받은 상태입니다."

"그건 아까 들었는데 도대체 어떻게 된 겁니까? 나카야마 상."

"네. 야마다 님. 한국정부가 폐하를 옭아매기 위해 극단적인 수단을 쓴 것 같습니다. 밀항의 가능성에 대비해 전 항구를 봉쇄하더니 한술 더 떠서 폐하를 공개수배해 전 한국인이 폐하를 찾게끔 한 것입니다. 정말 악랄하게 굴고 있습니다."

"결국 원래 계획인 밀항은 거의 가능성이 없군요."

"네. 그렇습니다. 항구 봉쇄에 공개수배까지 당한 상태로 밀항은 불가능합니다."

"휴우……. 알겠습니다. 그럼 제가 여기서 검토한 방안을 추진해야겠군요."

"그게 무엇입니까? 야마다 님."

"제가 여기서 두 명의 전문가를 그곳으로 파견할 겁니다. 한 분은 의사이고 한 명은 심리치료사입니다."

"네? 의사요?"

"네. 성형외과 의사입니다. 매우 충성심이 높고 기술이 뛰어난 자입니다."

야마다의 말이 있자 나카야마는 자신의 무릎을 쳤다.

"역시 야마다 님. 무슨 말씀인지 알겠습니다."

"그래요. 폐하를 성형수술해서 다른 사람으로 만드는 겁니다."

"대체할 인물도 찾으셨습니까?"

"네. 의사가 갈 때 대체자의 파일도 같이 보낼 겁니다. 한국인이고 폐하와 체격과 골격이 비슷한데다가 가까운 가족이 없어서 사라져도 아무도 의심하지 않을 자입니다. 이런 상황을 대비해서 저희가 은밀히 준비한 자입니다."

"야마다 님. 그런데 심리치료사는 뭡니까?"

아베가 궁금한지 야마다에게 질문하였다.

"정확히는 최면치료사입니다. 폐하의 머릿속에 있는 한국인으로서의 의식을 지워버리고 야마토 다마시(일본 정신)를 심어 줄 겁니다. 그리고 동시에 최면으로서 일본어를 배우게 될 겁니다."

"일본어까지 배우게 된다구요?"

"네. 그렇습니다. 일본 정신과 일본어를 최면 치료를 통해서 배우게 될 겁니다."

"야마다 님. 다 좋은데 성형을 하든 최면치료를 하든 무엇을 하든 간에 여기 안가의 안전이 보장되어야 합니다. 지금의 상황에서는 그런 장기간의 일을 추진하기 어렵습니다."

"나카야마 상. 아주 좋은 지적입니다. 황태자가 있던 안가가 뚫리고 저번에 폐하께서 있던 안가도 공격당한 상태에서 다른 어떤 안을 진행하기는 어려운 건 맞습니다. 최대한 치료를 빨리 진행하고 안가의 안전에 대한 다른 방안을 찾아야 하는데……."

야마다가 생각에 잠기자 모두 조용히 침묵을 지켰다.

"그건 내가 알아볼 테니 한국 쪽 동지들은 성형수술과 최면치료에 만전을 기해주십시오."

"그런데 야마다 님. 황태자를 납치한 쪽에서 다시 연락이 오면 폐하를 연결해 줘야 할까요?"

이 대리는 어떻게 해야 할지 모르겠다는 곤란한 표정을 지으며 야마다에게 물었다.

"어떻게 보면 그들은 황태자와 다른 가족을 이용해서 폐하를 유도하겠다는 건데 그들의 의도에 넘어가서는 안 될 것입니다. 저들이 연락이 오더라도 절대 폐하가 알게 해서는 안 됩니다. 알겠습니까?"

"하지만 폐하는 가족의 일인지라 그 부분에 대해서는 매우 강경합니다. 지금까지 계속 저에게 가족의 안부와 납치한 자들로부터의 연락이 있었는지 물었습니다. 제가 둘러대는 것도 한계가 있습니다. 어떡하죠?"

"음…… 허기야 자신의 가족이 잡혀갔다는데 멀쩡할 수 없겠죠. 하지만 지금은 사사로운 감정보다는 대의를 생각해야 할 때 입니다. 무슨 수를 써서라도 납치한 자들과 폐하가 연결되게 해서는 안 됩니다.

그리고 어차피 성형수술을 하고 최면치료를 하게 되면 폐하의 생각도 바뀌게 될 겁니다."

"그러면 폐하의 가족은 이대로 포기하는 겁니까? 저들은 저들의 요구를 들어주지 않으면 폐하의 가족을 죽일 겁니다. 황태자까지 포함해서요."

이 대리의 말이 있자 회의실은 매우 무거운 분위기가 형성되었다. 누구도 말을 하지 못하는 상황이었다.

"할 수 없습니다. 아까도 이야기했듯이 대의만을 생각해야 합니다. 폐하의 가족은 이미 죽은 목숨이거나 적들에게 이용당할 위치에 있습니다. 그들을 구하려다가는 우리와 폐하가 더 큰 위험에 빠지게 됩니다. 큰일을 위해서는 작은 것들을 버려야 합니다."

"납치한 자들이 연락을 해도 저희는 대응하지 말아야 합니까?"

"대응은 하되 저들의 요구조건을 듣고 판단하십시오. 당연히 폐하를 내어놓으라고 할 텐데, 그건 절대 받아들일 수 없습니다. 다른 요구사항이나 조건이 있으면 한 번 생각해볼 만합니다. 그 안건은 그 정도로 하고 수술과 치료, 보안에 만전을 기해주시기 바랍니다."

야마다의 말이 끝나고 영상회의의 화면이 꺼졌다. 이 대리는 너무나 실망하여 어쩌지 못한 채 자리에 앉아있었다. 그런 그에게 나카야마가 말을 걸었다.

"타카하시. 야마다 님의 말이 옳아. 우리는 대의를 위해 어쩔 수 없는 선택을 해야만 해."

"네…… 알고 있습니다. 하지만 너무나 잔인합니다. 폐하께 뭐라고 해야 할지."

"폐하께는 당분간 비밀로 해. 납치한 자들이 다른 조건을 내걸어서 협상 중이라고 하란 말야."

"폐하는 저들과 직접 연락하는 것을 원할 겁니다. 저들도 그렇구요."

"야마다 님의 말대로 중간에서 막아. 저들의 요구조건을 듣고 결정하자고. 그래봐야 저들의 요구는 뻔하지만……."

"네. 알겠습니다."

이 대리는 힘없이 대답하고 자리에서 일어났다.

그날 오후 차량 3대가 한적한 산장에 멈춰 섰다. 최동국 팀장은 차에서 내려 대원들을 점검하고 바로 침투 준비를 하였다.

"이번 안가도 저번처럼 아무도 없을 가능성이 높지만 만일을 대비하여 철저히 대비를 해야 한다."

국정원의 TFT로 다시금 안가에 대한 제보가 들어온 것이었다. TFT장은 저번과 다르지 않을 것으로 예상했지만 혹시나 하는 마음에 요원들을 투입하기로 한 것이었다. 요원들이 모두 안가에 들어갔다가 아무도 없다는 것을 확인한 후 최 팀장은 산장으로 들어갔다. 그런데 이번에는 안가에 어떠한 흔적도 없었고 시체도 없었다.

"음……. 저번과는 많이 다르네."

"네. 맞습니다. 저번에는 황급히 떠나서인지 여러 흔적이 있었는데, 이번에는 아무것도 없습니다. 그냥 오랫동안 비웠던 곳 같습니다."

"그럼 이번에는 제보가 틀린 건가?"

"그야 알 수 없죠."

"알았어. 그래도 혹시 모르니 경계 태세를 늦추지 말고 산장을 샅샅이 뒤져. 다른 단서가 나올 수도 있잖아."

"네. 알겠습니다."

최 팀장은 산장을 다 둘러보고 나와 본사에 있는 TFT장인 이건희 특별실장에게 전화를 걸었다.

"어떻게 됐어? 뭐가 나온 게 있어?"

"아닙니다. 아무것도 없습니다."

"뭐야? 그럼 허위제보야?"

"그건 아직 모르겠습니다. 좀 더 조사를 해봐야겠습니다."

"알았어. 좀 더 조사해서 보고해."

"네. 알았습니다."

최 팀장이 전화를 끊고 돌아서려는 순간 그의 옆에 있던 요원이 풀썩 쓰러졌다. 그리고 거의 동시에 다른 요원 하나도 쓰러졌다.

"뭐야? 왜 이래?"

최 팀장이 놀라 쓰러진 사람에게 다가가 보자 그의 목에 독침 같은 것이 꽂혀 있었다.

"뭐야 이건……."

최 팀장이 놀라 일어서려는 순간 그의 뒤통수에 뭔가가 쿵하고 부딪혔다. 최 팀장은 앞으로 쓰러졌고 그가 정신을 차려보려 했지만 곧 의식을 잃고 말았다.

얼마나 지났을까? 최동국이 정신을 차려보니 사방이 거울로 된 방에 갇혀 있었다. 그의 손에 수갑이 채워져 있었고 다리에도 족쇄가 채워져 있었다.

"뭐야…… 이건……."

그는 정신을 차리면서부터 뒤통수가 너무 아파왔다. 목 뒤쪽을 만져보니 혹같이 튀어나와 있었다. 그는 자신의 옷에 휴대전화나 무기가 없나하고 찾아보았지만 아무것도 없었다. 누군가가 그를 기절시키고 데리고 온 것이 분명했다. 그는 현장요원이 아니었지만 국정원 입사 때 배웠던 납치 시 매뉴얼에 따라 하기로 했다. 일단 침착해야만 했다. 그리고 잠시 생각을 하고 그를 데려온 사람들과 대화해 보기로 했다.

"여보세요. 거기 들리십니까?"

최 팀장은 큰 소리로 허공에 대고 외쳤다. 사방이 막힌 방이어서 그런지 그의 말은 메아리가 쳐서 들렸다. 잠시 기다렸지만 아무 반응이 없자 그는 다시 외쳤다.

"거기 아무도 없습니까?"

"듣고 있습니다. 거기 의자에 일단 앉으시오."

드디어 최 팀장의 말에 반응이 왔다. 역시나 디지털로 조작된 소리였다. 하지만 국정원에 제보를 했던 자의 목소리는 아니었다. 최 팀장은 일단 그의 요구에 따라 중앙에 있는 의자에 앉았다.

"당신의 성명과 소속을 밝히시오."

"나를 데려왔다면 그쪽에서 먼저 밝혀야 되는 것 아닙니까?"

최 팀장이 역공하자 상대방은 잠시 침묵을 지켰다. 국정원 요원인 최 팀장으로서도 국정원 규칙에 따라 그의 신분을 먼저 알릴 수는 없었다.

"당신의 성명과 소속을 말하시오."

"저는 먼저 말할 수 없습니다. 그쪽의 이름과 신분을 밝히면."

"성명 최동국. 소속 대한민국 국가정보원 일본팀 팀장, 나이 37세, 가족으로는 일본인 아내 아키코(晶子), 자녀로는 아들 둘……."

"잠…… 잠깐만. 뭐야? 당신들?"

최 팀장은 자신의 신상을 말하자 너무나 놀라고 화가 나서 벌떡 일어났다.

"당신들 나에 대해서 다 알고 있으면서 왜 묻냐고? 당신들 누구야?

일본 국복회야? 아님 북한이야? 아니면……."

최 팀장은 무슨 말을 하려다 머리에 스쳐 지나가는 생각이 나서 말을 멈추었다.

"최 팀장. 당신네 국정원은 같은 목적을 가진 우리와 왜 공조를 하려고 않은 겁니까?"

"응? 같은 목적?"

"더군다나 혈맹인 우리와 말입니다."

최 팀장은 이제야 그들이 누구인지 알겠다는 표정을 지었다.

"CIA입니까? 저의 신분을 다 알았으니 그쪽의 신분도 밝히시죠. 그래야 이야기가 되지 않겠습니까?"

"좋습니다. 나는 CIA 한국 지부장인 에드워드 컨펌입니다. 제가 하는 말은 자동번역기로 통역되어 한국말로 하는 것입니다."

"당신에 대해서 이야기는 들은 것 같습니다."

"그럼 다른 것을 묻겠습니다. 최 팀장은 오늘 그곳에 어떻게 오게 되었습니까?"

"그곳이라면 아까 그 산장 말입니까?"

"그렇습니다."

"제보를 받았습니다."

"제보? 누가한 어떤 제보를 말하는 겁니까?"

"누가 했는지는 저희도 모릅니다. 다만 저번에도 같은 제보자가 타깃이 숨어 있던 안가를 알려줘서 확인하게 되었습니다. 그런데 이번에도 역시 같은 제보가 와서 그곳에 가게 된 것입니다."

"그럼 저번 안가 수색과 관련된 자세한 정보를 알려주십시오."

"그럴 수는 없습니다. 제가 그 정보를 알려줄 위치에 있지 않습니다. 저를 풀어주시면 제가 국정원에 돌아가서 보고 드리고 알려 드리던가 할 수 있습니다."

"알겠습니다. 그럼 저희와 같이 공조해서 국화, 아니 무인복을 제거하는 데 동참하겠습니까?"

"그것 또한 보고 후 답변 드리겠습니다. 알다시피 전 일개 팀장에 불과합니다. 제가 할 수 있는 건 굉장히 제한적입니다."

"이해합니다. 그럼 다른 요원들도 풀어줄 테니 데리고 가십시오. 그리고 긍정적인 답변 기다리겠습니다."

얼마 후 최 팀장과 출동했던 요원들은 얼굴에 복면이 씌워진 채 국정원 앞 도로에 내려졌다. 최 팀장은 국정원에 복귀하자마자 자기가 듣고 본 내용을 원장에게 보고했다.

"CIA 한국지부라는 게 있습니까?"

"뭐⋯⋯. 공식적인 건 아니지만 아직 그런 게 있지. 이봐 최 팀장. 그럼 이건 CIA 놈들이 파놓은 함정인건가?"

"아닌 것 같습니다. 그들은 우리를 기다린 게 아닌 것 같았습니다. 만약 저들이 우리와 공조할 뜻을 알리려고 했으면 바로 여기로 연락이 왔을 겁니다."

"그건 그래. 쓸데없이 어렵게 할 필요가 없지. 그런 이제 어떻게 하지?"

"저들이 우리와 같은 목적이라면 공조를 안 할 이유가 없잖습니까?"

특별실 이 실장이 대답했다.

"그렇긴 해. 이렇게 된 마당에 그쪽과도 협력해서 무 부장을 잡아야지. 알았어. 잠깐만. 내가 에드워드에게 전화를 걸어볼게."

"원장님. 그래도 원장님은 우리 국정원의 수장이신데 일개 지부장에게 연락하는 것은 격에 맞지 않는 것 같습니다. 랭리(CIA 본부)로 전화해서 저쪽 국장과 직접 대화하시는 게 나을 듯합니다."

최 팀장의 지적이 있자 참석자 모두 동의하는 듯했다.

"그래? 그럼 CIA 국장에게 전화해서 공조를 의논해보지."

원장은 호기롭게 전화기를 들었지만 사실 현 CIA 국장인 필 존스와는 일면식도 없고 전화통화도 해본 적이 없는지라 어떻게 해야 할지 막막했다. 하지만 다행히 CIA쪽도 급하기는 마찬가지라 일사천리로 양 정보부 수장끼리의 통화는 성사되었고 즉시 무 부장에 대한 작전 공조와 협력은 시작되었다. CIA 한국지부 쪽 사람들과 국정원 TFT 요원들과 회의가 그날 밤 늦은 시간에 서울 시내 한 안가에서 이루어졌다.

"안녕하십니까? 저는 대한민국 국가정보원 특별실장이자 이번 TFT 장인 이건희라고 합니다."

"저는 CIA 한국 지부장 에드워드 컨펌입니다."

회의는 대화의 편의를 위해 영어로 이루어졌다. 국정원 요원들은 모두 뛰어난 영어실력을 가지고 있어서 의사소통을 하는 데는 전혀 문제가 없었다.

"그럼 결국 국정원에서는 무 부장의 가족 중 어머니와 누나 가족을 데리고 있는 셈이군요."

"당신들은 누구를 데리고 있다는 겁니까?"

"저희 CIA는 무 부장의 가족 중에 아내와 두 아이를 데리고 있습니다."

최 팀장을 포함한 국정원 사람들은 무 부장의 아내와 아이들을 CIA가 잡고 있다는 이야기에 깜짝 놀랐다.

"저번에 최동국 팀장이 갔던 그곳이 무 부장의 가족이 숨어 있던 안가였습니다."

"그랬군요. 그런데 당신들은 그곳에 가족이 숨어 있다는 것을 어떻게 알게 된 겁니까?"

"그건 말씀드릴 수 없습니다. 다만 저희 정보망이 그곳을 알아낸 것입니다. 국정원에서는 저번에 무 부장이 있던 안가를 수색했다고 들었습니다만⋯⋯."

"네. 저희가 갔었을 때는 이미 다 도주하고 아무도 없었습니다."

"그때 그곳을 어떻게 알았습니까?"

"제보가 있었습니다. 이번에도 마찬가지로 제보에 따라 그곳에 가게 된 것입니다."

"그 제보 내용을 저희에게도 알려주실 수 있습니까?"

"원장님께서 모든 정보는 공유해도 좋다고 했으니 바로 다 드리겠습니다. 우리의 목적이 같으니 모든 정보를 같이 해야지요."

하지만 국정원장은 모든 정보를 넘겨주지 말고 꼭 자신의 허락을 받은 정보만 주라고 엄명하였다. 대표적으로 무 부장 어머니의 실체 같은 것은 철저히 비밀로 했다.

"무 부장의 아내와 아이들을 데리고 있다고 하셨는데 그들을 이용해서 무 부장을 잡을 계획을 하고 있는 겁니까?"

"네. 그러긴 한데 문제는 저희가 아무리 연락을 해도 저쪽에서 반응이 없습니다."

"반응이 없다는 건 무슨 뜻입니까?"

"우리는 무 부장과의 직접 통화를 원한다고 아무리 말해도 국복회 쪽에서 무 부장을 연결해주지 않고 있습니다. 그래서 그날 이후 무 부장과 직접 통화를 하지 못하고 있습니다."

"국복회가 당신들과 무 부장의 접촉을 완전히 막고 있는 거군요."

"네. 그런 것 같습니다."

"음……. 그렇다면 국복회는 여차하면 무 부장만 일본으로 데려가고 가족은 버리겠다는 심산이군요."

"저희도 그렇게 생각하고 있습니다. 그래서 이것을 어떻게 풀어나가야 할지 고민입니다. 무 부장의 다른 가족들 상태는 어떻습니까?"

"그쪽도 마찬가지입니다. 직계가족의 접촉도 연결해 주지 않는 국복회가 곁다리 가족에게 신경이나 쓰겠습니까? 혹시나 하는 마음에 다 잡아두고는 있지만 뾰족한 수가 없는 건 사실입니다."

"그럼 국정원에 제보한 자가 누구인지는 모르겠지만 그나마 국복회에 관련된 정보를 저희들보다는 많이 알고 있다는 결론입니다."

"맞습니다. 저번 안가 일도 그렇고 이번 안가 건을 보아도 제보한 자들의 정보력은 저희들을 뛰어넘는 건 사실인 것 같습니다."

"그들이 누구인지에 대한 단서는 있습니까?"

"현재로서는 없습니다. 다만 그들이 전화로만 저희에게 제보를 했다는 것밖에 없습니다."

"전화라면?"

"국정원 신고전화 111번이라고……. 누구나 알 수 있는 공개된 전화입니다."

"그 제보전화를 녹음한 게 있습니까?"

"네. 저희는 모든 전화를 녹음하니 있습니다. 저번 건과 이번 건 모두 드리겠습니다. 다만 저희 일본 팀장인 최동국 팀장은 일본 내 공화파에서 한 게 아닌가 하고 추측할 뿐입니다."

"추측의 근거는 있습니까?"

"뭐……. 근거는 없습니다. 최 팀장이 일본에 오래 생활을 했는데 디지털로 조작되었지만 제보자의 목소리가 한국어를 하는 일본인 같다고 했습니다."

"음……. 그래요? 그건 일본에 있는 저희 조직에 한 번 알아보라고 해야겠군요. 만약 그 제보자가 일본 내 공화파라면 저희와 목적이 같은 거니 그들과 공조하는 것도 괜찮겠군요."

"그것도 저희가 생각했는데 일단 저희로서는 그들을 접촉할 방법이 없었고 아직 일본 애들과 공조한다는 게 저희 정서로는 좀……."

"무슨 말인지 알겠습니다. 그건 저희가 알아서 하겠습니다."

"근데 무 부장의 가족은 어찌할 생각입니까?"

"네? 그게 무슨 말인지?"

"무 부장의 아내는 상관없지만 자식, 특히 아들은 무 부장만큼, 아니 어떻게 보면 더 위험한 인물일 수 있습니다. 무슨 말인지 아시죠?"

"네. 압니다. 그래서 저희도 고민입니다. 무 부장을 잡던 못 잡던 아들을 어찌 처리해야 할지……."

방은 한동안 침묵에 빠졌다. 누구도 쉽게 결론을 내릴 수 없는 문제였다.

"뭐. 그건 높으신 분들이 나중에 알아서 하실 거고 우리는 우리의 미션을 수행합시다."

CIA 지부장인 에드워드가 미국식 제스처로 어깨를 들썩이며 가볍게 말했다. 국정원 요원들도 그의 말에 어느 정도는 동감하면서도 동양적 사고로 보면 그들의 처리가 쉽지 않다는 생각에 마음이 무거웠다.

며칠 후 도쿄의 한 허름한 여관에 백발의 노인이 들어섰다.

"이랏샤이 마세."

여관의 주인인 듯한 중년의 남성이 큰 소리로 손님을 맞이했다. 주인은 미리 얘기된 대로 그를 한 작은 방으로 안내했다. 거기는 탁자 하나만 중앙에 놓여있었고 탁자 위에는 차가 세팅되어 있었다.

"조그만 기다리시면 올 겁니다."

여관주인은 하라다에게 말을 하고는 방을 나갔다. 하라다는 주위를 둘러보다가 조용히 자리에 앉았다. 그러고는 찻잔을 들고 차를 음미하면서 조금씩 마셨다. 그가 온 지 약 5분 후 방문이 열렸고 가면을 쓴 또 다른 사내가 들어왔다.

"죄송합니다. 제가 청해놓고는 늦었습니다. 하라다 사마(님)."

"아닙니다. 차를 음미하다 보니 시간 가는 줄도 몰랐습니다. 차 맛이 아주 좋군요."

"네. 하라다사마를 위해 특별히 준비한 보이차입니다."

"그렇군요. 그나저나 야마다사마는 차를 마시기 어렵겠습니다."

하라다는 야마다의 가면을 보고 말했다.

"아닙니다. 저도 마실 수 있습니다."

야마다는 한손에 찻잔을 들고 다른 손으로 가면 아래쪽을 들어 차를 마셨다.

"뭐 그런 방법도 있군요."

"이거 카케 덴노(그림자 천황)를 이제야 뵙게 되어 영광입니다."

"하하하. 전 그 별명 아주 싫어합니다. 제까짓 게 무슨 덴노입니까? 그저 힘없는 늙은이에 불과합니다. 주위에서 너무 저를 띄워주는 것 같군요."

두 사내는 이런 저런 농담만 하며 차를 마시면서 공기를 살폈다.

"야마다 님. 바쁘실 텐데 저를 보자고 한 이유를 말씀하시지요."

야마다보다 성질 급한 하라다가 먼저 치고 나갔다.

"그러지요. 하라다 님. 저를 좀 도와주십시오."

"네? 무슨 말씀이신지?"

하라다는 짐짓 무슨 말인지 모르겠다는 표정을 지으며 대답했다.

"하라다 님은 다 알고 계시잖습니까? 저희가 쇼와 천황의 직계후손을 찾았고 이 분을 통해서 국체를 회복하고자 하는 것을……."

"그건 들어서 알고 있습니다만 제가 그 일과 무슨 관계가 있는 건지."

"이거 왜 이러십니까? 다 알고 있습니다. 하라다 님께서 저희 일을 방해하고 있다는 것을……."

"후후후…… 뭔가 단단히 오해하신 것 같습니다. 저는 그쪽 일을 잘 알지도 못하고 설사 안다고 하더라도 방해를 할 만한 힘이 없습니다."

"피차 서로 잘 알면서 엉뚱한 데 힘 빼지 마시죠. 하라다 님. 하라다 님은 국체 회복에 반대하십니까? 하라다 님의 개인의견을 묻고 있는 겁니다."

"음…… 저의 개인 의견이라……. 좋습니다. 전 개인적으로 국체의 회복에는 반대입니다."

"왜 그렇게 생각하십니까?"

"지금 우리 일본은 외교적으로 그리 좋은 상황이 아닙니다. 국제적으로도 아시아의 다른 국가들로 부터도 인정받고 있지 못하고 있습니다. 그 이유는 바로 대동아전쟁을 일으켰기 때문이지요. 그렇다고 과거의 전쟁 때문에 언제까지 죄인처럼 지낼 수는 없습니다. 일본도 털 건 털고, 갚을 건 갚아서 모든 것이 정상적인 국가체계를 가진 정상국가로 가야 할 것 아닙니까? 그런데 이 시점에 만약 천황이 나타난다면 다른 국가들에게 뭐라 할 겁니까? 우리는 천황제의 폐지로 인해 상당 부분 대동아전쟁의 죗값을 치른 것으로 보고 있습니다. 그런데 대동아전쟁의 원인제공자로 불리는 천황이 다시금 일본의 전면에 선다면 일본은 다시 전범국가라는 오명을 쓰게 될 겁니다."

"다른 국가들의 눈치나 보는 게 하라다 님이 생각하는 보통국가고 정상국가입니까? 다른 국가가 아닌 미국의 눈치를 보는 게 아닙니까?"

"야마다 님이 아시듯이 미국뿐만 아니라 이제 막 굴기하는 중국도 신경 써야 합니다. 천황의 대두는 일본 외교 전선에서 실익은 없는 계륵과 같습니다."

"그렇다고 구 황족을 모두 죽인 겁니까?"

"그건 제가 모르는 일이라니깐 그러십니다. 자꾸 이러시면 전 가보겠습니다."

하라다는 기분이 상했는지 자리에서 일어났다.

"하라다 님. 이러지 마십시오. 우리 일본은 나라의 어려움이 있을 때마다 안으로 단결하여 위기를 극복했잖습니까?"

"네. 그건 잘 알고 있습니다. 그러나 그러한 단결이 잘못된 방향으로 갈 경우 그 결과는 너무나 처참했다는 것도 역사에서 배울 수 있습니다."

"일본인들은 천황을 원하고 바라고 있습니다. 여기 산케이 신문에서 한 여론조사를 보시더라도 일본인의 약 65%가 천황제로의 복귀를 바라고 있다고 합니다."

야마다는 산케이 신문기사를 스크랩한 것을 하라다에게 내밀었다.

"네. 그건 저도 봤습니다. 하지만 언제나 극우의 소리만 반영하는 산케이에서 한 여론 조사를 믿는 일본인은 채 10%도 되지 않을 겁니다."

"모든 여론조사를 그렇게 믿지 못한다면 선거 전에 여론조사는 왜 합니까? 그리고 선거는 왜 치릅니까? 민의에 따라 정책을 펼치자는 뜻 아닙니까? 그렇다면 천황제로의 복귀를 정말 일본인들이 바라는지 아닌지 국민투표를 하면 되지 않겠습니까?"

"음……. 그건 매우 위험한 발언입니다. 결국 그러한 불필요한 국민투표가 국론을 분열시키고 외국의 쓸데없는 의심을 받게 되는 겁니다. 생각해보십시오. 일본이 그러한 국민투표를 한다면 대동아전쟁의 피해국인 아시아 국가들은 우리가 다시 파쇼국가로 복귀한다고 생각할 겁니다."

"하라다 님도 아시다시피 천황은 그냥 상징적인 존재입니다. 역사적으로 봐도 천황이 실권을 쥐고 국정을 운영한 때는 교토시대 초기뿐입니다. 그 이후에는 후지와라(藤原) 가문이나 막부에 의해 국정이 농단당하면서 천황은 사실상 제사장의 위치로까지 떨어졌잖습니까? 물론 다이세이호칸[대정봉환(大政奉還): 도쿠가와 막부가 전권을 메이지천황에게 반환한 사건] 이후 천황의 실권이 회복되었다고 하지만 역시 군벌에 의해 정국이 이끌어졌고 결국 대동아전쟁의 패전으로 귀결된 것입니다. 천황은 단 한 번도 제대로 된 실권이 없었는데 어찌 천황에게 패전의 책임과 멍에를 모두 씌우려 하십니까?"

"그럼 천황의 이름으로 죽어간 수많은 구 일본 제국군은 어찌 된 것입니까? 그들은 무조건 죽으라는 천황의 명에 따라 '덴노 헤이카 반자이'를 외치며 죽어갔습니다. 제가 알기로 천황은 단 한 번도 그들과 그들의 유가족에게 사과를 한 적이 없습니다."

"그것 또한 군벌이 천황의 이름을 도용해서……."

"억지 그만 부리십시오. 야마다 상. 야마다 상의 얼굴 상처도 전쟁때 입은 것으로 알고 있습니다. 야마다 상은 그 상처가 미군이 한 걸로 굳게 믿고 계시겠지만 결국 그것도 천황의 이름으로 자행된 다른나라에 대한 침략의 결과입니다. 이제 일본은 그러한 과거와의 절연

이 필요합니다. 야마다 상처럼 그런 분노를 안고 계신 분들이 복수할 생각으로 국체를 회복하려고 한다는 것을 세상 사람들은 다 알고 있습니다. 그런 상황에서 어떻게 순순히 국체회복에 동의할 수 있겠습니까? 전 세계의 웃음거리밖에 되지 않습니다."

"결국 국체회복은 무슨 수를 써서라도 막겠다는 거군요."

"아까도 말씀드렸다시피 저는 그런 힘이 없습니다. 제 개인적 의견을 말씀드린 것뿐입니다."

"그럼 하라다 님의 개인 의견으로 우리는 어찌하면 되겠습니까?"

"뭐…… 저라면…… 절대 쇼와 천황의 후손을 일본으로 데리고 오지 않겠습니다. 그분이 어디에 있던 그냥 그곳에 살게 할 겁니다."

"그분을 일본으로 데리고 오지만 말라……."

"그렇다면 다른 일이야 생기겠습니까?"

"알겠습니다. 하라다 님의 고견 감사합니다. 그럼 그렇게 알고 진행하겠습니다."

야마다는 먼저 일어나 방을 나갔다. 잠시 후 카와노가 방으로 들어왔다.

"하라다 님. 지금이라도 야마다를 잡을까요?"

"일단 놔둬. 쥐도 궁지에 몰리면 고양이를 문다. 저들도 이제 나의 뜻을 알았으니 알아서 하겠지. 일단 서로 시간을 번 셈이야. 우리로서는 쇼와 천황의 후손을 한국에 잡아두기만 하면 한국 국정원이나 CIA에서 그를 잡을 수 있을 거야. 실제로 우리는 이제 한국 내 국복회에 대한 정보가 거의 없잖아. 마치 손끝에 박힌 가시를 어설프게 뽑으려다가 더 깊이 들어가서 빼지도 못하는 상황과 같지."

"그런데 미국의 압력이 장난 아닙니다. 방금 전 미츄이 총리에게서 전화가 왔는데 미국 CIA가 닦달인 모양입니다. 아는 정보를 다 내어

놓으라고…….”

“음……. 우리가 한국 국정원에게 정보를 준 것을 미국이 안 것 같
군. 허기야 그렇지 않더라도 미국은 우리에게 정보를 내어놓으라고
압박하겠지. 미국은 참을성이 없어. 그들의 요구대로 움직이면 우리
는 영원히 그들의 노예가 될 거야. 일단 천황 문제는 우리 뜻대로 우
리 방식대로 이끌고 간다. 그렇게 총리에게 전해.”

“하이. 알겠습니다.”

다음 날 두 명의 사내가 방 안으로 안내되어졌다. 그들이 들어오자
나카야마와 아베, 이 대리는 자리에서 일어나 고개를 숙였다.

“먼 길 오시느라 고생하셨습니다.”

나카야마가 한국 쪽 동지들을 대표해서 인사를 하였다.

“아닙니다. 일본에서 오는 데는 얼마 걸리지 않았습니다. 오히려 공
항에서 여기로 오는데 시간이 더 걸린 것 같습니다. 저는 야마다 님이
보낸 카와시마 히데유키(川嶋 秀行)라고 합니다. 도쿄에서 조그마한 성
형외과를 하고 있습니다.”

“저는 사토 유시히로(佐藤 康博)라고 합니다.”

“네. 야마다 님으로부터 이야기는 들었습니다. 제가 보기에 사토상
의 역할이 아주 중요합니다.”

“네. 저도 그 부분은 야마다 님께서 신신당부하신 거라 꽤 부담이
되는 건 사실입니다. 하지만 일본을 위해서 최선을 다해 보겠습니
다.”

“카와시마 상. 성형수술을 하고 회복하는 데 어느 정도의 시간이 걸
리겠습니까?”

나카야마는 심각한 얼굴로 의사에게 질문하였다.

"사람마다 다르긴 하지만 일반적으로 완전히 다른 사람의 얼굴로 만드는 데는 아무리 짧게 잡아도 회복기간까지 포함해서 6개월 정도는 걸립니다. 그렇지만 야마다 님의 말씀도 있고 해서 최대한 짧게 잡아도 3개월은 걸립니다."

"음…… 3개월이라…… 쉽지 않겠습니다."

"네. 하지만 그보다 더 단축하려다가는 나중에 부작용이 발생해서 큰일이 생길 수도 있습니다."

"큰일이라면?"

"마이클 잭슨 아시죠? 그자처럼 얼굴이 허물어 내릴 수도 있습니다."

"천황폐하는 일본의 얼굴인데 그렇게 할 순 없습니다."

"맞습니다. 그래서 저도 그 부분이 걱정입니다. 그러니 지금이라도 당장 수술을 해야 합니다."

"이봐, 타카하시. 지금 폐하의 상태는 어떤가?"

나가야마가 이 대리에게 물었다.

"아시다시피 가족이 납치된 이후로 극도로 불안해하십니다. 저에게 하루에도 몇 번씩 납치범들에게 연락이 없었냐고 질문하고 있습니다. 저는 그럴 때마다 아직 연락이 없다고 잡아떼고 있지만 영 믿지 않는 눈치입니다. 최근에는 당장 여기를 나가겠다고 난리 치는 경우도 있었습니다."

"휴…… 카와시마 상. 그냥 전신마취를 강제로 해야겠습니다."

"하지만 전신마취를 하기 위해서는 전날 금식을 하고 해야 합니다. 폐하께서 가장 최근에 언제 식사를 하셨죠?"

"오늘 아침 식사를 하셨습니다."

이 대리가 의사의 질문에 대답했다.

"그럼. 일단 지금부터 금식을 하고 오늘 밤에 바로 수술하는 것으로 하겠습니다."

"폐하께서 식사를 달라고 하면 어떡하죠?"

"무슨 변명을 둘러대더라도 밥을 주지 말란 말야."

나카야마가 이 대리에게 신경질적으로 대답했다.

"그러면 제가 시간을 알려드릴 테니 방에 마취가스를 주입하십시오. 그리고 나서 폐하가 잠에 빠져들면 제가 수술용 마취제를 놓도록 하겠습니다."

"사토 상은 폐하께서 수술을 마치고 의식을 회복하자마자 최면 치료를 시작해 주십시오."

"원래는 그런 대수술 이후에 바로 최면치료를 시작하면 환자에게 큰 트라우마를 줄 수 있지만 지금으로서는 어쩔 수 없군요. 알겠습니다."

"결국 폐하가 회복하는 그 3개월 안에 최면 치료를 통해서 완벽한 일본인과 천황으로 거듭나게 해야 합니다. 일본어를 가르치게 할 수도 있다고 하던데요."

"네. 그것도 동시에 실시하도록 하겠습니다."

"그럼 모두 각자의 일을 차질 없이 시행하도록 합시다. 마지막으로 구호 한번 외치고 마치겠습니다. '덴노 헤이카 반자이(천황폐하 만세)!'"

"덴노 헤이카 반자이."

방 안 모두는 나카야마의 선창에 따라 구호를 세 번씩 외쳤다.

저번 CIA와의 회동 후 별다른 일이 없이 한 달이 지나가자 국정원의 TFT 요원들의 피로는 극에 달했다. 다들 한 달 이상 집에 들어가지 못했고 계속 국정원에서 숙식을 해결하고 있었기 때문이었다. 거기다가 매일 무 부장을 찾아내라는 원장의 닦달을 들으니 환장할 노릇이었다.

"실장님. 이거 이러다 우리가 먼저 죽겠습니다."

최 팀장이 TFT장인 이 실장에게 회의시간에 푸념을 털어놓았다.

"알아. 나도 죽을 노릇이다. 이제 마누라는 아예 집에 들어오지 말래. 에휴."

"항구 봉쇄 때문에 곳곳에서 난리입니다. 어민들이 제대로 생계를 꾸리지 못하겠다고 여기저기 민원 넣고 난리입니다."

"나도 보고 들었다. 이거 국복회 애들이 갑자기 조용해진 게 이상하지 않아?"

"네. 그건 그렇습니다. 아무리 그래도 장기로 끌면 자기들이 불리할 텐데, 하루라도 빨리 무 부장을 일본으로 데려가고 싶어 환장할 국복회가 한 달 이상 조용하니 이상합니다."

"뭔가 다른 꿍꿍이가 있는 게 아닐까? 우리의 항구 봉쇄가 느슨해지길 기다린다던가?"

"그럴 수도 있겠습니다만, 우리가 언제까지 봉쇄를 할 줄 알고 마냥 기다리겠습니까?"

"그것도 그렇네. 거제 쪽에는 아무 연락도 없었고?"

"네. 사위나 딸을 찾는 전화가 가끔 오기는 하는데, 다 그냥 일상적인 겁니다. 그런데 우리 요원의 보고에 따르면 더 이상 그들을 잡아두는 것도 무리인 것 같습니다."

거제 쪽 가족을 감시하는 역할을 맡고 있는 요원이 대답했다.

"왜? 무슨 일이 있어?"

"우리 쪽 요원이 계속 달래고 설득하고는 있지만 사위와 딸이 더 이상 못 참는 것 같습니다. 아무래도 생업이 걸린 사람을 한 달 이상 잡아두니 생계도 걱정되고 애들 교육도 걱정되나 봅니다."

"그건 그렇네. 어떡하지?"

"거제 가족은 그냥 풀어주고 그들의 통신을 감청하고 주위를 감시하는 게 나을 듯합니다. 괜히 그들이나 우리의 힘을 뺄 필요도 없으니까요."

"그렇긴 한데……. 알았어. 그건 내가 원장님께 여쭤보고 할게. 그나저나 CIA쪽에서도 별다른 소식이 없어?"

"네. 이제는 그쪽에서 전화 거는 것도 국복회에서 아예 안 받는다고 합니다. 국복회가 CIA에 한 마지막 말이 무 부장 가족을 죽이든 말든 마음대로 하라는 것이었답니다."

"쩝. 에드워드 그자의 얼굴이 많이 일그러졌겠구만. 미국도 뾰족한 수가 없다는 거네."

"그런가봅니다. 일본 쪽에서 들은 얘기로는 CIA가 일본 정부에 엄청난 압박을 가하는데 일본 정부에서 아예 협조를 하지 않고 있답니다. 그러니 CIA가 할 수 있는 게 아무것도 없는 거죠."

"그런데 난 이상한 게 그렇게 별 정보도 없는 CIA가 무 부장 가족이 있는 안가는 어떻게 알아낸 거지? 그것만 알아냈다는 게 이상하지 않아?"

"저도 그게 이상해서 여기저기 파보았는데……."

최 팀장은 주위를 살피더니 이 실장에게만 귓속말을 건넸다.

"무 부장 가족 중에 CIA 끄나풀이 있다는 이야기가 있습니다."

"뭐? 가족 중에? 그럼 한 명밖에……."

"그렇다고 봐야죠. 혹시 저들도 우리처럼 무 부장에게 자신들의 요원을 심은 게 아닐까요?"

"글쎄? 그건 너무 믿기 어려운데……. 하여간 지금으로서는 방법이 없다. 최대한 푸시를 가할 수밖에. 경찰과 이야기해서 무 부장의 현상금을 5천만 원으로 올리고 방송에 더 때리라고 해."

"그건 그렇고 진짜 저희 TFT요원들 교체 안 해줍니까?"

"좀만 참아봐. 아무런 성과 없이 요원교체를 어찌 말하냐? 뭐라도 건져야 말할 수 있지."

이 실장은 깊은 한숨만 내쉬었다.

일주일 후 무 부장의 거제가족은 국정원 안가에서 풀려나 집으로 돌아올 수 있었다. 무 부장의 누나와 자형은 무 부장 어머니의 집으로 와서 청소부터 하고 어머니를 집으로 모셨다.

"아이구마. 한 달 집을 비웠더니 완전히 폐가가 따로 없는 기라. 이제 조금 엄마집 좀 정리가 됐네. 엄마 몸은 좀 어떻노?"

"나는 뭐 괜안타. 박 서방 자네가 고생이 많았다."

"아입니더. 지는 그냥 한 달 동안 놀고먹었더니 살이 쪘는지 바지가 안 맞아예."

"그래. 인복이 때문이지만도 우리를 잡아둔 게 그런지 국정원 사람들이 미안하다카고 경제적인 보상도 해준다 카더라."

"경제적 보상은 무슨……. 요즘이 어떤 세상인데 사람을 가다놓고 그 난리고."

무 부장의 누나는 아직 분이 안 풀렸는지 입이 쭉 나온 채로 불평을 터트렸다.

"야야. 니가 참아야지 우짜것노. 그러다가 니까지 다칠 수 있다."

"네. 장모님 말씀이 맞습니더. 당신도 아까 우리가 절대 발설 안하고 불평 안하다는 각서 쓰고 나온 거 잊었나? 까딱 잘못하몬 우리도 간첩으로 걸리 들어갈 수도 있다."

"말이 글다 이기지. 뭐. 그나저나 엄마. 돈은 얼마나 준다카더노?"

"글…… 글쎄. 우리가 한 달 동안 버는 만큼 안 주겠나? 거는 신경 쓰지 말고 아덜 밀린 공부나 신경 써라."

"네. 알겠습니다. 장모님. 그럼 쉬십시오. 저희도 건너가서 집 정리 하고 쉬어야 겠습니더."

"그래. 자네도 쉬고 니도 들어가 쉬라. 나도 좀 쉴란다."

딸과 사위를 보내고 나서 그녀는 어디론가 전화를 걸었다.

"다시 돌아왔습니다. 이 실장님."

"일단 가족들이 의심하거나 하진 않습니까?"

"아직 그때 그대로 알고 있습니다. 제가 잘 컨트롤하고 있으니 그건 걱정하지 마십시오. 단지 저와의 약속은 꼭 지켜주십시오. 그리고 우리 애들 경제사정이 안 좋으니 보상금은 좀 두둑이 주십시오."

"그건 염려 마시고 혹시나 아드님이 연락 오면 즉시 저희에게 알려 주십시오."

"그거야 감청장비를 해 두셨을 테니 자동으로 보고가 되겠죠. 일단 알겠습니다 저도 힘닿는 데까지 알아보겠습니다."

"보고는 하루 단위로 해주시기 바랍니다. 그리고 저희 쪽 요원들이 그 집과 따님 집을 지켜 드릴 테니 그리 아시구요."

"네. 알겠습니다."

그녀는 전화를 끊고 혼잣말을 내뱉었다.

"지키는 게 아니고 감시하는 거겠지."

그녀는 전화기를 머리맡에 두고 자리에 누웠다.

무 부장은 얼굴에 붕대를 감고 침대에 누워 있었다. 수술을 집도했 던 카와시마는 침대 옆의 전자기기들을 보면서 무 부장의 상태를 체크하고 차트에 무엇인가를 적고 있었다. 이 대리는 옆에서 걱정스러운 표정으로 무 부장을 지켜보고 있었고 최면치료사인 사토는 열심히 자신의 노트에 무엇인가를 적고 있었다. 그때 방문이 열리면서 나카야마와 아베가 들어왔다.

"폐하는 주무십니까?"

나카야마가 카와시마에게 물었다.

"네 지금 막 주무시기 시작했습니다."

"상태는 좀 어떻습니까?"

"폐하께서 굉장히 고통스러워하셔서 모르핀 투여량을 좀 늘렸습니다."

"왜 이렇게 고통스러워하시죠?"

"얼굴에 조그만 뾰루지를 없애는데도 굉장히 아픈 법입니다. 얼굴 통째로 바꾸는 것인데 아프지 않으면 그게 더 이상한 겁니다. 얼굴은 뇌와 가까워서 더 크게 고통을 느낄 수도 있습니다."

"그래도 이래가지고 빨리 끝낼 수 있겠습니까?"

"이제 수술하고 한 달 반 정도 지났습니다. 이제 겨우 반 온 겁니다. 어떻게 하던 3개월 내에 모든 것을 끝낼 테니 기다려 주시기 바랍니다. 조금 있다가 2차 수술도 해야 해서 폐하께서 잘 참으셔야 할 텐데……."

카와시마는 자신이 없는 듯 말끝을 흐렸다.

"사토 상께서 하시는 최면치료는 잘 진행되고 있습니까?"

"지금까지는 원래 계획했던 대로 가고 있습니다. 다만 폐하께서 너무나 고통스러워하시다 보니 진통제 투여 양과 횟수가 늘어 주무시는 시간이 길어져서 실질적으로 최면치료를 할 시간이 짧아지고 있는 게 문제입니다."

"최면은 잘 때 해도 되지 않나요?"

"최면에 빠지면 실제로 자는 것과 비슷하지만 최면에 빠지게 하려면 정신이 깨어있을 때 해야 합니다. 그래도 폐하께서 정신이 들면 바로 치료를 하고 있습니다."

"지금의 상태는 어떻습니까? 좀 눈에 띄는 진전이 있습니까?"

"일단 폐하의 저항이 만만치 않습니다. 자신을 한국인으로 알고 한국인임을 자랑스럽게 생각하고 계십니다. 그러한 생각을 깨야만 폐하가 일본인임과 천황임을 받아들일 수 있습니다. 그래도 초기보다는 많이 약해졌습니다. 최면시간에 지속적으로 일본의 역사와 문화, 전통을 주입했고 유구한 천황의 역사를 주입하고 있습니다. 수술과 마찬가지로 3개월 내에 원래 계획된 대로 할 수 있도록 최선을 다하겠습니다."

"일본어 교육은 어느 정도 되었습니까?"

"듣는 것은 상당히 진행되었습니다. 웬만한 것은 이제 듣기가 가능할 겁니다. 다만 말하는 것은 아무래도 늦는 것 같습니다. 읽고 쓰는 것은 더 느리구요. 3개월 안에 말하기까지 하는 것은 좀 어려울 듯합니다."

"말하기야 우리가 써주는 것을 외워서 읽게 하면 되니까 먼저 듣기가 가능하도록 해 주십시오. 듣고 이해해야 뭐가 되도 되지 않겠습니까?"

"네. 알겠습니다."

"이봐 타카하시. 자네는 한시도 폐하 곁을 떠나서는 안 된다. 무슨 일이 있어도 폐하를 꼭 지켜야 한단 말이다. 알았지."

"하이. 무슨 말인지 잘 알고 있습니다. 24시간 폐하 옆에서 폐하를 지키고 있습니다."

"다른 사항은 없나? 폐하가 아직 가족을 찾나?"

"얼마 전까지는 찾으셨는데 이제는 가족에 대해 별 말이 없습니다. 최면치료의 효과가 있는 것 같습니다."

"최면치료 시 가족을 기억에서 지우는 것도 병행하고 있나요? 사토 상?"

"네. 그걸 제일 먼저 했습니다. 그래야 다른 것을 받아들이니까요."

"이봐. 아베. 폐하의 가족을 납치한 곳에서 더 이상의 연락은 없지?"

"네. 한 달 전쯤에 오고는 없었습니다. 마지막으로 전화가 왔을 때 제가 폐하의 가족을 죽이든지 말든지 알아서 하라고 했었습니다. 그래서 그런지 그 이후로 아무런 연락이 없습니다."

"휴……. 그자들도 폐하의 가족을 이용해서 폐하를 잡으려고 했겠지만 어림없는 소리. 우리는 폐하만 있으면 돼. 가족이야 언제든 얼마든지 만들 수 있다구. 그렇지 않아? 아베."

"네. 맞습니다. 어차피 폐하의 가족은 사실 조센징 아닙니까? 그런 면에서는 일본으로 폐하가 건너가 순수한 일본인으로 가족을 다시 꾸리는 게 낫습니다."

"그렇지. 안 그래도 야마다 님께서 새로이 모실 황후를 고르고 있다는 군. 폐하의 연세가 아직 40대이니 새로이 자식을 보는 것도 어려운 게 아니지."

"네. 맞습니다. 빨리 시간이 지나서 폐하를 일본으로 모셨으면 좋겠습니다."

"폐하만 일본으로 모시면 그날로 국체는 회복되고 일본이 다시금 제국이 되는 거지. 하여간 두 분 선생님만 믿겠습니다. 두 분의 어깨에 일본의 미래가 달려 있습니다."

"네. 알겠습니다. 최선을 다하겠습니다."

나카야마와 아베가 나가자 카와시마는 침대에 누워 있는 무 부장을 확인하고 이 대리만 남겨두고 사토와 함께 불을 끄고 방을 나갔다. 이 대리는 불 꺼진 방에서 작은 불빛만을 의존해서 무 부장을 바라보았다. 그래서 무 부장이 흘린 눈물을 알아채지 못했다.

얼마 후 CIA 국장인 필 존스는 에드워드 CIA 한국지부장에게 전화를 걸었다.

"그래서 도대체 어떻게 돼가고 있다는 거야?"

"그…… 그게 국화에 대한 추적을 계속하고 있습니다만……."

"그자가 난리치고 사라진 지 두 달이 되었어. 그런데 아직 국화를 찾기는커녕 아무런 단서도 찾지 못하고 있잖아. 그동안 자네가 거기서 한 게 뭐야? 겨우 메두사 도움으로 가족을 잡은 게 다잖아? 그것도 메두사가 위치를 가르쳐 주어서 쉽게 한 거잖아?"

"네…… 그…… 그건 그렇습니다만…….저희도 최선을 다하고 있고 KCIA(국정원)과 공조를 해서……."

"그것도 그래. 양국의 정보기관이 공조한 지도 한 달이 지나가는데 아무런 성과가 없잖아? 국복회 놈들은 국화의 가족을 죽이겠다고 협박했는데도 아무런 반응이 없었다면서?"

"네. 맞습니다. 그들에게는 국화만 중요하지 다른 가족은 의미 없었습니다. 그들의 생각은 국화의 가족도 한국인과 피가 섞인 혼혈 정도로 보는 것 같습니다. 참. 국장님. 하라다를 위시한 일본에서 어떠한 정보가 없었습니까?"

"내가 아무리 총리하고 내각정보조사실장을 닦달해도 자기들도 모른다는 말 뿐이야."

"하지만 그들은 처음 국화가 숨어 있던 안가도 알았고 가족이 있었던 안가도 알았었습니다. 정보가 없다는 것은 말이 안 됩니다."

"나도 알아. 하지만 아는 게 없다고 딱 잡아떼는데 방법이 없잖아? 그럼 KCIA에 제보한 게 그들이라는 근거는 있나?"

"그…… 그건……. 그냥 KCIA 쪽 추측입니다."

"추측만으로 그들을 더 이상 몰아붙이지 못하잖나? 이거 대통령께서는 실망이 이만저만한 게 아냐. 벌써 다른 정보기관들도 낌새를 채고 여기저기 알아보는 것 같아."

"네? 어디가?"

"다른 데는 걱정이 없는데 중국이 제일 문제야. 중국의 MSS(Ministry Of State Security, 국가안전부) 애들이 움직인다는 첩보야."

"MSS가 왜?"

"어떡하든 우리의 약점을 물고 늘어지겠다는 생각이겠지. 또 그들도 천황이라면 이를 갈고 있으니 천황의 부활을 막겠다는 생각일 수도 있고. 어찌 되었건 다른 나라 애들이 끼어들기 전에 마무리를 해야 돼."

"네. 알겠습니다. 여기 요원들을 최대한 가동하겠습니다."

"메두사와 그녀의 자식들은?"

"저희와 같이 있습니다."

"음……. 처음에는 그녀와 자식을 이용하려고 했는데 이제는 부담만 되네. 그들을 우리가 잡고 있다는 것만으로도 우리에게는 큰 위협이 돼. 특히 그녀의 아들은 살려두면 나중에 큰 화근이 될 수 있어. 그러니 그들의 존재를 지우도록 해."

"지우라 하시면?"

"없애란 말이야. 그리고 나서 그들과 관련된 모든 것을 지워버려."

"네. 알겠습니다. 그런데 메두사도 같이 제거해야 합니까?"

"당연하잖아."

"하지만 아직도 그녀는 우리 요원입니다. 우리 지시를 잘 따르고 있는 요원을 제거할 이유는 없습니다."

"이봐. 아무리 메두사가 우리 요원이라지만 그녀도 엄마야. 어느 여자가 자기 자식을 죽이는데 가만있겠나? 그러니 그녀 모르게 조용히 셋 다 제거하라구. 알았지?"

"네…… 일단 알겠습니다."

에드워드는 왠지 자신 없는 목소리로 대답했다.

"왜? 자신이 없어? 상대가 메두사라 겁나는 거야?"

"아…… 아닙니다. 단지…….”

"단지 뭐?"

"아…… 아닙니다. 지시대로 시행하겠습니다."

"조용히 끝내고 내게 직보해. 그럼."

에드워드는 CIA 국장의 전화를 끊고 한숨을 내쉬었다.

'이거 괜히 사자의 코털을 건드리는 거 아냐?'

그녀의 과거 파일을 들추고 나서 그는 더 큰 한숨을 쉬었다.

'에이 모르겠다. 아직 그녀는 우리를 믿고 있으니 믿고 있을 때 뒤통수 쳐야지.'

그는 자신의 부하를 불러 조용히 메두사와 그녀의 자식들에 대한 제거 작전을 짰다.

다음날 아침. 무 부장의 아내는 평소보다 일찍 아이들을 깨웠다. 그러고는 아이들을 데리고 안가를 돌아다녔다. 그녀는 아이들과 함께 한쪽 구석으로 갔다. 거기에는 의자에 한 사내가 앉아있었다.

"어? 여기 오시면 안 됩니다. 방으로 돌아가시죠."

사내는 일어나 양복 윗옷 안으로 손을 넣으며 그녀에게 영어로 말했다.

"아이들이 여기를 구경하고 싶어 해서……."

그녀는 영어로 다정하게 말하며 그에게 접근했다.

"애들아. 아저씨 보면 내가 뭐라고 하라고 했지?"

무 부장의 아내는 아이들에게 어제 가르쳐 주었던 영어인사말을 시켰다.

"굿모닝 미스터."

두 아이는 엄마가 알려준 대로 고개를 숙이며 영어로 힘차게 인사를 하였다. 인사를 받은 사내는 어쩔 줄 몰라 하다가 자신의 아이들이 생각났는지 그의 얼굴에 미소가 번졌다. 경계가 느슨해져 그의 손이 양복 윗옷에서 나오는 것을 본 그녀는 순식간에 그의 명치를 쳤다. 그는 대응하지도 못하고 앞으로 꼬꾸라졌다. 아이들은 엄마의 갑작스런 변화에 놀라했다. 그녀는 사내의 품에서 전자키를 꺼내 벽에 설치된 장치에 집어넣었다. 그러자 벽이 열리고 방이 나왔다. 그곳은 CIA 안가라면 반드시 있는 비상대피용 패닉룸이었다. 그녀는 무서워 떨고 있는 아이들에게 말했다.

"저 아저씨는 갑자기 몸이 안 좋아져서 쓰러진 거야. 내가 돌봐 줄테니 걱정하지 마. 그리고 저 방에 들어가자."

아이들은 무서웠으나 엄마 말에 따라 방으로 들어갔다. 거기에는 큰 TV도 있었고 침대도 있었다. 그녀는 TV를 켜서 둘째가 좋아하는 만화영화를 틀었다. 그러고는 큰 딸에게 당부하듯이 말했다.

"미영아. 동생하고 여기 조금만 있어. 밖에서 무슨 소리가 나더라도 놀라지 말고. 그리고 저기 빨간 버튼을 누르면 문이 열릴 건데 엄마가 아니면 누구도 열어주면 안 돼. 알았지?"

"엄마. 어디 가?"

"아니. 나도 이 집 안에 있을 거야."

그녀가 말을 마치고 일어나려고 하자 그녀의 딸이 무서운 듯 그녀의 팔을 잡았다.

"엄마. 어디 가지마. 그냥 우리랑 있어. 엄마."

"미영아. 울지 마. 엄마 어디 안 가. 내가 좀 할 일이 있어서 그래. 그러니까 여기 조금만 있어. 알았지? 덕인아. 너도 누나 말 잘 듣고."

"응. 알았어. 엄마."

아들은 TV를 쳐다보면서 엄마는 보지도 않고 건성으로 대답했다. 그녀는 아직도 울먹이는 딸과 아들을 패닉룸에 남겨 두고 밖으로 나왔다. 그리고는 다시 디지털 키를 꼽으니 문이 닫혔다. 그때 누워있는 사내는 정신이 드는지 몸을 움직이려고 애를 쓰고 있었다. 그녀는 사내에게 가서 그의 목을 비틀어 죽어버렸다. 그리고 그의 품에서 기관단총을 꺼내 패닉룸 시건장치를 향해 쏘았다. 이제 안에서 열지 않으면 밖에서는 열 방법이 없어진 것이다. 자신의 아이들을 안전하게 한 다음 그녀는 야수로 돌변했다. 10여 년 전 CIA의 지시에 따라 잠정적으로 은퇴했던 킬러로 되돌아간 것이었다. 메두사는 미친 듯이 쏘고 또 쏘았다. CIA 요원들이 그녀를 막으려 했으나 새끼를 지키려는 암사자처럼 덤벼드는 그녀를 막을 순 없었다. 그녀의 신들린 사격솜씨에 그녀를 막아섰던 요원들이 하나둘씩 쓰러져 갔다.

"에드워드 지부장님. 큰일 났습니다."

"뭐야? 스티브. 뭐가 큰일 났다는 거야? 이 총 소리는 뭐야?"

"지금 메두사가 여기로 오고 있습니다. 저희 요원들을 다 죽이고 있습니다."

"뭐? 메두사가? 그게 무슨 말이야? 그녀가 왜?…… 젠장. 그걸 안 거야? 메두사가 그걸 어떻게?"

"모르겠습니다. 하지만 지금 그녀가 여기로 곧장 오고 있습니다. 지부장님이 타깃인 거 같습니다."

"그녀의 자식들은 어디 있어?"

"아마 패닉룸에 있는 것 같습니다. 그녀가 지금 그쪽에서 오고 있습니다."

에드워드는 자기 책상에 있는 PC를 켜고는 패닉룸에 있는 CCTV를 연결했다. 정말로 거기에는 메두사의 두 아이들이 있었다.

"아니, 쟤들이 왜 저기 있어?"

"메두사가 자기 자식들의 안전을 확보한 다음 움직이려고 했던 것 같습니다."

"이런 젠장. 메두사는 지금 어디 있어?"

"안가 R-3 구역에 있을 겁니다."

에드워드는 R-3 구역에 있는 CCTV를 연결했다. 거기에는 격렬한 총격전의 흔적으로 총, 화약 연기만 뿌옇게 보일 뿐 아무것도 보이지 않았다. 그때 화면에 메두사의 얼굴이 보였다. 피를 뒤집어쓰고 살기로 가득한 그녀의 얼굴을 본 에드워드는 완전히 굳어버렸다. CCTV를 쳐다본 그녀는 총으로 카메라를 쏘아버렸다. CCTV 화면이 나간 것을 본 에드워드는 완전히 얼어버렸다.

"지금 당장 외부에 있는 요원들 다 불러. 당장."

"이미 불렀습니다. 메두사가 본격적으로 움직인 이상 여기를 지키기는 어렵습니다. 지부장님. 당장 여기를 피하셔야 합니다."

"젠장. 저기서 여기로 곧바로 쳐들어오는데 내가 도망칠 곳이 어디 있어? 당장 나가서 저년을 막아. 당장."

에드워드의 지시로 스티브는 방을 뛰쳐나갔다. 에드워드는 책상에서 그의 권총을 꺼내 문 쪽을 겨누었다. 그러고는 무전으로 요원들을 불렀다.

"A팀. A팀. 응답하라. 라져. 응답하라."

아무리 애타게 불러도 그의 요원들은 대답이 없었다. 그때 무전기에서 차가운 여자의 목소리가 들렸다.

"메두사다. 내가 지금 그리로 가겠다."

이미 그의 요원들이 거의 다 당했다는 소리였다. 그는 빨리 이 사실을 CIA 본부에 알려야겠다고 생각했다. 그는 재빨리 위성화상전화를 연결했다. 하지만 그날따라 위성사정으로 연결에 시간이 걸린다는 메시지만 떴다. 그때 방문이 열리는 소리가 났다. 그는 반사적으로 문 쪽으로 총을 쐈다. 그러자 문이 열렸고 그의 부하인 스티브가 가슴을 부여잡고 앞으로 쓰러졌다.

"젠장. 스티브."

에드워드가 그에게 다가갔지만 이미 그는 죽은 뒤였다.

"젠장. 메두사! 왜 이러는 거야? 우리는 같은 편이라고…… 같은 편끼리 죽이면 어떡하자는 거야? 적은 밖에 있다고……."

그는 애절하게 허공에 대고 외쳤다. 이상한 적막이 꽤 흘렀다. 그때 갑자기 모든 전원이 나갔다. 갑작스럽게 컴컴해지자 에드워드는 무서워 미칠 것 같았다.

"이러지 마. 메두사."

"조용히 해. 에드워드. 애처럼 칭얼대지 마."

"메…… 메두사."

"불은 30초 후에 들어올 거야. 그러면 너는 조용히 너의 자리에 앉아."

"뭐? 뭐?"

"불이 들어오면 자리에 앉으라고."

"일…… 일단 알았어."

그녀의 말대로 정확히 30초 뒤에 불이 들어왔고 그제야 에드워드는 메두사가 어디에 있는지 알 수 있었다. 그녀는 그의 바로 앞에서 그를 총으로 겨누고 있었다.

"허튼 짓은 안 하는 게 좋을 거야. 그냥 조용히 일단 자리에 앉아."

"알았다."

에드워드는 이 상황에서 저항은 무의미하다는 것을 깨닫고는 그녀의 지시에 따라 자리에 앉았다.

"자. 이제 위성 화상전화를 켜고 랭리에 연결해."

"아까 해보니 안 되는데 고장 난 것 같아."

"그건 내가 손을 봐놔서 그래. 지금은 될 거야."

"알…… 알았어."

그는 위성화상전화를 연결하고 본인의 패스워드를 쳤다.

"랭리 어디에 연결하라는 거야?"

"누구긴. 당연히 캡틴(국장)이지."

에드워드는 국장실로 바로 위성전화를 연결했다. 그러자 마침 니콜라스 부국장과 회의하고 있던 국장은 에드워드를 보고 반갑게 맞이했다.

"예상보다는 빨리 전화가 왔군. 그래. 메두사와 그녀의 자식들은 모두 제거했나?"

"그…… 그게…….'

에드워드는 화면 밖에 있는 메두사의 눈치를 보고 대답을 하지 못했다.

"뭐야? 뭐가 문제야?"

"이거 미안하게 됐네요. 국장님."

메두사는 에드워드가 앉은 의자를 밀면서 화면으로 들어왔다. 메두사가 갑자기 화면에 나오자 국장은 깜짝 놀랐다.

"아니…… 메…… 메두사…… 너…… 너가. 이런 머저리 녀석. 그것 하나 처리하지 못하다니……."

국장이 에드워드를 힐난하자 에드워드는 고개를 숙이고 가만있었다.

"국장님. 이러시면 안 되죠. 제가 조직과 나라의 지시에 따라 국화 옆에서 그자와 몸을 섞고 감시하면서 지낸 게 10년이 넘는데 어떻게 국장님이 절 죽이려고 하십니까? 거기다가 제가 CIA를 도우면 저와 제 아이들의 안전을 보장한다고 하셨잖습니까? 약속을 지켜야 하지 않습니까?"

"그…… 그게 메두사. 내 말을 들어봐. 너도 알다시피 너보다는 너의 자식, 특히 너의 아들은 미국에게 국화만큼, 아니 국화보다 더 위험한 인물이 될 수 있잖나? 그런 상황에서 어떻게 네 아들을 살려둘 수 있단 말이야. 좋아. 거기서 어떤 일이 있었는지 모르겠지만 지금 네가 네 아들만 죽인다면 모든 잘못을 덮어주지. 하지만 이 명령을 불복한다면 너는 미국에 반역을 한 자가 될 거야. 너와 네 자식들은 최고의 현상수배범이 될 거고 전 세계의 모든 사냥꾼들이 너희들을 쫓을 거다. 너와 네 자식이 숨을 데라고는 어디에도 없을 거고 죽을 때까지 우리와 사냥꾼들이 쫓을 거다. 자…… 알았나? 알았으면 당장 가서 그 자식을 죽이란 말야."

"국장님. 이러지 마세요. 그 애도 제 자식입니다. 엄마가 어떻게 자식을 죽입니까? 차라리 저만 죽으라고 하세요. 그럼 미련 없이 죽을 겁니다. 하지만 제 자식만은 건드리지 마세요."

"무슨 소리야. 메두사. 넌 아직 CIA요원이야. 국가와 조직의 명령에 따라야만 한다고."

"국장님이 걱정하는 것은 어떤 건지 잘 압니다. 그러니 제가 아이들을 데리고 사라지겠습니다. 국복회든 누구든 찾을 수 없는 곳으로 사라지겠습니다. 그러면 되는 거 아닙니까?"

"아니. 이대로 사라지면 우리가 널 가만두지 않겠다. 우리 조직을 배신한 자는 모든 조직원들을 동원해서라도 잡을 거다. 알겠나? 그러니 내 명령을 당장 집행해. 당장!"

메두사는 국장의 말을 다 듣고는 잠시 생각하는 듯했다. 그러고는 총을 꺼내 에드워드의 머리를 쏴 버렸다.

"자…… 보았나? 이게 내 답이다. 그래. 이제 나는 미국의 적이다. 그래서 나와 내 자식들을 찾겠다? 그래. 어디 한 번 찾아봐. 이 메두사랑 싸워보라고. 결과가 어떻게 되나?"

"이…… 미친년…… 그런데 내가 널 죽일 거라는 건 어떻게 안 거야?"

"내가 오랫동안 지킨 철칙이 있어. 내가 스파이 교육을 받을 때 처음에 조교가 가르쳐 준 거야. '누구도 믿지 마라. 특히 나에게 오더를 준 보스는 더더욱. 언제든 나의 뒤통수를 칠 수 있다' 이거야. 답이 되었나?"

"이런 젠장. 머저리 같은 에드워드 놈이 다 망쳤어. 젠장. 옛날보다 메두사가 더 독해진 거야?"

"후후. 한국이라는 나라에서 아줌마로 살아봐. 그럼 자식들을 위해서라면 세상에 못할 게 없어진다. 그럼 이만."

그녀는 카메라를 똑바로 쳐다보고 총을 쐈다. 모든 통신이 끊어진 후 국장은 미친 듯이 날뛰었다.

"지금 당장 모든 요원들을 소집해. 메두사와 그녀의 자식들을 1급 수배명단에 올려. 수단과 방법을 가리지 않고 그들을 잡으란 말야. 당장! 산 채로든 죽은 채로든 상관없어. 아냐. 차라리 죽은 채로 잡아오는 게 낫겠군."

"하지만 국장님. 아시다시피 메두사가 작정하고 숨으면 찾기란 거의 불가능합니다."

부국장이 걱정스러운 듯 국장에게 말했다.

"뭐야? 그걸 말이라고 해. 그녀가 무슨 신이야? 그녀도 일개 인간에 불과하다고. 거기다가 일선에서 떠난 지 10년이 넘었어. 이제는 일개 애 엄마일 뿐이라고."

"평범한 애 엄마가 한 짓을 보십시오. 한국지부가 박살났습니다. 일단 마음을 진정하시고……."

"진정? 지금 진정하게 됐어? 저년이 날 병신 취급하는데. 무슨 수를 쓰더라도 그녀를 잡아. 당장. 그리고 일본지부에 이야기해서 당장 한국지부 대체요원들을 한국으로 보내. 당장."

엄마로 돌아온 그녀는 아이들을 데리고 안가를 나왔다. 그러고는 주차되어 있는 차를 몰고는 안가를 벗어났다.

"엄마, 우리 집에 가는 거야?"

옆자리에 앉아있던 그녀의 딸이 물었다.

"아니. 이제 우리는 집으로 못가. 이제 이 나라에서 안 살 거야. 아니 못 살 거야."

아이들은 엄마의 말이 무슨 말인지 몰라 했다.

"이제 우리밖에 없어. 아빠도 없고 할머니도 없고, 고모도 없어. 알

앉지?"

"?"

그녀는 운전하다가 생각난 게 있는지 꺼두었던 그녀의 휴대전화를 꺼냈다. 그러고는 전원을 켠 뒤 무 부장의 어머니께 전화를 했다. 무 부장의 어머니는 집에 있다가 며느리에게서 온 전화를 보고는 깜짝 놀라 바로 받았다.

"에미냐?"

"네. 어머니."

"너 지금 어데고?"

"그건 말씀 드릴 수 없구요. 제가 드릴 말씀이 있습니다."

"뭔데 그라노? 니 우나?"

"어머니. 저희는 떠납니다. 아범과는 영영 헤어지게 되었습니다. 저하고 미영이하고 덕인이하고 이렇게 셋만 조용히 살겠습니다. 그것만이 애들을 지키는 길입니다. 그러니 우리를 찾지 마십시오."

"어…… 어멈아. 니…… 니…… 그…… 그게 무신……."

"죄송합니다. 앞으로 뵙지 못할 겁니다. 건강하게 잘 사십시오."

그녀는 눈물을 머금고는 전화를 끊었다. 그러고는 창을 열어 전화기를 밖으로 던져버렸다.

"애들아. 이제 엄마는 안 울 거야. 너희들만 보고 살 거야. 알았지?"

"어? 어…… 엄마."

미영은 잘은 모르겠지만 엄마가 너무나 불쌍해 보여서 고개를 끄덕이며 말했다.

"그리고 이제 너희들 영어는 엄마가 가르칠 거야. 알겠지만 엄마 영어 되게 잘한다. 미영이 영어선생 발음은 너무 구려."

"그래? 나도 좀 이상하다고 생각했었어."

"엄마. 누나. 이젠 울지 마. 알았지?"

"그래. 덕인아. 이제 우리 웃을 일만 있을 거야."

무 부장의 어머니는 며느리의 전화가 끝나자마자 이 실장에게 전화
했다.

"실장님. 방금 전에 며느리한테서 전화 왔었습니다."

"안 그래도 저도 보고 받았습니다."

"그런데 그 애가 이상한 소리를 했습니다."

"이상한 소리요?"

"이젠 나를 볼 수 없게 되었다. 멀리 떠난다고 찾지 말라고 했었습
니다."

"네? 그럴 리가. 그녀와 애들은 지금 CIA가 데리고 있는데?"

"CIA가 애들을 데리고 있었다구요? 그걸 왜 저에게 말해주지 않았
습니까?"

"그…… 그건 극비라……."

"아무리 극비라고 해도 그렇지. 우리 아이들을 미국이 잡고 있다는
것을 제가 모르고 있다는 것은 말이 되지 않습니다."

"그건 CIA가 우리 TFT요원 외에는 알리면 안 된다고 신신당부를
해서……."

이 실장은 말이 궁색해지는지 끝을 흐렸다.

"그렇다면 우리 아들도 그들이 데리고 있는 겁니까?"

"아닙니다. CIA는 며느리와 손자, 손녀만 데리고 있었습니다. 아마
CIA는 아드님의 가족을 이용해서 아드님을 잡으려 했던 것 같습니
다. 국복회 쪽에서는 그걸 받아들이지 않았던 것 같구요."

"그런데 이해가 되지 않습니다. CIA가 우리 애들을 데리고 있었는

데 며느리가 저한테 그런 전화를 할 수 있습니까?"

"그건 저도 이해가 안 됩니다만……. 저희도 어떻게 된 것인지는 모르고 있으니 확인해 봐야겠습니다."

"확인이 되면 저에게도 알려주십시오. 저는 그 애들의 시어머니이자 할머니입니다. 그들의 정확한 상황을 모른다면 아들을 잡게 도와드릴 수 없습니다."

"에……. 알겠습니다. 알면 즉시 알려 드리겠습니다."

이 실장은 전화를 끊으면서 끓어 오르는 화를 간신히 참았다.

"젠장……. 노친네가 망령이 들었나? 감히 나에게 협박을 하는 거야?"

이 실장이 화를 내자 그와 같이 있는 TFT요원들이 주눅이 들었다. 그래서 누구도 먼저 말을 꺼내지 못하고 있었다. 그런 요원들을 보니 이 실장은 더더욱 화가 났다.

"야. 뭐 구경났어? 당장 어떻게 된 일인지 알아보란 말야. 에드워드에게 전화해 봤어?"

"네……. 그런데 이상합니다. 도저히 CIA 한국지부에 연락이 안 됩니다."

한 요원이 기어들어가는 목소리로 대답했다.

"뭐? 연락이 안 돼? 그게 무슨 말이야?"

"말 그대로입니다. 전화를 해도 안 받고 비상 연락 메신저로 말을 걸어 봐도 응답이 없습니다."

"뭐? 에드워드 말고 다른 실무요원들에게도 해봤어?"

"아까 무 부장의 아내에게서 전화 온 이후로 모든 연락 가능한 CIA 지부 요원들에게 말을 걸어보았지만 그 누구도 응답이 없습니다. 마치 모두 지워진 것 같습니다."

"지워져? 모두? 그럴 리가……. 그들도 본사의 지시에 따라 이 작전을 수행하고 있는데 아무런 성과 없이 철수하지 않을 텐데……."

"맞습니다. 뭔가 이상합니다. 무 부장 아내의 전화연락과 CIA 지부와의 연락 두절이 거의 동시간입니다. 어제도 제가 의논할 게 있어서 에드워드 지부장 밑에 있는 스티브라는 사람하고 연락을 했었습니다. 오늘 뭔가 중요한 걸 해야 할 게 있어서 내일쯤 연락하자고 했었습니다."

최 팀장이 이 실장에게 조심스럽게 말을 했다.

"그래? 그럼 갑작스런 이런 연락두절을 어떻게 이해해야 해?"

"한국지부요원들이 모두 문책을 받고 경질된 게 아닐까요?"

"음……. 몇 달이 지나도 성과가 없으니 그럴 수도 있지만 아무리 그래도 지부 전체를 갑자기 교체하는 건 불가능할 거야."

"혹시 무 부장을 잡아서 무 부장의 아내를 풀어주었고, 그들의 작전이 완료되어 우리와의 연락을 끊은 게 아닐까요?"

"무 부장을 잡았다면 우리와의 연락을 끊을 수는 있지. 하지만 무 부장의 아내와 자식들을 풀어준다는 건 말이 안 돼. 무 부장의 자식, 특히 아들은 그만큼 위험인물이야. 그걸 아는 미국 애들이 풀어줄 리가 없잖아?"

"그건 그런데. 무 부장의 아내의 말이 진실이 아닐 수도 있잖습니까?"

"응? 그건 무슨?"

"제가 그때 말씀드린 대로 무 부장의 아내는 CIA가 심어놓은 요원이거나 끄나풀일 가능성이 높습니다. 그렇다면 CIA의 지시에 따라 우리와 무 부장의 어머니를 안심시키기 위해 거짓을 말했을 수도 있습니다. 아니 할 말로 무 부장의 아내가 진짜 CIA 쪽 요원이라면 자기 남편 죽이고 자식들 죽이는 건 일도 아니잖습니까?"

"그런가? 그럼 뭐야? 우린 뭐가 되는 거야?"

"닭 쫓는 개 신세가 되는 거죠."

"안 되지. 작전을 성공시켰다는 공을 얻지는 못하더라도 최소한 작전이 어떻게 굴러가는지는 알아야 나중에 문책을 안 당한다. 최 팀장 말을 들으니 CIA 애들이 우리 뒤통수를 치려고 하는 것 같아. 이렇게 있을 순 없지. 당장 원장님에게 보고하고 CIA 본부로 연락을 취해 봐야겠다."

이 실장은 초조한지 지금까지의 상황만 정리해서 벌떡 일어나 나갔다.

메두사의 탈출 이후 CIA 본부가 있는 버지니아주 랭리는 그야말로 벌집을 쑤셔놓은 듯 난리가 났다. 모든 현장요원들이 호출 되었고 세계에 흩어진 암살요원들도 모두 호출되어 미션이 주어졌다. 그들에게 주어진 미션은 단 하나. 메두사와 그녀의 자식들을 잡으라는 것이었다. 필 존스 국장은 미션이 주어지고 진행되는 것에 촉각을 곤두세우고 있었다.

"24시간 안에 한국을 모두 봉쇄해서 누구도 빠져나가지 못하게 해."

"한국정부의 도움을 요청할까요?"

니콜라스 부국장의 질문에 국장은 눈에 쌍심지를 켜고 그를 째려보았다.

"미쳤어? 우리 치부를 만천하에 공개할 일 있어? 한국정부나 KCIA(국정원)에는 무조건 비밀로 한다. 알았어?"

"하지만 한국지부가 붕괴된 이 시점에 한국정부의 도움 없이 우리만의 힘으로 메두사를 한국에 붙잡아두는 것은 굉장히 어렵습니다."

"그래서 가까운 일본지부에 있는 요원들을 즉시 한국에 투입하라고 했잖아. 그거 어떻게 됐어?"

"최소한의 운영요원들만 일본에 남기고 모두 한국에 투입할 준비를 다했습니다. 지금부터 4시간 안에는 모두 한국에 투입 가능합니다."

"4시간이라……. 너무 길어. 그 시간이면 메두사가 한국을 벗어나기에 충분한 시간이야. 그러니 2시간 안에 모두 한국으로 투입시키도록 해."

"네. 알겠습니다."

작전상황실에서 작전을 진두지휘하던 국장에게 비서가 와서 조그만 쪽지를 보여주었다.

"뭐야? 백악관에서 연락 오는 거 말고는 연결하지 말라니깐."

"쪽지를 보십시오."

비서는 차갑고 짧게 대답했다. 비서의 말에 쪽지를 열어 본 국장은 깜짝 놀랐다.

"뭐야? KCIA가 이런 걸 물어봤어?"

"네. 10분 전 KCIA에서 문의가 왔습니다."

"젠장…… 쉬트."

국장이 당황해 하자 옆에 있던 부국장은 무슨 일인가 의아해했다.

"국장님. 무슨 일입니까? KCIA가 뭐라고 연락을 했습니까?"

"혹시 국화를 잡았냐고."

"그건 그냥 아무것도 아닌 질문이잖습니까?"

"그리고. 국화의 가족에 무슨 일이 생겼냐고."

"네? 그들이 그걸 왜? 우리가 국화의 가족을 데리고 있다는 것을 알고 그냥 물어본 게 아닐까요?"

"아냐. 지금까지 그들은 국화의 가족에 대해서 전혀 묻지 않았다구. 젠장. 그들이 뭔가를 알아낸 거야. 이봐, 니콜라스 부국장. 자네가 바로 KCIA에 전화해서 무엇 때문에 이런 질문을 하게 되었는지 알아봐. 단, 메두사가 도망친 것은 철저히 비밀로 해야 돼. 알았지."

"네. 알겠습니다."

약 30분 후 니콜라스 부국장은 국정원 원장과 TFT요원들이 있는 회의실에 화상통화를 연결하였다. 국정원 원장이나 요원들은 상대방이 에드워드 지부장으로 알고 있다가 CIA 2인자이자 터줏대감으로 알려진 니콜라스 부국장인 것을 알고 적잖이 놀라했다.

"이봐. 이 실장. 아직 연결은 안 된 거야?"

"아직은 아닙니다. 원장님. 저희 쪽 아이디를 주었으니 곧 저들이 콜을 할 겁니다."

"이거 니콜라스 부국장이라고 하니 갑자기 긴장되네. 원래 이자가 실세라며?"

"실세라기보다는 워낙 오래 CIA에서 일을 해서 이 양반을 통하지 않으면 일이 잘 안 굴러간다고 하더군요. 국장이야 정치적으로 임명되지만 부국장은 실무에 밝은 사람이 되니까요."

그때 화면이 밝아지고 부국장이 환한 미소를 띠며 말을 걸어왔다.

"굿 애프터 눈. 아. 지금 한국은 아직 오전인가요?"

"아닙니다. 이제 저희도 오후입니다. 그쪽이 너무 늦은 밤 아닙니까?"

국정원 원장도 옅은 미소를 띠며 영어로 대답했다.

"그리 늦지 않았습니다. 그리고 우리 쪽 사람들이 하는 일에 시간이 따로 정해진 건 아니잖습니까? 그렇지 않나요? 원장님."

"네. 그렇죠. 그나저나 처음 뵙겠습니다. 저는 한국 국정원 원장인 이상욱이라고 합니다."

"아. 제 소개를 하지 않았군요. 저는 CIA 토미 니콜라스 부국장이라고 합니다. 제가 이렇게 영상회의를 하자고 한 것은 이번 작전과 관련해서 국정원의 협조에 감사의 뜻을 전하고 진행되고 있는 상황에 대해서 협의를 하기 위해서입니다."

"네. 오히려 저희가 감사합니다. 에드워드 지부장의 협조로 작전이 잘 진행되고 있었습니다. 그런데 갑자기 오늘 아침부터 에드워드지부장이나 다른 지부요원들과의 연락이 되지 않고 있습니다. 무슨 일이 있습니까?"

"아. 그건 저희 내부 사정에 따라 지금 지부요원들의 변동이 있어서 그렇습니다. 갑작스럽게 결정된 거라 미리 통보를 하지 못한 점 죄송합니다."

"그럼 에드워드 지부장도 바뀌게 된 것입니까?"

"네. 그렇습니다. 지금 에드워드 지부장은 한국을 떠나 본국을 소환되고 있는 중입니다."

"아. 그렇게 된 거군요. 저희는 아무도 연락이 안 되기에, 그쪽에서 무 부장을 잡고 작전이 종료된 줄 알았습니다."

"하하하. 그렇게 되었다면 얼마나 좋겠습니까? 하지만 애석하게도 아직 국화에 대한 단서는 찾지 못하고 있습니다. 국정원에서는 다른 정보를 가지고 있습니까?"

니콜라스 부국장은 은근히 눈치를 보면서 자기가 하고 싶은 질문을 던졌다.

"뭐. 저희도 별다른 건 없는데요."

"그런데 저희에게 국화의 가족에 대해 물었다고 하던데요."

"아……. 그건 CIA에서 데리고 있는 국화의 아내가 국화의 어머니에게 전화를 해서입니다."

"네? 전화를 해요? 국화의 아내가요? 언제? 어디서? 어떻게? 무슨 말을?"

회의 내내 침착하게 있던 부국장은 국화의 아내가 전화했다는 것을 듣자 깜짝 놀라서 몸을 앞쪽으로 하면서 질문을 속사포같이 쏟아냈다.

"어……. 오늘 아침 그러니까 한국시간으로 10시경에 국화의 아내가 자신의 휴대전화로 국화의 어머니에게 전화를 했습니다"

"그녀가 뭐라고 했습니까?"

"별말은 안했습니다. 이제 자기들은 떠나니 찾지 말아 달라. 뭐 그 정도입니다."

"그거 녹음된 게 있습니까?"

"네. 있습니다. 하지만 한국말이라 저희가 영어로 번역해서……."

"아닙니다. 그냥 원본 그대로 주십시오. 번역은 저희가 하겠습니다."

니콜라스 부국장은 원장의 말을 자르며 말을 내뱉었다. 부국장의 태도에 원장은 약간 기분이 나빠졌지만 참으며 미소를 짓고 대답했다.

"네. 알겠습니다, 어려운 게 아니니 즉시 원본 파일을 드리겠습니다. 그런데 부국장님."

"네. 말씀하십시오."

"제가 알기로 국화의 아내와 자식들은 그쪽에서 데리고 있는데 국화의 아내가 왜 시어머니에게 그런 전화를 한 거죠? 그것도 추적이 될 수 있는 자신의 휴대전화로. 이것도 작전의 일환인가요?"

원장의 질문에 부국장은 당황한 기색이 역력했다. 하지만 그는 침착함을 유지하면서 말을 했다.

"음…… 음……. 그게 저는 사실 이 작전을 직접 지휘하지는 않아서 정확하게는 모르겠습니다. 다만 작전의 일환일 수도 있고 아닐 수도 있습니다. 적을 속이는 기만전술일 수도 있죠. 하여간 그동안 감사했습니다. 저는 다른 일이 있어서 그만."

부국장은 자기 말만 하고 영상통화를 일방적으로 끊어버렸다.

"어? 이게 뭐야? 끊어진 거야?"

"네. 원장님. 저쪽에서 일방적으로 끊었습니다."

"내 참나. 아무리 CIA라지만 부국장이 자기 맘대로 끊다니……. 하여간 뭐가 어떻게 돌아가는 거야? 한국지부가 통째로 바뀐다는 거야? 지부장까지 포함해서?"

"그런 거 같습니다. 그래서 아무런 연락이 안 된 거군요."

"그런 게 가능해? 그 많은 인원을 갑자기 작전 중에 왜 바꾸냐고?"

"문책성 인사가 아닐까요? 작전이 지지부진해지니까."

"그런가? 그건 그럴 수도 있겠군. 에휴. 모르겠다. 일단 나는 이거 대통령께 보고할 테니 이 실장은 아까 이야기한대로 원본 파일이나 미국 애들에게 보내줘. 그럼 이만 해산."

원장이 자리에서 일어나 회의실을 나가자 다들 일어났다. 그때 가만히 앉아있던 최 팀장은 옆에 일어나려던 이 실장을 잡았다.

"실장님. 뭔가 이상합니다."

"뭐가? 한국지부요원들이 모두 바뀐 거라잖아."

"그것도 이상한데……. 저 부국장이 무 부장의 아내가 전화를 했다니까 엄청 놀란 거 보셨죠? 저들은 무 부장의 아내가 무 부장의 어머니에게 전화를 한 것을 모르고 있었던 겁니다."

"그게 뭐? 부국장은 이쪽을 맡지 않고 있다잖아. 그러니까 몰랐을 수도 있지. 아까 그 양반이 이야기한대로 기만전술일 수도 있잖아."

"이 작전을 맡지 않고 있는 부국장이 이 회의에는 왜 들어왔죠?"

"그건 그쪽 사장이 있나 보지. 에이 그나저나 새로운 지부 애들이 엄청 귀찮게 하겠네."

이 실장은 투덜대며 회의실을 나갔다.

부국장의 보고를 받은 국장은 그야말로 펄펄 뛰었다.

"메두사 그년이 국화의 어머니에게 전화를 걸었다고?"

"네. 그렇습니다. KCIA쪽에서 파일을 받아 분석해보니 메두사의 목소리가 맞습니다."

"이런 젠장. 그년이 간이 부었구만. 그런 짓을 하다니."

"그래도 국화의 어머니가 시어머니이니 자신의 상황을 알려야 한다고 생각한 모양입니다."

"이렇게 되면 KCIA에서 메두사가 도망친 것을 알게 되잖아."

"일단 KCIA에는 얼버무리긴 했지만 그들도 무엇인가 이상하다는 것을 알아챈 것은 분명해 보입니다. 메두사의 전화가 작전의 일부이냐고 묻더군요."

"끙……. 메두사 이년 때문에 우리의 체면이 말이 아니게 되었어. 메두사에 대한 추적은 어떻게 돼가고 있어?"

"일본에 있던 요원들이 한국에 도착한 즉시 메두사에 대한 추적을 시작했습니다. 만약을 대비해서 동아시아에 배치되어 있는 요원들 모두에게 메두사 추적을 하라고 지시했습니다. 오래가지 않아 메두사에 대한 단서가 잡힐 겁니다."

"알았어. 모든 요원들에게 재강조해. 메두사를 반드시 잡으라고. 무슨 일이 있든."

"네. 알겠습니다. 그렇게 다시 알리겠습니다."

메두사가 사라지고 그녀와 그녀의 자식들에 대한 추적을 한 지 일주일이 지났지만 아무런 단서를 찾지 못하자 국장의 인내심은 바닥을 드러냈다.

"이봐. 니콜라스 부국장. 도대체 당신 무슨 일을 그 따위로 하는 거야. 내가 분명히 이야기했지. 초기 24시간 안에 그년을 잡지 못하면 어렵게 된다고. 그런데 이게 뭐야. 그년이 사라진 지 벌써 일주일이 지났다구. 그런데 그년의 머리끝 하나 찾지 못했잖아. 한국에 투입된 요원들은 뭘 하고 있는 거야?"

"에…… 뭐라고 드릴 말씀이 없습니다. 송구스럽습니다. 한국에 투입된 요원들도 밤낮으로 그녀의 흔적을 추적하고 있지만 어디에도 그녀에 대한 조그만 단서도 찾지 못하고 있습니다."

"메두사의 원래 가족에 대해서도 추적해봤어?"

"네. 메두사가 원래 미국에 살던 한국인이어서 그녀의 가족에 대한 추적도 해 보았지만 그녀의 아버지는 그녀가 어렸을 때 죽었고 어머니는 10여 년 전부터 행방불명인 상태입니다. 그녀도 우리 조직을 통해서 어머니를 찾으려고 했었지만 실패한 상태여서 그녀의 원래 가족을 추적하는 것은 의미가 없습니다."

"이런 젠장. 그럼 그녀와 관련된 사람들도 확인해 봤어?"

"네. 한국 내에서 알았던 모든 사람을 전수 조사하고 있고 한국에 가기 전, CIA에서 근무할 당시 접촉한 사람들도 모두 조사하고 있습니다. 하지만 지금까지 누구에게도 그녀가 접촉하지 않습니다. 그녀가 작정하고 숨은 것 같습니다."

"CCTV나 사이버 상의 정보 검색은 어떻게 됐어?"

"그녀가 사라진 날 이후 한국의 모든 CCTV에 대한 감청을 실시하고 있는 중입니다. 특히 우리 안가가 있었던 지역의 CCTV는 전수 검사하고 있습니다. 사이버 상에서 그녀의 흔적을 찾고 있지만 그가 한국에 살면서 인터넷을 거의 사용하지 않아 그 흔적을 찾을 수가 없습니다."

"메두사가 우리 안가의 있던 차를 타고 도망갔다고 하지 않았어?"

"일단 그런 것으로 추정하고 있습니다. 그녀가 도망치면서 안가 내에 있던 모든 정보와 CCTV 자료를 삭제해 버려서 정확하게는 파악되지 않고 있습니다."

"그럼 그 차를 찾으면 되잖아."

"안가를 가서 확인해 보니 원래 몇 대가 있었는지 어떤 차가 있었는지에 대한 정보도 삭제되어서……."

"이런…… 그럼 뭐야? 아무런 단서도 없다는 거네. 일주일이 지나도록……."

"……."

회의실 안에는 무거운 침묵만이 흘렀다. 그때 국장의 비서가 들어왔다. 그러고는 국장에게 귓속말을 했다. 그러자 국장은 흠칫 놀랐다.

"무슨 일입니까?"

"음…… 메두사가 나에게 박스를 보냈다는군."

"네? 그…… 그게 무슨……."

"지금 내 앞으로 박스 하나가 배달되었는데, 발신인에 메두사라고 적혀 있다는 거야."

"네? 무슨 그런……."

"일단 탄저균 검사나 폭발물 검사 상으로는 이상이 없다는데 조심하는 차원에서 지금 밀폐실로 박스를 옮겨 놓았다는군. 가자구. 가서 메두사가 나에게 무엇을 전달하려고 했는지 알아보자구."

국장이 자리에서 일어나자 회의실에 있던 사람들이 모두 일어나 그를 따랐다. 국장이 밀폐실 밖에 도착하자 경비는 자신의 키를 장치에 넣었다. 그러자 차단기가 올라갔고 거기에는 두꺼운 유리로 감싸져 있는 밀폐실이 보였다. 국장이 고개를 끄덕이자 밀폐실 한가운데 놓인 박스로 로봇 팔이 다가갔다.

"국장님. 세균 검사, 화약 검사 등에는 이상이 없는 것으로 나왔습니다."

밀폐실을 담당하는 요원이 국장에게 다가가 설명하였다.

"X-Ray, MRI 상으로 이상이 없었나?"

"네. 옆 화면을 보시죠."

요원이 리모컨을 작동하자 유리 위에 화면이 떠올랐다.

"MRI 상으로는 박스 안에 서류같이 보이는 것과 비닐봉지로 보이는 것이 확인이 됩니다."

"발신지를 확인했나?"

"DHL에 확인해 보니 LA에서 발송되었습니다. 이미 발신지에 요원들을 급파해서 확인하고 있는 중입니다. 30분 정도면 확인이 가능할 겁니다."

"우리 요원들만 아는 통로로 박스가 배달된 것을 보면 메두사가 보냈을 가능성은 높습니다."

니콜라스 부국장이 서류를 확인하면서 말했다.

"알았어. 저 안에 무엇이 있는지 당장 확인해."

국장이 명령이 떨어지자 박스에 다가간 로봇 팔에서 레이저가 나와 박스 위를 절개했다. 그러고는 로봇 팔은 박스를 열고 안의 내용물을 하나씩 꺼내기 시작했다. 제일 위에는 밀봉된 까만 비닐팩이 있었다. 로봇 팔은 비닐팩을 꺼내 박스 옆에 놓았다.

"저게 뭐야?"

"밀봉 비닐팩인 거 같습니다. 열어보겠습니다."

요원이 리모컨을 작동하자 로봇 팔은 조심스럽게 비닐 팩을 열었다. 그리고 로봇 팔에 달린 카메라가 비닐팩 안에 들어갔다. 그러자 거기에 있던 모든 사람들이 놀랐다. 거기에는 앵무새의 머리가 잘려져 있었다.

"아니…… 저…… 저게 뭐야?"

사람들이 무슨 영문인지 몰라 하고 있을 때 국장만이 얼굴이 하얘졌다.

"젠장…… 젠장…… 저…… 저건…….''

"국장님. 저게 무엇인지 아십니까?"

"저…… 저건 내 마누라가 키우는 앵무새야. 머리 깃털이 특이해서 기억하고 있어. 저건 내가 어제 아침에도 살아있는 것을 봤었는데…….''

"네? 그게 무슨…….''

"야. 당장 저 박스 안에 뭐가 더 있는지 다 꺼내봐. 당장."

국장의 신경질적인 명령에 요원은 박스를 뒤집어서 내용물을 쏟아내게 했다. 거기에는 여러 장의 사진들이 있었다. 로봇 팔이 첫 번째 사진을 들었을 때 다른 사람들도 소스라치게 놀랐다. 거기에는 국장의 아내가 침대에 누워 있는 사진이 있었다. 그 옆에는 오늘자 워싱턴 포스트 신문이 놓여 있었다.

"국장님. 저건 메두사든 누구든 오늘 아침에 국장님 댁을 몰래 침입해서 사진을 찍고 앵무새를 죽였다는 겁니다."

"뻑큐. 나도 그 정도는 알아. 도대체 CIA 국장 집에 대한 보안이 이렇게 허술할 수 있어? 응?"

국장은 얼굴이 하얘진 채 입에 거품을 물었다. 자신의 집이 무방비로 뚫린 것에 대해 미칠 것만 같았다. 로봇 팔이 사진을 하나씩 들 때마다 국장은 탄식을 했다.

"저…… 저건, 플로리다에 있는 아들 사진, 그리고 샌디에이고에 있는 딸 사진까지……."

거기에는 모두 국장의 가족사진들이 있었다. 상황상 최근에 찍은 게 분명했다.

"메두사 이년이…… 내 가족을 가지고 협박해. 이년이 미쳤나? 감히 CIA 국장 가족을 협박한다고? 네년 뜻대로 될 것 같아. 이 미친년."

국장은 거의 이성을 잃고 메두사에 대한 거친 욕을 퍼부었다. 주위에 있던 사람들도 그의 광기에 놀라 슬금슬금 뒷걸음쳤다. 그리고 마지막 사진을 들었을 때 국장의 얼굴은 완전히 굳어졌다. 거기에는 한 젊은 여인의 사진이 있었다. 국장의 신상에 대해 대충 알고 있던 그의 측근들도 그녀의 사진을 보고는 고개를 갸우뚱거렸다. 하지만 국장만은 얼굴이 굳은 채로 부들부들 떨고 있었다. 그녀의 사진을 보기 전까지 메두사에게 욕을 퍼붓던 그는 그녀의 사진을 보고 완전히 얼어버렸다. 그리고 마지막으로 로봇 팔은 전설상의 메두사 문양이 그려진 엽서를 들었다. 거기에는 이런 글귀가 있었다.

'나의 가족을 건드리면 너의 가족도 죽는다.'

국장은 급기야 식은땀을 흘리기 시작했다. 그는 다리에 힘이 풀렸는지 그 자리에 풀썩 주저앉았다.

"국장님. 괜찮으십니까?"

주위에 있던 사람들이 달려와 그를 부축했다.

"괜…… 괜찮아…… 잠…… 잠깐 현기증이……."

"메두사 이년이 이런 일을 벌이다니. 당장 모든 요원들에게 메두사

추적미션을 내려야겠습니다. 이건 국장님 개인의 일이 아닙니다. 우리 조직과 미국에 대한 도전입니다."

니콜라스 부국장이 더 흥분해서 외쳤다. 하지만 국장은 힘이 빠졌는지 그의 말에 아무런 대답을 하지 못했다.

"그런데, 국장님. 마지막에 있던 여자는 누굽니까? 저는 처음 보는데. 국장님 가족이나 친척인가요?"

"어? 어…… 나도 모르는 여자야."

국장은 얼버무리는 듯 말하고는 힘없이 돌아섰다. 그러고는 자기 방으로 가서 아무도 들어오지 말라고 지시하였다. 그는 자기 방에 가서 자기 자리에 풀썩 주저앉았다.

'젠장……. 메두사 이년이 엘리자베스에 대해서도 알고 있다니…… 이건 말도 안 돼. 다른 가족이야 어느 정도 공개되어진 것이지만 엘리자베스는 아는 자가 아무도 없는데…….'

그는 머리를 감싸고는 이내 쥐어짰다. 그녀는 그의 어린 정부였던 것이었다. CIA 국장에게 어린 애인이 있다는 것은 정적이나 야당에게 큰 약점이 될 수 있기에 너무나 철저히 비밀이었던 것이었는데 메두사가 그것마저 알고 있었던 것이었다. 그 정도면 지금 국장이 입고 있는 속옷의 브랜드와 색깔까지도 메두사가 알고 있을 수 있었다. 그렇다면 이건 분명히 그가 지는 게임이었다. 아무리 머리를 굴려 봐도 이 상황을 그가 벗어날 수 있는 방법은 없어 보였다. 한참을 고민한 그는 결론을 내리고 사람들을 회의실로 불렀다.

"메두사와 그녀의 자식에 대한 나의 지시사항을 알릴 테니 차질 없이 진행하도록. 먼저 지금 이 시간부로 메두사와 그녀의 자식에 대한 추적은 당장 중단한다."

국장의 말이 있자 회의실 안은 술렁이기 시작했다. 서로 눈을 바라보며 어리둥절했다.

"그리고 메두사와 그녀의 자식에 대한 모든 정보를 삭제한다. CIA 뿐만 아니라 국토안보국 등 미국 내 모든 정보기관뿐만 아니라 동맹국에 있는 모든 정보기관의 시스템에서 그들에 대한 모든 정보를 삭제한다. 즉, 그들은 과거에도 현재에도 미래에도 이 지구상에 존재하지 않은 것으로 만들란 말이다."

"국장님. 그게 무슨 말입니까? 메두사는 우리 조직을 배신하고 미국을 배신했고 국장님을 협박까지 했습니다. 어떻게 그녀를 잡는 것을 중단할 수 있습니까? 그녀의 협박에 넘어간 것입니까?"

"뭐? 니콜라스 부국장. 지금 무슨 말을 하는 거야? 자네는 내가 그깟 협박에 넘어가 이러는 줄 알아? 난 우리 조직과 미국을 위해서 이러한 조치를 취하는 거야. 어차피 그녀의 아들이 이 세상에서 사라지는 게 우리로서는 최선이야. 우리가 죽인다면 나중에라도 오명을 뒤집어쓸 수 있다고. 하지만 메두사가 알아서 아들과 함께 사라져 준다면 오히려 우리가 더 고마운 거야. 우리의 목적이 뭐야? 국화의 가족을 모두 죽이는 거야? 아니면 국화의 가족이 미국에 해가 되는 것을 막는 거야?"

국장이 언성을 높이고 말을 하자 다들 쥐 죽은 듯 조용해졌다.

"이건에 대해서는 내가 직접 대통령께 보고하고 재가 받겠다. 그러니 지금 즉시 내 명령에 따르도록. 이제부터 메두사와 그 자식들은 누구도 모르는 거고, 이 세상에서 사라지는 거다."

국장은 최후통첩을 날리듯 말하고 자리를 박차고 일어나 나갔다. 다들 고개를 절레절레 흔들고 자리에 일어나 회의실을 나갔다.

다음날 국정원에도 CIA국장의 명령이 도착했다. 밑도 끝도 없이 무 부장의 아내와 자식들에 대한 모든 정보를 삭제하라고 하니 모두 어리둥절해했다.

"이게 뭐야? 도대체 CIA는 뭘 하라는 거야?"

원장은 CIA에서 날라 온 공문을 보고 황당하다는 듯이 말했다.

"원장님. 말 그대로입니다. 무 부장의 가족 즉, 아내와 자식들에 대한 우리 측 기록을 모두 삭제해 달라는 겁니다."

"이게 말이 돼? 설사 말이 된다 하더라도 왜 CIA가 우리의 정보에 대해서 삭제하라 마라고 하는 거야? 이런 경우가 있었어?"

원장이 TFT 실장에게 물었다.

"제가 알기로는 그런 경우가 없었습니다. 물론 70~80년대에는 그런 경우가 좀 있었다고 들었었습니다만, 최근의 경우에는 있을 수 없는 일입니다. 그냥 무시하시죠."

"그게 말이 맞기는 한데……. 그래도 무작정 무시하기가 그런 게 이렇게 떡하니 공문을 보냈잖아. 거기다가 삭제한 결과를 CIA에 통보해주고 이 공문과 그 결과까지 모두 삭제하라…… 허…… 이거 원 그렇게 안 하면 뭐 어쩌겠다는 거지?"

"원장님. 제가 보기에 뭔가 일이 터진 것 같습니다."

최동국 팀장이 심각한 표정으로 원장에게 말했다.

"응? 무슨 일이 터져?"

"그건 모르겠지만 뭔가 저쪽에서 말 못할 사정의 일이 터진 것 같지 않나 싶습니다. 갑작스런 한국지부 요원 교체도 그렇고 무 부장의 아내와 자식들의 정보를 전부 없애라는 것도 그렇고. 만약 그들이 무 부장의 존재가 세상에 알려지는 게 두려워 그렇다면 당연히 무 부장의 기록도 같이 없애야 합니다. 그런데 무 부장의 기록을 없애라는 거는 어디에도 없습니다."

"최 팀장. 그건 무 부장은 아직 신변을 확보하지 못해서 그런 게 아닐까? 아직 작전 중인데 무 부장의 기록을 없애는 건 말이 안 되지."

이 실장이 최 팀장의 말에 반박했다.

"아직 작전 중인 건 맞습니다. 그렇다면 더더욱 무 부장과 가장 가까운 인물들에 대한 정보를 삭제하라는 것 또한 말이 안 됩니다. CIA는 얼마 전까지 이들을 이용해서 무 부장을 잡겠다는 계획을 진행했었습니다."

"그거야 국복회 쪽에서 아무런 대응을 하지 않아서잖아. 국복회는 무 부장만 필요하고 나머지는 다 필요 없다고 했다 잖아. 그런 상황에서 CIA도 그 가족을 이용해서 무 부장을 잡기로 한 계획을 거의 접은 걸로 알아. 그런 상황이라면 무 부장의 가족은 이제 CIA에게 부담만 될 뿐이라고. 생각해봐. 만약 국복회 뜻대로 무 부장이 일본 천황으로 즉위한다면 무 부장의 가족을 CIA가 불법으로 데리고 있다는 것은 큰 화근이 될 거라고. 세상에 비밀은 없는데 언젠가는 세상에 알려지고 그렇게 되면 미국정부는 천황 폐위와 함께 천황 가족을 억류했다는 것까지 뒤집어쓰게 돼."

이 실장의 긴 설명이 있자 원장은 이제야 이해가 된다는 표정을 지었다.

"이 실장 말대로 CIA에게 무 부장 가족은 계륵과 같은 존재구만. 먹을 건 없고 버리자니 아깝고. 아니지 이제는 계륵도 아닌 짐만 되었겠구만. 만약 무 부장의 아들이 장성해서 일본 천황을 잇겠다고 나설 수도 있고…… 뭐 이런 거 아닐까? 내가 CIA 국장이라면 가족을 아무도 모르는 데 숨기던가, 아니면……."

"아니면?"

"뭐. 나 같으면 다 죽이고 화근을 잘라버리겠어. 다 죽였다면 그들에 대한 어떠한 정보도 남기를 바라지 않겠지."

"아……."

회의실 안에 있던 모든 사람들은 이해가 된다는 표정을 지었다.

"어느 것이든 이제 우리 작전에서 무 부장의 가족은 의미 없다. 그러나 그렇다고 CIA 요청대로 우리의 정보를 삭제할 수는 없어. 자존심 때문에라도 허락이 안 돼. 그러니까 이렇게 하자. 우리 시스템에서는 일단 지우고 이를 별도 서버에 보관해. 그러고나서 CIA에는 우리 정보를 다 삭제했다고 거짓으로 알려주는 거지. 그러면 저들도 믿을 수밖에 없을 거야."

"네. 알겠습니다. 그렇게 조치 취하도록 하겠습니다."

이 실장은 그렇게 대답을 하고 다른 직원들과 함께 회의실을 나섰다.

방 안에는 여러 명의 사람들이 한 사람만을 쳐다보고 있었다. 드디어 약속한 3개월이 지났고 무 부장의 얼굴에 칭칭 감겨진 붕대를 푸는 날이었다. 그들은 무 부장의 얼굴이 잘 바뀌었을까 하는 걱정과 함께 무 부장에게 했던 최면치료가 잘 되었는지도 궁금했다. 하나라도 제대로 안 되었다면 그들의 작전은 또 한 번 크게 틀어지는 것이었다. 카와시마는 조심스럽게 무 부장의 얼굴 붕대를 풀었다. 그로서도 이런 제한된 시간과 자원에서 큰 수술을 한 적이 없기 때문에 무척이나 그 결과에 신경이 쓰였다. 카와시마가 모든 붕대를 풀고 무 부장이 눈을 뜨자 방 안에 있던 모든 사람들은 깜짝 놀랐다. 거기에는 그들이 처음 보는 한 사내가 앉아있었던 것이었다.

"이야. 카와시마 선생. 도대체 무슨 짓을 한 거요? 완전히 딴사람이 되었네요."

나카야마는 너무나 놀라하면서 카와시마에게 말했다.

"네. 천만다행입니다. 저번 주까지 이런저런 후유증이 나타나서 걱정했는데 완벽하게 다른 사람이 되었습니다."

"늘 폐하 옆에 있던 저도 처음 보는 얼굴입니다. 이분이 진짜 폐하이신지도 의심이 갈 정도입니다."

이 대리 또한 놀라 하며 말했다. 다들 무 부장의 얼굴을 보고 놀라서 한마디씩 하자 무 부장은 약간 어리둥절해했다. 주위 사람들 모두 일본어로 떠들어 대니 못 알아들어서 그럴 수도 있었다.

"부장님. 이제 정신이 좀 드십니까? 제가 누구인지 아시겠습니까?"

이 대리는 주위가 조용해지자 조심스럽게 무 부장에게 한국어로 물었다.

"누구인지 안다. 언제나 늘 나의 곁을 지키던 타카하시 아닌가? 그것보다 무 부장이라니. 말 똑바로 하게."

"네?"

이 대리는 무 부장이 자기를 이 대리가 아닌 본명을 불러주고 말을 똑바로 하라고 하자 당황했다.

"짐은 대일본제국의 천황이다. 감히 천황에게 부장이라니. 타카하시. 자네가 아무리 지금까지 나를 지켜온 공이 있다지만 그런 불경스러운 말은 큰 벌을 받을 수 있어."

무 부장의 말을 들은 이 대리는 몸이 굳어져 오는 것을 느꼈다. 분명 무 부장의 목소리가 맞지만 완전히 다른 사람 같았다. 달라진 얼굴 때문이 아니었다. 옆에서 같이 듣던 아베 역시 어리둥절해하다가 바로 무릎을 꿇었다.

"폐하. 드디어. 드디어 돌아오셨군요. 드디어 저희들과 대일본제국의 천황폐하로 돌아오셨군요. 폐하. 덴노 헤이카 반자이. 반자이."

아베의 갑작스러운 행동에 다른 일본인들은 의아해 했다. 다만 최면치료를 했던 사토만이 무슨 말인지 이해한다는 표정을 지었다. 어리둥절해 하는 이들에게 아베는 너무나 흥분한 상태로 일본어로 설명해주었다. 그러자 모두 약속이나 한 듯이 무릎을 꿇고 그들의 천황을 경배했다. 그러고는 다 같이 외쳤다.

"덴노 헤이카 반자이. 반자이. 반자이."

만세 삼창이 끝나고 나자 무 부장, 아니 천황은 근엄한 표정을 지으며 말했다.

"짐이 아직 모국어가 서툴러 일단 조센징 말로 하겠다. 타카하시가 모두에게 통역을 하게 하도록."

이 대리가 모두에게 일본어로 통역하자 그들은 모두 감격해하며 고개를 바닥에 처박았다. 그들은 천황이 일본어를 모국어라고 하고 한국어를 조센징 말이라고 했다고 하자 감격해 눈물까지 흘렸다.

"먼저 짐을 이렇게 보필해준 그대의 공을 절대 잊지 않겠다. 그동안 고생이 많았다."

"아닙니다. 저희는 폐하를 위해서라면 이 목숨 모두 던질 각오가 되어 있습니다."

"그래. 좋아. 짐은 이제 고국으로 돌아가 천황으로 정식 즉위하고자 한다. 나카야마. 나는 언제 고국으로 돌아갈 수 있나?"

"네. 폐하. 아직 한국 국정원의 감시가 매서워 쉽지는 않지만 저들은 폐하의 바뀐 얼굴을 모릅니다. 그래서 폐하는 바뀐 얼굴과 그 얼굴에 맞는 새로운 여권을 가지고 다음 주 한국을 떠나게 될 것입니다. 하지만 폐하가 바로 일본으로 가는 노선을 타게 되면 저들의 감시망에 걸릴 수가 있어서 제3국을 거쳐서 가는 것으로 했습니다."

"3국이라면 어디인가?"

"폐하의 신분이 한국인이니만큼 한국인이 무비자로 갈 수 있고 다음 주처럼 연휴가 되면 한국인이 많이 가는 사이판을 거쳐서 가는 것을 생각하고 있습니다."

"사이판이라……. 사이판이라면 대동아전쟁 종전 때까지 우리의 영토가 아니었나?"

"네. 맞습니다. 그런 상징성도 있고 거기에는 저희 동지들이 많아서 일단 한국을 벗어나 사이판에 가기만 하면 작전은 거의 성공할 것으로 보입니다."

"그렇군. 다음 주라면 얼마 남지 않았으니 좀 더 만전을 기해서 반드시 짐을 고국으로 갈 수 있도록 하게."

"네. 알겠습니다."

"그건 그렇고 나카야마. 산슈노 진기(三種の神器-일본 시조신인 아마테라스에게서 받았다고 전해지는 3개인 천황 상징물)는 확보했나?"

"아……. 그게. 폐하의 즉위식에 반드시 필요한 것이라 저희도 노력을 다해서 찾았지만 산슈노 진기를 찾지 못했습니다. 다만 임시방편으로 모조품을 만들어서 즉위식에 쓰는 것을 생각하고 있습니다."

"그게 말이 되나? 물론 산슈노 진기 중에 단노우라 해전 이후 야사카니노 마가타마(八尺瓊曲玉-곡옥)는 끝끝내 찾지 못했지만 나머지 두 개, 즉 야타노 카가미(八咫鏡-거울)와 쿠사나기노 츠루기(草薙劍-청동검)는 전에 천황가에서 보관하고 있었잖나?"

"그…… 그게 당연히 있었습니다. 하지만 간악한 미국이 천황을 폐하면서 그 진귀한 보물을 어디론가 가져갔고 지금은 그것들이 어디 있는지 아무도 모릅니다."

"이런……. 그것까지…… 미국 놈들이 정말 악랄하게 했구만. 좋아. 그렇다면 아까 자네가 이야기한 것처럼 모조품을 준비하도록 해. 아무리 모조라도 산슈노 진기가 있어야 제대로 된 즉위식이 될 테니까. 알았나."

"하이."

모두는 새로운 천황의 지시에 한 마음으로 대답했다.

천황과의 면담 이후 나카야마는 눈물을 흘리면서 방을 나섰다. 그런 그를 보고 아베는 조용히 말을 걸었다.

"나카야마 님. 드디어 우리의 꿈이 실현되나 봅니다."

"그러게. 나는 오직 오늘만을 손꼽아 기다렸어. 드디어 오늘 같은 날이 오는구만."

"역시 야마다 님의 말씀처럼 폐하께서는 야마토 다마시를 가지고 계셨던 겁니다."

"무엇보다 사토상의 공이 커. 잠깐만요. 사토 선생."

나카야마는 먼저 앞서 가던 사토를 불렀다.

"네. 무슨 일이십니까?"

"사토 선생. 사토 선생께서 정말 큰일을 하셨습니다."

"하하. 제가 뭐 한 게 있나요? 야마다 님의 말씀대로 폐하의 마음속 깊이 숨겨있던 야마토 다마시를 꺼낸 것뿐입니다."

"그래도 폐하께서 저렇게 바뀔 수 있다니 저는 도저히 믿기지가 않습니다. 아까 일본을 고국이라고 칭하고 한국어를 조센징 말이라고 했을 때 저는 놀랐지만 그 이후 산슈노 진기 이야기를 하실 때는 제 귀를 의심했습니다. 사실 요즘은 산슈노 진기를 아는 일본인도 별로 없잖습니까?"

"그렇지요. 천황제가 없어진 이후 산슈노 진기를 언급하는 것은 금기시 되었으니 요즘 사람들이 그것을 모르는 것도 이상하지 않지요. 하여간 저번에 이야기한대로 폐하의 의식에 남아있는 한국이라는 것을 깨는 것이 참으로 어려웠습니다. 하지만 일단 그것을 깨고 나니 모든 것을 받아들이셨고 제가 천황에 대한 정보를 드릴 때마다 모두 받아들이고 외우셨습니다. 진정한 대일본제국의 천황으로 거듭나기 위해서죠."

"맞습니다. 사이판 이야기도 그렇고 산슈노 진기도 그렇고 진정한 일본의 천황이 아니면 그렇게 이야기할 수가 없죠. 하여간 정말 고생하셨습니다. 이제 사토 선생의 치료는 끝난 건가요?"

"네. 일단 그렇습니다. 폐하께서 한국을 떠나실 때까지 치료의 결과를 관찰할 것입니다. 하지만 지금으로는 더 이상의 치료는 필요 없어 보입니다."

"네. 알겠습니다. 지금까지의 상황을 당장 야마다 님께 보고해야겠습니다. 야마다 님은 얼마나 좋아하실까요?"

시간이 흘러 새로운 천황이 사이판으로 떠나는 날이 되었다. 비행기 시간은 저녁 8시였지만 나카야마를 비롯한 국복회 사람들은 설레는 마음 때문인지 아니면 작전의 성공에 대한 부담감 때문인지 아침 일찍부터 부산하게 움직였다. 나카야마는 통역으로 이 대리를 데리고 천황에게 갔다.

"천황폐하. 드디어 오늘 이 한국을 떠나시는 날입니다. 식사는 든든히 하셨습니까?"

"그래. 짐은 이제야 이 한국을 떠나 고국으로 간다고 생각하니 감개가 무량해."

"지금 일본에서는 폐하를 기다리는 사람들이 아주 많습니다. 일단 일본으로 가시면 국복회 동지들과 회합을 가지시고 국체의 회복에 대한 구체적인 방안을 논의하시게 될 것입니다."

"알았네. 오늘 비행기 시간이 몇 시라고?"

"네. 저녁 8시입니다. 인천발 사이판행 아시아나 비행기 편입니다. 여기 여권과 티켓입니다."

나카야마는 이 대리를 시켜서 천황에게 여권과 티켓을 주었다.

"폐하께서는 당연히 일등석을 타셔야 하지만 다른 사람들 눈에 안 띄는 게 중요해서 이코노미석을 예약했습니다. 그리고 왕복 비행기표를 끊지 않으면 의심하기 때문에 연휴가 끝나는 4일 이후에 돌아오는 비행기표가 같이 있습니다. 나중에 일본으로 가셔서 정식으로 즉위하시면 전용 비행기를 타실 겁니다."

"그거야 그렇지. 괜찮아. 비행시간이 4시간으로 짧으니 문제될 거 없어. 짐이 혼자 비행기를 타게 되나?"

"아닙니다. 저희 일행이 폐하를 지근거리에서 보필하게 될 겁니다. 여기 타카하시가 가장 근접해 있을 것이고 나머지 3명도 같이 비행기를 탈 겁니다. 나머지 인원들은 공항에서 만일의 사태를 대비하게 될 겁니다."

"만일의 사태?"

"네. 폐하는 아주 평범한 한국인 여행객으로 보여서 큰 문제가 있을 것으로 보이지 않지만 혹시 국정원이나 한국의 경찰이 불심검문을 할 수 있습니다. 그러한 경우를 대비해서 다른 조가 공항에서 폐하를 가까이서 지켜보고 있을 겁니다. 그리고 폐하께서는 여권상 인물의 기본 정보를 모두 외우셨습니까?"

"그래. 그자의 이름, 주민등록번호, 주소, 직장까지 모두 외었네. 그자의 가족에 대한 사항도 있지 않나?"

"이 자는 부모를 일찍 여의었고 형제도 없습니다. 삼촌이나 다른 친척도 없으니 그것은 걱정 안 하셔도 됩니다."

"다행이군. 알았네. 짐이 다시 철저히 외우도록 하지."

"그리고 폐하. 이거를 쓰시기 바랍니다."

이 대리는 안경집에서 금테 안경을 꺼내어 천황에게 내밀었다.

"음? 이게 뭔가?"

"이건 폐하의 위치를 파악할 수 있는 장치를 심은 것입니다. 그리고 이것을 쓰시면 저희와 통신을 하실 수 있습니다."

"그래? 신기하구만. 그냥 일반 안경 같은데."

천황은 안경을 들어 요리조리 살피다가 조심스럽게 썼다.

"아아. 폐하 제 목소리가 들리십니까? 저는 아베입니다."

천황의 귀에 그 방에 없는 아베의 목소리가 들렸다.

"아니? 아베 자네가 아닌가? 자네는 이 방에 없는데?"

"폐하 전 옆방에 있습니다. 그 안경을 쓰시면 자동으로 저희와 통신을 할 수 있고 폐하의 위치도 파악이 됩니다."

"그렇군. 그렇지만 공항에서 비행기를 타기 전에 보안검색을 하잖나? 거기서 이 안경이 걸리면 어떡하지?"

"그건 걱정 안 하셔도 됩니다. 안경을 그대로만 쓰고 있으면 그 자체가 금속이기에 금속탐지기에도 그냥 일반적인 금테 안경으로만 확인이 될 겁니다."

이 대리는 안경 낀 천황의 모습을 이리저리 확인하면서 대답했다.

"그렇군. 자네들이 많은 준비를 했구만. 언제나 늘 그렇듯이 고마워."

"아닙니다. 저희가 할 일입니다. 그리고 사이판으로 며칠 여행가는 설정인 만큼 조그만 캐리어를 준비했습니다. 캐리어 안에는 일반적으로 여행에 필요한 옷가지와 세면도구가 있습니다. 검색대에서 캐리어가 걸릴 수 있으니 안에 내용물은 가기 전에 확인하시기 바랍니다."

"이건 그냥 소화물로 붙이지 뭐. 알았네. 그럼 여기서 언제 공항으로 출발하나?"

'8시 비행기이니 6시까지 공항에 도착해야 하고 그러면 여기서 최소한 2시에는 출발해야겠습니다. 참 그리고 공항까지 가는 차편은 저희가 택시를 하나 준비했습니다. 당연히 기사도 저희 요원이구요. 폐하는 일반 여행객처럼 택시에서 내려 공항 안으로 들어가시면 됩니다. 저희 다른 팀이 은밀히 택시를 따를 겁니다."

"알았네. 아직 시간이 좀 있으니 짐은 좀 쉬도록 하겠네."

"네. 그럼 폐하 쉬십시오. 제가 시간이 되면 깨우도록 하겠습니다."

나카야마는 이 대리와 함께 천황에게 예를 갖추고는 방에서 조심스럽게 나왔다.

몇 시간 후. 김지우라는 이름의 여권을 가진 자가 택시를 타고 인천 공항으로 가고 있었다. 택시기사는 힐긋힐긋 손님을 확인하고 조용히 운전만 했다. 김지우라는 사내는 택시가 공항에 도착하자 준비한 돈을 지불하고 여행용 캐리어를 들고 택시에서 내렸다. 편한 복장을 하고 캐리어를 가진 그는 누가 봐도 연휴를 맞아 외국으로 여행가는 사람으로 보였다. 그는 주위를 둘러보고는 품속에서 안경을 꺼내 썼다.

"폐하. 제 말이 들리십니까?"

공항에 미리 도착해서 자리를 잡고 기다리던 아베는 멀리서 지켜보다가 조용히 말을 걸었다.

"잘 들리네."

"이제 L구역으로 가서 체크인을 하십시오. 그곳이 아시아나 비행기 티켓팅하는 곳입니다."

"알았네."

그는 주위사람들이 들을까봐 조용히 말하고는 움직이기 시작했다. 공항에 있던 많은 사람들은 알지 못했지만 그를 따라 많은 사람들이 은밀히 움직이기 시작했다. 그는 조심스럽게 걸어 L구역으로 가서 티케팅을 위해 줄을 섰다. 약 20분 후 그는 티케팅 창구 앞에 섰다.

"어디 가십니까?"

항공사 여직원이 환하게 웃으며 친절하게 물었다.

"사이판 갑니다."

그는 가벼운 미소를 띠며 여권과 티켓을 직원에게 주었다. 그리고 그는 캐리어를 컨베이어벨트 위에 놓았다.

"짐은 이거 하나 붙이시는 건가요?"

"네. 그렇습니다."

잠시 후 직원은 여권과 비행기 티켓을 그에게 주었다.

"즐거운 여행 되십시오."

티켓을 받아든 그는 천천히 출국장 쪽으로 갔다. 그러다가 문득 서더니 주위를 살폈다. 멀리서 그의 움직임을 주시하던 아베와 그의 동료들은 당황했다.

"어? 왜 그러시지? 바로 저기로 가면 되는데?"

"그러게. 무엇을 찾으시는 거지?"

모두가 초조하게 보던 중에 그는 다시 움직여 화장실 쪽으로 갔다.

"아. 갑자기 볼일이 급하셨나 보구만. 나카야마 님께 그렇게 보고해."

"하이."

아베 옆에 있던 사내는 전화기를 꺼내 현재 상황을 나카야마에게 보고했다.

"비행조는 지금 어디 있나?"

"타깃(천황) 근처에 있다가 타깃이 화장실로 가셔서 일단 조금 떨어진 곳에서 대기하고 있습니다."

"그럼 하나를 화장실로 보내. 확인을 하란 말이다."

"하지만 안경은 타깃이 그곳에 있다는 것을 알려줍니다. 굳이 그럴 필요가…….

"타깃이 화장실에 있는지를 확인해봐. 단 하나의 실수도 용납되지 않는 순간이야."

"네. 알겠습니다."

나카야마의 지시대로 이 대리가 화장실로 들어갔다. 거기에는 한 칸에만 사람이 있었다. 그는 그 칸의 문에 노크를 하였다. 안에서 다시 노크 소리가 나자 이 대리는 조용히 말했다.

"천천히 하시고 나오십시오. 저희는 밖에서 기다리겠습니다."

이 대리는 주위를 다시 한 번 살피고 화장실을 나왔다. 그리고 전화기를 꺼내 전화를 걸고 일본어로 말했다.

"타깃이 안에 있는 것을 확인했습니다. 일단 근처에서 계속 대기하겠습니다."

이 대리는 화장실이 잘 보이는 곳에 서서 화장실을 응시하며 서 있었다. 그때 무 부장은 이미 그 화장실을 빠져나온 뒤였다. 그는 화장실에 들어가자마자 여행객의 짐 뒤에 숨어서 잽싸게 화장실을 빠져나왔다. 그러고는 다른 화장실로 뛰어갔다. 다행히 아직은 그를 따라오는 사람은 없었다. 그는 화장실에 들어가자 모르는 사내에게 다가갔다.

"저기 죄송합니다만 전화 한 통 써도 될까요?"

처음 보는 사람이 전화를 빌려달라고 하자 그는 조금 의심스럽게 보다가 순순히 휴대전화를 그에게 내어주었다. 무 부장은 전화기를 잡자마자 그의 아내에게 전화를 걸었다. 하지만 이미 없는 번호라는 메시지만 나왔다. 어찌할 바를 모르던 그는 그의 어머니에게 전화를 걸었다. 무 부장의 어머니는 방에 누워 있다가 전화가 울리자 일어나 전화를 받았다.

"여보시오."

"어머니. 접니다."

"!"

그녀는 너무나 놀라 할 말을 잃었다.

"누고? 인복이가?"

"네. 어머니 아들 인복입니다. 그동안 몸 건강히 잘 계셨습니꺼?"

"그…… 그래. 난 잘 있었다. 니는 우짠 일로 전화를 했노? 니는 내가 알기로 잡혀 갔는데……."

"네. 잡히 갔다가 지금 도망치는 중입니더."

"도망? 니 어덴데?"

"여는 공항입니더."

"뭐라? 공항? 인천공항?"

"네. 그것보다 어머니 애들 엄마 소식 모르십니꺼?"

"어? 애들 엄마?"

"네. 애들 엄마하고 연락이 안 돼예. 누구한테 잡혀 갔다는 거는 아는데 어디 있는지 알 수도 없고 아덜 상황도 모르고 미치겠어예."

"인복아. 내 말 잘 듣거라."

무 부장의 어머니는 어느새 정신을 차리고 차분한 말투로 말했다.

"너는 지금 굉장히 어려운 상황에 빠졌다는 것은 누구보다도 잘 알거다. 네 아내나 애들은 지금 어디 있는지 아무도 모른다."

"네? 그…… 그게 무신."

"너가 아는 대로 누군가에게 잡혀갔는데 그 이후로 아는 사람이 없다. 하지만 누구한테 잡혀갔는지는 너도 대강 짐작은 할 거다."

"아……."

"너가 살고 너의 가족이 살려면 빨리 자수하거라. 네가 만약 일본으로 가려고 한다면 한국이나 미국이나 무조건 너를 죽이려 들 거야. 그리고 국복회도 결국 너를 이용해서 자기들이 권력을 잡으려는 거지 그 이하도 이상도 아니다."

너무나 차갑고 냉정한 어머니의 말에 그는 멍해졌다.

"인복아. 국정원에 자수하거라. 네가 자수하고 조용히 숨어 산다고 하면 너도 살고 가족도 살 수 있을 거다. 네가 살길은 이 길밖에 없다."

"하…… 하지만……."

"인복아, 너나 네 누이가 왜 집안에 대해서 모르고 자랐는 줄 아느냐? 너희 할아버지인 내 시아버지가 나에게 말해줬다. 우리 집안은 원래 한국에서 왔다고. 그러니 다시 한국으로 돌아와 한국인으로 산다면 고향으로 돌아온 셈이니 오히려 다행이라고. 그래서 너희들이 한국인으로 알고 살게 된 거다. 그리고 그렇게 살아야 너희가 잘 살고 오래 살 수 있다고."

무 부장은 어머니의 말을 듣고 너무나 놀랐다. 그는 이제 어찌할 바를 몰랐다.

"어…… 어무이. 국정원에 자수만 하몬 됩니꺼?"

"그래. 인복아. 자수해라. 그래야 니가 산다."

"그리고 제 가족들도 살구요?"

"그래 그래야 다 산다."

무 부장의 어머니는 그들의 안전에 대해 확신이 없었지만 일단 거짓말을 했다. 만약 무 부장이 국정원에 자수한다면 무슨 수를 써서라도 그를 살릴 방도를 구할 생각이었다.

"네. 알겠습니더. 하지만 먼저 여기를 벗어나는 게 중요합니더. 그럼 나중에 다시 연락드릴게예."

무 부장은 휴대전화를 주인에게 돌려주고 조심스럽게 화장실을 나왔다. 한쪽 구석에 숨은 그는 주위를 살폈다. 멀리서 이 대리가 다른 화장실을 지켜보고 있는 것을 확인했다. 그가 조금만 움직여도 국복회 사람들이 그를 알아보고 잡으러 올 것 같았다. 그때 그의 눈에 공항 안전을 지키는 무장안전요원 두 명이 보였다. 그는 그들에게 뛰어갔다. 갑자기 사내가 뛰어오자 그들도 놀라 총을 들었다.

"뭡니까?"

"자수하려고 합니다."

"네? 자수? 무슨……."

무 부장은 주위를 살피면 조용히 말했다. 하지만 당황한 안전요원은 어찌할 바를 모르고 어리둥절해 했다.

"자수할 테니 저를 잡아가란 말입니다."

"?"

그들이 당황해서 머뭇거리자 무 부장은 다시금 말했다.

"전 간첩입니다. 그러니 저를 잡아가세요. 저를 잡아다가 국정원에 넘기면 알게 될 겁니다."

그제야 놀란 안전요원들은 무 부장에게 다가와서 그의 양팔을 양쪽에서 잡았다.

"일단 저희와 같이 가시죠."

"네. 빨리 여기를 벗어납시다. 저를 쫓아 오는 사람이 있습니다."

그의 말에 따라 안전요원은 주위를 살피며 무 부장과 함께 걸어갔다. 안전요원은 무전으로 인천공항 안전본부에 간첩이라고 주장하는 사람을 잡아 연행 중이라고 보고했다.

한편 아무리 기다려도 무 부장이 화장실에서 안 나오자 아베는 무척 초조해졌다. 그리고는 무전을 이 대리에게 쳤다.

"이봐. 타카하시. 들어가 다시 확인해봐. 너무 시간이 흐른다."

이 대리는 명령에 따라 화장실에 다시 들어갔지만 거기에는 아무도 없었다. 아까 그가 보았던 칸을 열어보니 거기에도 아무도 없었다. 놀란 이 대리는 밖으로 뛰쳐나왔고 무전으로 아베에게 보고했다.

"타깃은 화장실에 없습니다."

"뭐야? 어떻게 된 거야? 이봐. 아직 안경은 움직이지 않고 그대로야?"

"네. 안경은 아직 그 화장실에 있다고 확인됩니다."

"타카하시. 안에 안경이 있는지 확인해봐."

이 대리는 다시 화장실에 갔고 다른 칸에서 안경을 찾았다.

"안경을 찾았는데 안경만 있습니다. 타깃은 보이지 않습니다."

"뭐야? 없다고? 젠장 그럼 어딜 간 거야? 빨리 찾아봐."

아베의 지시에 따라 요원들이 품에서 망원경을 꺼내 찾기 시작했다. 그들 중 한 명이 안전요원들과 같이 가는 무 부장을 찾았다.

"찾았습니다. 타깃을 찾았습니다."

"어디? 어디 있는 거야?"

아베는 망원경을 빼앗아서 요원이 가리키는 방향을 쳐다보았다.

"뭐야? 왜 폐하가 안전요원들과 같이 있는 거지?"

"모르겠습니다. 아무래도 잡힌 것 같습니다."

"젠장. 큰일났군."

아베는 무전기를 꺼내 큰 소리로 외쳤다.

"전 대원들은 들어라. 폐하께서 공항 안전요원에게 잡혔다. 지금 체포되어 끌려가고 있다. 현재 폐하는 G구역을 지나고 있다. 전 대원은 폐하를 구출하도록 하라. 즉시."

아베의 무전을 들은 국복회 대원들은 모두 G구역으로 달려가기 시작했다. 이 대리도 그들과 함께 뛰어갔다. 멀리서 이 대리가 보니 안전요원들에게 거의 끌려가다시피 하는 무 부장을 발견했다.

"무 부장님."

이 대리는 무 부장이 들리게 큰 소리로 외쳤다. 무 부장은 이 대리의 소리가 있자 몸을 돌려 돌아보았다. 그런 그를 안전요원들은 팔로 제지하고 다시 끌고 가려고 했다. 그때 국복회 전 대원들에게 무전이 날아왔다.

"나 나카야마다. 발포를 해서라도 폐하를 구출 한다. 즉시."

나카야마의 발포 지시가 있자 이 대리 옆에 있던 공항 대기조 요원이 총을 꺼내 무 부장 옆에 있는 안전요원에게 발사했다.

"꽝."

안전요원은 총을 맞고 그 자리에서 쓰러졌다. 다른 안전요원은 그런 모습을 보고 깜짝 놀라하다가 즉시 무 부장을 밀어버리고는 총을 꺼내 요원에게 응사했다. 국복회 요원은 안전요원이 쏜 총에 팔을 맞고 쓰러졌다. 총소리에 공항은 이내 아수라장이 되었다. 공항 안에 모든 사람들이 놀라 여기저기로 도망쳤다. 이 대리는 다른 요원에게서 총을 받아 안전요원에게 발사했다. 공항 안전요원도 기둥 뒤에 숨어 그들에게 응사했다. 하지만 안전요원 혼자로는 그들을 상대할 수 없었다.

"실제상황이다. 지금 G구역에서 총격전이 벌어지고 있다. 북한 간첩들로 추정된다. 빨리 지원 바란다. 저들은 여러 명이어서 나 혼자

응대할 수 없다. 빨리."

안전요원은 다급하게 안전본부로 무전을 쳤다.

"폐하를 먼저 구해. 빨리."

이 대리는 안전요원에게 총을 쏘면서 동료 요원에게 외쳤다. 그가 보니 무 부장은 한쪽 벤치에 고개를 숙이고 있었다. 그는 무 부장에게로 뛰어갔다.

"폐하. 저희가 왔습니다. 저희와 가시죠."

그가 무 부장에게 손을 내밀었다. 하지만 무 부장은 머리를 들더니 좌우로 고개를 저었다.

"너희와 같이 가느니 차라리 여기서 죽겠다."

무 부장의 말에 국복회 요원이 멍해 있을 때 무 부장은 공항 바깥을 보더니 용기를 내어 일어나 냅다 뛰기 시작했다. 아베가 안전요원을 죽이고 국복회 요원에게 왔을 때는 이미 무 부장이 공항 밖으로 뛰어가고 있었다.

"이봐. 어떻게 된 거야? 폐하는?"

"저…… 저쪽으로 도망갔습니다."

"뭐? 도망? 폐하가 왜?"

아베도 그제야 밖으로 달려 나가는 무 부장의 모습이 보였다. 아베는 무 부장의 도망치는 모습에 너무나 놀라했다. 그러고는 무전기를 꺼내 나카야마에게 보고했다.

"지금 폐하께서 달아나고 있습니다."

"아베. 그게 무슨 말이야. 폐하가 달아나다니. 왜?"

"지금 폐하가 공항 밖으로 우리로부터 도망치고 있다구요."

"뭐라고?"

"지금 폐하가 공항 밖으로 도망치고 있습니다. 제가 가서 잡겠습니다."

아베는 무전을 끊고 달려온 이 대리와 함께 무 부장을 따라 갔다. 공항 밖은 쏟아져 나온 사람들로 난리도 아니었다. 무 부장은 그들을 헤치고 나가 빈 택시 하나를 잡아탔다.

"기사 양반 빨리 갑니다."

"아니. 공항에 무슨 일 터졌습니까? 왜 이 난리죠?"

"일단 빨리 가기나 합시다."

무 부장의 재촉에 택시는 도로 위의 많은 사람들을 피해서 달렸다. 아베와 이 대리는 그 택시를 잡으려 했지만 놓치고 말았다. 아베는 무전기를 꺼내 나카야마에게 보고했다.

"젠장. 폐하가 탄 택시를 놓쳤습니다."

"즉시 추격하도록 해. 이대로 폐하를 놓치면 우리는 끝장이야."

그때 아베와 이 대리 뒤로 그들이 타고 왔던 승합차가 달려왔다. 나카야마의 지시에 따라 아베 일행은 승합차에 타고 무 부장이 탄 택시를 추격했다. 택시 안에서 안심하고 있던 무 부장이 뒤를 보니 어느새 아베와 이 대리가 탄 승합차가 보였다. 아까 공항 올 때부터 그를 따라오던 차라 정확하게 기억할 수 있었다.

"기사 양반. 빨리 좀 갑시다."

"네? 무슨 급한 일 있으세요?"

"강남까지 30분 안에 가면 10만 원 드리리다."

"네? 10만 원요? 그럼 중간에 딱지 끊어도 손님이 내주시는 겁니다."

"그건 걱정 마쇼."

"그럼 간만에 실력 발휘해 볼까?"

기사는 핸들에 힘을 주더니 액셀러레이터를 있는 대로 밟았다. 아베는 택시를 거의 따라 잡았다고 생각했는데 총알처럼 튀어나가자 깜짝 놀랐다.

"젠장. 저게 말로만 듣던 총알택시구나."

"이봐. 아베. 어떻게 돼가고 있어?"

다른 곳에서 지휘하던 나카야마가 아베에게 무전을 쳤다.

"거의 따라 잡았는데 무슨 일인지 택시가 속도를 높여서 달아났습니다."

"그럼 우리도 속도를 높여."

"우리는 승합차입니다. 저쪽은 한국의 총알택시구요. 속도 경쟁은 쉽지 않단 말입니다."

"그럼 지금 폐하를 놓칠 거야? 무슨 수를 써서라도 잡으란 말야."

나카야마의 신경질 적인 지시를 들은 아베는 품속에 있던 총을 꺼냈다. 그러고는 기사에게 큰 소리로 외쳤다.

"이봐. 있는 대로 밟아. 여기서 폐하를 놓치면 우린 다 죽는다."

승합차는 최대의 속도를 내기 시작했다. 승합차 기사는 죽을 각오로 액셀러레이터를 밟고 핸들을 돌렸다. 그러자 앞에 무 부장이 탄 택시가 보였다. 아베는 창문을 열어 택시를 겨냥했다.

"달리는 차에 총을 쏘면 폐하가 다치실 수도 있습니다."

이 대리가 말했지만 이미 아베에게 그런 말은 들리지 않았다.

"어차피 우리들한테서 도망치면 죽은 목숨이나 마찬가지야."

아베는 총을 겨냥하기 위해 집중하면서 말했다.

"그렇지만 그러다가 진짜 폐하가 죽는다구요."

"다 필요 없어. 이 방법밖에 없어. 더 가다간 경찰들이 몰려올 거라구."

아베는 정말로 택시에 총을 쏠 기세였다. 그때 이 대리는 팔로 아베를 밀었다. 그래서 아베가 쏜 총알은 하늘로 쏟아 오르고 말았다.

"뭐야? 무슨 짓이야?"

아베는 신경질적으로 이 대리를 쳐다보며 외쳤다.

"저는 폐하를 지키는 게 임무입니다. 폐하를 다치게 할 수 없습니다."

이 대리가 결연한 모습으로 말하자 아베는 이 대리에게 총구를 겨누었다.

"이 빠가야로. 저자는 이제 우리의 천황이 아냐. 그냥 조센징으로 돌아가고 싶어 하는 사람일 뿐이라구. 저자를 잡아 다시 우리 천황으로 만들어야 한다구. 그러니 가만히 있어. 한 번만 더 방해하면 너부터 쏠 테니까."

아베는 총을 휘둘러 이 대리의 머리를 쳤다. 이 대리는 머리에 피를 흘리며 쓰러져 정신을 잃었다. 이 대리가 쓰러진 것을 확인한 아베는 다시 천천히 총을 택시에 겨냥했다.

'타이어를 맞추면 돼. 그럼 죽지는 않을 거야. 폐하는 겁쟁이니 안전벨트를 했겠지.'

아베는 스스로 자신을 달래며 총을 쏘았다. 총알은 정확히 택시의 뒷바퀴에 맞았고 고속에 총을 맞은 택시는 균형을 잃었다. 택시는 몇 바퀴를 돌더니 중앙분리대를 들이박고 겨우 멈춰 섰다. 택시가 멈춘 것을 확인한 아베와 요원들은 차를 세우고 택시로 달려갔다. 그리고 뒷문을 열고 안전벨트에 매달려 정신을 잃은 무 부장을 꺼냈다. 그리고 아베는 앞좌석에 핸들을 베고 쓰러져 있는 기사에게 가서 그의 머리에 총을 쐈다.

"기사는 처리했으니 저 택시를 불 태워버려. 증거를 없애야 돼."

아베의 지시에 따라 요원들은 조그만 수류탄을 꺼내 택시에 던졌다. 택시는 폭발과 함께 화염에 휩싸였다. 무 부장을 태운 승합차는 거친 소리를 내며 출발했다.

무 부장은 다시 안가로 도착해서야 정신을 차릴 수 있었다. 택시가 굴러서 중앙분리대를 들이박는 사고를 당해서인지 온몸이 쑤셔왔다. 무 부장이 정신을 차리자 아베의 지시에 따라 국복회 요원들은 그를 양쪽으로 붙잡고 안가의 방으로 끌고 갔다. 거기에는 잔뜩 화가 난 나카야마가 있었다. 나카야마는 무 부장을 보자마자 그를 한쪽으로 밀고 멱살을 잡았다.

"빠가야로. 이 존센징이……. 너가 어떻게 우리를 배신할 수 있어. 우리가 너 하나 지키려고 얼마나 희생하고 있는데 감히 우리를 속이고 도망치려고 해? 미쳤어? 미쳤냐구?"

"나카야마 님. 폐하는 일본어를 못 알아듣습니다. 제가 통역이라도 할까요?"

아베는 너무나 화가 난 나카야마에게 조심스럽게 말했다.

"빠가야로. 너도 조용히 있어."

나카야마는 화를 참지 못하고 품속에서 권총을 꺼내 무 부장 머리에 대었다.

"죽고 싶어? 그렇게 죽고 싶냐고? 왜 우리에게서 도망치려고 하냔 말야? 넌 저쪽으로 가면 무조건 죽는다고. 무조건. 그걸 몰라? 그렇게 죽고 싶으면 내가 죽여줄까? 응? 차라리 일본인 손으로 네가 죽는 게 다행 일거다. 알았어?"

"나카야마 님. 그래도 폐하십니다. 일단 진정하시고 총을 치우십시오."

"젠장……. 이놈 때문에 얼마나 많은 동지들이 희생되고 작전을 망쳤냔 말이야? 도대체 왜 우리한테 이러는 거야? 도대체?"

"너희들이 나와 내 가족에게 한 짓을 생각하면 그런 말을 못할 거다."

무 부장은 천천히 하지만 분명하게 일본어로 말했다. 나카야마는 너무나 놀라 무 부장을 잡은 멱살을 놓았고 총도 내려놓았다.

"너⋯⋯ 너는⋯⋯."

"그래. 이제 난 일본어로 말하고 들을 줄 안다. 그래서 너희들이 내 가족에게 한 짓을 잘 알고 있지."

"무슨 말이야? 폐하의 가족은 다른 자들에게 납치되었는데, 왜 우리한테 그러는 거야?"

"난 똑똑히 들었다. 내 가족을 납치한 자들이 나와의 연락을 원할 때 너희들이 막은 것을. 그리고 그들에게 내 가족을 죽이든가 말든가 알아서 하라고 한 것도 나는 들었다."

무 부장은 아베를 쳐다보면서 말했다. 아베는 너무나 놀라서 입을 다물지 못했다.

"그러고도 나를 너희들의 천황으로 본 거냐? 내가 사랑하는 나의 가족을 버리고 나를 이용만 하려고 한 너희들의 말을 내가 왜 따라야 한단 말이야?"

"그래서 어쩌잔 말이야?"

"나의 마음은 한 번도 바뀐 적 없다. 나는 일본으로 가지 않을 거고, 천황이 될 생각도 없다."

"이런⋯⋯ 젠장⋯⋯ 왜? 왜? 천명을 따르지 않겠다는 거냐? 왜?"

"천명? 난 그딴 거 모른다. 나는 천명 같은 거 받은 적 없다."

"이⋯⋯ 이봐. 아베."

"네. 나카야마 님."

"사토 상 아직 여기 있지?"

"네. 그렇습니다. 아직 일본으로 가지 않았습니다."

"좋아. 다시 최면치료를 시작한다."

"네? 다시 최면치료를 말입니까?"

"그래. 이자가 자신을 천황으로 받아들일 때까지 최면치료는 계속된다."

"소용없다. 내 마음은 안 바뀐다."

무 부장의 단호한 말에 나카야마는 잠시 생각하더니 권총을 들어 무 부장의 이마에 댔다.

"왜? 죽이려고? 난 이미 죽음을 각오했다."

"아니 널 죽이지 않고 거제에 있는 네 가족을 죽이겠다."

"뭐? 뭐라고?"

"우리가 네게 말한 대로 네 어머니는 국정원 요원이지만 한낱 노인에 불과하고 네 누나 가족도 일반인에 불과하다. 우리가 네 가족을 죽이는 것은 일도 아니란 말이다."

"그들은 국정원이 보호하고 있을 거다."

"그래? 그들을 모두 24시간 잘 보호할 수 있을까? 네가 그렇게 비협조적으로 나온다면 네 남은 가족들도 모두 죽일 거다. 그러니 선택하라. 가족들이 다 죽게 내버려두던가? 아님 우리의 뜻을 따르던가?"

"이…… 이건 협박이야. 너희 말대로 나를 천황으로 생각한다면 이런 협박을 할 수가 없어."

"어차피 네가 우리의 뜻을 따르지 않는다면 우리에게 넌 필요 없는 존재일 뿐이야. 마지막으로 기회 줄 테니 잘 생각해. 네가 끝까지 저항하면 너의 가족을 다 죽이고 너를 약물중독자로 만들어 아무런 말도 할 수 없는 자로 만들어 버릴 테다. 우리의 뜻대로 움직이는 꼭두

각시로 만들어버리겠다는 거다. 알았나? 잘 생각하도록."

나카야마는 방에 무 부장만 남겨두고 문을 닫고 나가버렸다. 무 부장은 거제에 있는 가족들이 걱정되어 죽을 것 같았다.

같은 시간 한국은 그야말로 발칵 뒤집어졌다. 그도 그럴 것이 한국 관문인 인천공항에서 총격전이 벌어졌고 거기서 안전요원 두 명이 죽고 여러 명이 총상을 당한 사건이 터져버렸기 때문이었다. 한국의 안보가 위협 받았고 모든 국민들이 불안해했다. 그래서 국정원이 제일 난리가 났고 사태 해결을 위한 국정원장 주재로 긴급회의가 열렸다.

"도대체 어떻게 이런 일이 벌어 질 수 있는 거야? 공항의 안전이 이렇게 허술하면 어쩌자는 거야? 저들은 누구이고 무슨 목적을 가지고 이런 일을 벌인 거야?"

원장이 화를 내며 말하자 다들 고개만 숙이고 조용히 있었다.

"이봐. 1실장. 말 좀 해봐. 지금까지 알아낸 게 뭐야?"

"네…… 그게 인천공항 안전본부에서 입수한 무전기록에 따르면 오늘 16시 30분에 한 남자가 공항 안전요원에게 와서 자기가 간첩이라고 자수하겠다고 했습니다."

"그래? 간첩? 그래서?"

"안전요원이 용의자를 공항 안전본부로 연행하려고 했는데 갑자기 적들로부터 공격을 받은 겁니다."

"그 용의자는 어디로 간 거야?"

"총격전 와중에 도망쳤습니다. 인천공항 CCTV를 보시겠습니다."

1실장은 회의실 대화면에 인천공항 CCTV 녹화분을 띄웠다.

"저기 보시면 이자가 먼저 우리 요원에게 총격을 가했고 우리 요원이 대응 사격을 하는 동안 용의자는 벤치 아래로 엎드렸습니다. 우리

요원이 기둥 뒤로 피하자 저들은 용의자에게 다가갔지만 용의자는 저들을 피해 공항 밖으로 도망쳤습니다."

1실장은 이어서 공항 밖의 CCTV 녹화본을 보여주었다. 거기에는 용의자가 힘껏 뛰어가는 모습이 보였다. 용의자를 뒤따라오는 여러 명의 사내들도 보였다.

"다행히 용의자는 저들을 피해 택시를 탔지만 얼마 안 가 저들에게 다시 붙잡히고 말았습니다. 이것은 택시에 충격을 가하는 장면인데 맞은편을 달리던 차의 블랙박스에서 입수한 것입니다. 그리고 연달아 택시에서 용의자를 데리고 가는 장면도 나옵니다. 그리고 그들은 증거를 없애려는 목적인지 택시에 수류탄을 던져 폭파시켜 버렸습니다."

"저 차량은 추적을 하고 있어?"

"네. 최대한 노력해서 추적 중입니다만 지금 어디에 있는지 확인이 안 됩니다."

"젠장. 저 간첩 놈들이 대담하게 공항에서 우리 안전요원을 공격하고 공항대로에서 총을 난사하고 수류탄까지 터뜨리다니……. 도저히 믿을 수 없군. 도대체 저들이 노리는 게 뭐야?"

"일단 우리에게 자수하려고 했던 인물이 북한에게 매우 중요한 인물인 거 같습니다. 그래서 북한요원들이 그를 다시 잡아가려고 엄청난 도박을 한 것 같습니다."

"그래? 그런데 저자가 누구야? 이봐 대공 리스트에서 저자의 신원이 확인되었어?"

"모든 북한 관련 데이터베이스를 동원했지만 저자의 신원을 아직 확인하지 못했습니다."

"그럼 저자를 쫓던 자들의 신원은?"

"그것 또한 아직 확인 중입니다."

"빨리 확인하라고. 지금 방송이고 인터넷에서 난리가 났어. 대통령 님께서도 빨리 보고하라고 성화신데 뭐 보고할 게 있어야지. 빨리 확 인해. 빨리."

이건희 특별실장은 무거운 마음으로 공항 총격전 관련 인터넷 기사 를 보고 있었다. 그때 최동국 팀장이 그에게로 왔다.

"실장님. 보고 들으셨습니까?"

"뭐? 공항 사건 말야? 그건 나하고 직접 관련 없는데."

"그게 아니고. 무 부장이 무 부장 어머니께 전화했다고 들었습니 다."

"어. 맞아. 나도 그거 보고 받고 조사하려다 더 큰 사건이 터져서 다 들 그것에 신경을 못 쓰고 있었어. 지금 북한 때문에 나라가 난리 났 는데 그게 중요한 게 아니지."

"뭐 그렇긴 하죠. 근데 우연의 일치인지 무 부장이 아까 통화에서 공항이라고 하던데요."

"응? 그랬나? 뭐……. 하도 정신이 없어서 그런 거까지 신경 쓰지 못했네. 휴…… 지금 괜히 그런 말 꺼냈다가는 혼만 난다. 일단 이 사 건부터 해결하고 나서 보자구."

"네. 그래도 좀 찝찝한데 제가 공항 CCTV 좀 볼 수 있을까요?"

"왜? 그걸 봐서 뭐하게?"

"그냥 시간대도 비슷하고 두 사건이 무슨 연계가 되지 않을까 해서 요."

"그래? 알았어. 사실 뭐 전 요원이 들어붙어서 사건을 해결하라고 난 리니까 최 팀장이 본다고 해 될 건 없지. 내가 1실장에게 말해 볼게."

1시간 후 CCTV를 보던 최 팀장은 눈이 크게 동그래졌다. 그러고는 그의 파일을 뒤지기 시작했다. 그러고는 벌떡 일어나 특별실장에게 갔다.

"실장님. 아무래도 이상합니다."

"뭐가? 뭐라도 찾았어?"

"이 화면상에 있는 이 남자. 혹시 기억나십니까?"

　최 팀장은 정지된 화면 속에서 용의자를 쫓아 뛰어가는 한 사내를 가리켰다.

"응? 글쎄? 기억이 안 나는데? 누군가? 어디서 본 것도 같고."

"바로 무 부장과 같은 회사에 있던 이성기라는 자입니다. 이자는 무 부장이 사라지던 날 같이 사라져서 우리가 의심인물로 보던 자입니다."

"응? 뭐라고? 이자가 무 부장과 관련된 사람이라고?"

"네. 저희 TFT에서는 국복회 쪽 사람이 아닌가 의심하는 사람입니다. 그자의 이름만 있을 뿐 과거행적을 조사해 보니 하나도 밝혀진 게 없었습니다. 그런 자가 갑자기 인천공항에 나타난 겁니다."

"말이 안 되잖아. 저자가 국복회 사람이라면 쫓는 용의자는 누구야? 왜 국복회가 간첩을 쫓아?"

"그…… 그게 말이 안 됩니다. 그래서 저도 혼란스럽습니다. CCTV를 아무리 돌려봐도 무 부장은 보이지 않았습니다. 어디에도 무 부장의 흔적은 보이지 않았습니다. 그러면 무 부장은 공항이 아니라 다른 곳에 있었단 말인가?"

　한참 골똘히 생각하던 최 팀장은 용의자의 얼굴이 잘 나온 화면을 뚫어져라 쳐다보았다. 그러고는 더욱더 눈이 커졌다.

"혹시?"

"혹시 뭐?"

"아…… 아닙니다. 일단 제가 성급하게 말할 단계가 아닌 것 같습니다. 먼저 조사하고 보고 드리겠습니다."

최 팀장은 벌떡 일어나 사무실을 나가버렸다. 사무실을 나온 최 팀장은 1실의 대공업무 1과에 있는 친한 동료에게 다가갔다.

"이봐. 이 과장. 바쁘지?"

"말도 마. 공항 사건 때문에 다들 난리다. 휴. 북한 애새끼들이 제대로 큰 건 터트렸다니까."

"그럼 달아난 용의자의 신원은 확인이 됐어?"

"응. 대강."

이 과장은 서류 하나를 최 팀장에게 건넸다.

"응? 그냥 평범한 한국사람이네. 이 사람 어떻게 찾은 거야?"

"역추적이지. CCTV 상에 보니 이자가 공항 안전요원에게 가기 전에 아시아나 창구에서 비행기 표를 끊었더군. 그래서 항공사에 확인해보니 오늘 밤에 출발하는 사이판행 비행기표였더라구. 그래서 항공사 측 여권 확인해 보니. 빙고. 그렇게 찾은 거야. 그런데 문제는 지금 확인 중이지만 너무나 평범한 한국사람이라는 거야."

"응? 평범한 한국사람? 그럼 고정간첩 아냐?"

"뭐 그럴 수도 있는데 1차적으로는 용공점을 확인할 만한 게 없어. 그냥 평범한 직장인이야. 가족이 없는 외톨이라는 것만 빼고."

"외톨이라고? 가족이 없어?"

"응. 부모형제도 없고 가까운 친척도 없어. 그냥 뿅 사라져도 하나도 의심 안 받을 정도의 사람이지. 없어져도 아무도 모르고 찾지도 않을 걸."

"그래? 이거는 내가 가져가도 돼?"

"뭐 요원들에게는 이미 다 배포된 거야. 너도 요원이니 당연히 받을 권리가 있지. 그나저나 이놈을 어디서부터 뒤져야 하나?"

"주소가 있으니 거기부터 뒤지면 되겠네."

"그건 이미 조사팀이 출발했어. 아마 곧 조사결과를 보낼 거야. 잠깐만. 벌써 사진자료는 들어오네."

이 과장은 PC 화면을 보면서 조사팀의 사진을 확인하였다.

"뭐. 별거 없네. 조사팀이 좀 더 뒤지긴 하겠지만 여기서 무슨 단서를 얻기는 힘들겠어."

"그런데 말야. 뭐가 좀 이상하지 않아?"

"뭐가?"

"아니 사진을 보니 집을 이미 며칠 비운 것 같잖아. 며칠이 아니라 이미 한 달 정도 비운 거 같은데. 봐봐. 건조대의 옷들은 말리다 못해 색까지 바랬잖아. 싱크대에 있는 그릇은 곰팡이가 있을 정도고."

"그렇긴 한데, 남자가 혼자 살면 그럴 수도 있지."

"그런가? 그럼 이 사람 지문은 벌써 확보했겠네."

"이미 지문 확보해서 다른 조사팀에서 확인 중이야."

"알았어. 그럼 오늘 공항에서 그 사람 지문은 채취했어?"

"했나? 워낙 정신이 없어서. 확인해봐야겠네."

"알았어. 내가 좀 도와줄게 CCTV 확인하다 보면 그자가 만진 곳이 반드시 있을 거야."

최 팀장은 자리에 와서 CCTV를 열심히 돌려보았다. 그러나 용의자가 용의주도해서 인지 아무것도 만지지 않았다. 하지만 다른 곳에서 이성기를 발견할 수 있었다. 그런데 이성기도 마찬가지로 아시아나 창구에 줄을 서 있었다.

"응? 이성기도 아시아나 창구에 있었네."

그리고 용의자의 동선을 보니 이성기도 그를 따라 움직이는 것을 확인할 수 있었다. 그러자 최 팀장의 의심은 점점 확신으로 변했다. 그러나 그것을 증명하려면 확실한 증거가 있어야 했다. 한참을 CCTV를 보던 그는 한 장면을 보고 만세를 불렀다. 거기에는 용의자가 엎드렸다가 일어나 뛰어가면서 벤치를 살짝 잡는 장면이 있었다. 그는 즉시 공항 조사팀에 연락해서 벤치에 있는 모든 지문을 뜨게 했다. 그리고 약 30분 후 지문조사 결과를 보고 의기양양해졌다. 그의 이론이 맞은 것이었다. 그는 조사 결과를 들고 특별실장에게 갔다.

"실장님. 공항사건의 전말을 제가 밝힌 것 같습니다."

"뭐? 자네가? 뭔데? 무슨 일이 있었던 거야?"

"자 그럼 찬찬히 설명 드리겠습니다. 제가 이성기라는 자가 용의자를 쫓은 게 이상하다고 말씀 드렸죠?"

"그럼. 국복회 인물로 의심받는 자가 왜 간첩을 쫓냐고? 말이 안 돼지."

"그래서 전 다르게 생각해봤습니다. 저 용의자가 만약 간첩이 아니라면?"

"응? 왜 그런 생각을 하지? 안전요원에게 간첩이라고 했고 자수하겠다고 했다잖아."

"그랬죠. 하지만 용의자는 안전요원에게 잡혀 갈 명분이 필요했을지도 모르죠."

"응? 명분? 그게 무슨 말이야?"

"만약 자기 주변에 감시자가 득시글하고 쉽게 도망치지 못하는데 경찰이나 안전요원에게 빨리 잡혀가길 원한다면……."

"간첩이라고 해야 제일 빨리 반응할 거다?"

"그렇죠. 무 부장 어머니가 전화에서 무 부장을 자수하라고 설득한 건 아시죠? 그는 전화에서 그들에게서 도망치는 중이라고까지 말했습니다. 무 부장은 도망쳐서 자수하고 싶었던 겁니다."

"하지만 어디에도 무 부장은 없었잖아. 자네가 아까 그러고 가서 나도 혹시나 해서 특별실 요원들 하고 눈에 불을 켜고 CCTV 봤는데 어디에도 무 부장은 없었어."

"아뇨. 있었습니다."

"그래? 자네는 봤어? 어디 있는데?"

"바로 이자."

최 팀장은 용의자를 가리켰다.

"응? 이자는 다른 자잖아. 이미 신원도 확인 됐잖아. 에이 난 또 무슨."

"저도 처음에는 무 부장이 이자일 리 없다고 생각했습니다. 그런데 이자 얼굴을 보니 어디선가 본 듯한 겁니다. 아무리 생각해도 기억이 나지 않는데도 말입니다. 그래서 문득 이런 생각이 들었죠. 만약 국복회가 무 부장을 일본으로 빼돌리기 위해 성형수술을 한다면? 그들이 숨어 지낸 3개월은 수술을 하고도 남습니다."

"뭐 그건 자네의 가설일 뿐이잖아. 저자가 무 부장이라는 증거가 있어?"

"네. 있습니다. 바로 이겁니다."

최 팀장은 지문 조사보고서를 보여주었다. 거기에는 분명히 무 부장의 이름이 있었다. 그리고 채취장소와 시간이 있었다.

"어? 진짜네. 무 부장이네. 오늘 방금 전에 공항에서 채취했다고? 어디서?"

"여기 이 장면을 보시면 용의자가 도망치면서 순간적으로 벤치를 잡습니다. 바로 여기에서 이 지문을 찾은 겁니다."

"확실해? 한 치의 거짓도 없는 거지?"

"제가 거짓말을 왜 합니까? 공항 조사팀에 확인해 보십시오."

"널 안 믿어서가 아니고 사안이 너무 큰일이라 그래. 일단 내가 확인 좀 해보고."

특별실장은 최 팀장의 자료를 넘겨받아 TFT 요원들과 검증해 보았다. 그러고는 얼굴이 벌게 진 채로 최 팀장에게로 왔다.

"진짜 큰일 났네. 이걸 어떻게 보고하냐? 그러니까 국복회는 성형수술로 무 부장을 다른 사람으로 만든 다음에 그를 일본으로 빼돌리려고 했고 무 부장은 그게 싫어 달아난 거고. 그걸 국복회가 그 난리를 치고 다시 잡아 갔다. 햐……. 미치겠구만. 그런데 방송에서고 북한 짓이라고 저 난리니……. 그럼 이자는 뭐야?"

실장은 용의자 신원이 적혀 있는 서류를 들면서 말했다.

"그 자는 신분만 빌리는 대상이었죠. 확인해 보니 그자는 부모형제도 가까운 친척도 없었습니다. 거기다가 무 부장과 체격과 나이가 비슷하니 그를 이용한 거죠. 아마 그는 지금쯤 죽어 어디에 묻혀 있을 겁니다."

"알았다. 일단 원장님께 가서 보고하자. 미치겠네."

실장은 서류를 챙겨서 최 팀장과 함께 힘겨운 발걸음을 뗐다.

원장은 최 팀장의 보고를 듣고는 황당한 표정을 지었다.

"이봐. 이 실장. 지금 최 팀장이 하는 이야기가 맞는 거야?"

"애석하게도 맞습니다. 저도 이중삼중으로 확인했지만 최 팀장의 보고가 맞습니다."

이 실장은 관련 증빙서류를 원장에게 다시 한 번 더 확인시켜주었다. 원장은 서류를 꼼꼼히 보더니 머리를 쥐어짰다.

"어쩐지…… 대공 리스트에 그런 자가 전혀 나오지 않더니……. 안 그래도 1실장이 북한 애들 소행이 아닐 수도 있다는 보고를 받고 엄청 화를 냈는데…….야. 이 실장. 이 일을 어떡하나?"

"원장님. 제가 말씀 좀 드려도 될까요?"

대답을 못하고 있는 특별실장을 대신해 최 팀장이 말했다.

"그래. 말해봐."

"어차피 이렇게 된 거 공항 사건은 그대로 북한 애들이 한 걸로 하시는 게 어떻습니까? 어차피 사실대로 발표하려고 하면 무 부장의 일을 밝혀야 하는데, 그건 좀 그렇잖습니까?"

"그건 그렇습니다. 원장님. 제가 보기에도 이건 북한 애들 소행으로 하고 은밀히 움직여서 빨리 무 부장을 잡는 게 중요할 듯합니다."

특별실장도 최 팀장의 말에 동의하는 말을 해서 원장을 설득하려 했다.

"다 좋은데 공항 사건을 북한 애들이 한 걸로 만들려면 증거를 조작해야 하는데 어쩌지?"

"그래도 무 부장의 일이 세상에 알려지는 것 보다는 낫고 어차피 북한 애들이 일으킨 걸로 사람들이 다 아는데 굳이 다른 이야기를 알릴 필요도 없는 거죠."

"아이, 모르겠다. 대통령님께는 있는 대로 보고하고 하라는 대로 해야겠다. 근데 내가 생각해도 무 부장의 일을 밝히는 것보다는 북한 애들이 좀 억울해도 북한 애들 소행으로 모는 게 나을 것 같다. 뭐 증거야 만들면 되고 범인을 잡아야 한다면 엄한 사람 몇 놈 잡아서 걔들이 한 걸로 만들어야 지 뭐. 그건 그렇고 일이 더 커지기 전에 무 부장을 빨리 잡아. 알았어?"

"네, 알았습니다."

하라다는 카와노와 함께 인천공항 사건을 TV로 보고 있었다.

"아직 북조선 애들이 많이 설치는 것 같습니다."

"음 그렇군. 이번 일은 북조선 애들이 남한을 괜히 건드린 것 같군. 그래도 공항에서 저런 테러를 저지르다니."

"그러게 말입니다. 남한 국민들의 북조선에 대한 여론이 극도로 나빠질 것 같습니다."

"총리에게 우리 일본 내의 안보상황도 철저히 하라고 해. 저런 일이 일본에서 생기지 않도록."

"하이. 알겠습니다. 총리에게 그렇게 전하도록 하겠습니다."

화면을 무심히 보던 하라다는 갑자기 흰 눈썹이 꿈틀거렸다.

"아…… 아니……."

하라다는 무엇인가를 보고 엄청나게 놀라하는 것 같았다.

"하라다 님. 무슨 일 때문에 그러십니까?"

카와노는 깜짝 놀라며 하라다에게 말을 걸었다. 그러나 하라다는 한참을 그렇게 있다가 힘겹게 입을 열었다.

"저…… 저기에 아베가……."

"네? 아베라뇨?"

"저기 아베 신조가 있어. 저자가 저기 왜 있지?"

"아베 신조라면 국복회 핵심 멤버가 아닙니까? 최근에 일본 내에서 그를 목격한 적이 없었습니다만…… 아베가 왜 저기에?"

"음…… 역시 그랬군. 국복회 놈들 짓이었어."

"네? 인천공항 사건이 국복회가 저지른 일이라구요?"

"그래. 저기 도망치는 사내가 아마 그분인가 보군. 내가 그렇게 일본으로 오게만 하지 말라고 했는데……. 감히 나와의 약속을 깼단 말이지. 빨리 총리에게 전화를 넣어. 빨리."

"하이."

카와노는 즉시 휴대전화를 꺼내 미츄이 료(光井 良) 총리에게 전화를 걸었다. 전화가 연결되자 하라다에게 전화기를 넘겼다.

"총리. 나 하라다요. 일본 내 국복회 요원들에 대한 즉각적이고 대대적인 검거작전을 시작하시오."

"네? 그게 무슨 말씀이신지?"

"저들이 나와의 약속을 깨고 그자를 일본으로 데리고 오려고 했단 말이오. 더 이상 국복회의 활동을 놔두었다가는 우리가 위험해진단 말이오. 그러니 국복회를 이번 기회에 일망타진하란 말입니다. 알겠습니까?"

"하이. 알겠습니다. 하라다 님."

"저들의 명단은 모두 확보하고 있지요?"

"네. 그렇습니다. 주요 인물들은 추적 감시하고 있습니다."

"야마다는 지금 어디 있습니까?"

"제가 보고 받기로는 사이판에 있는 걸로 알고 있습니다."

"사이판? 그자가 거기에 왜?"

"저는 그것은 알지 못합니다. 다만 몇몇 국복회 고위급 인사들이 저번 주에 사이판으로 갔고 아직 거기에 있는 걸로 압니다."

"그래요? 잠시만."

하라다는 전화기를 내려놓더니 카와노를 불렀다.

"인천공항에서 도망치는 자의 행선지가 어디인지 아나?"

"사이판행 비행기 편을 끊었다고 들었습니다."

"일본행이 아니고?"

"네. 분명히 사이판 행이었습니다."

'역시 그랬군. 사이판을 들러 일본으로 올 예정이었어.'

생각을 정리한 하라다는 다시 전화기를 집어 들었다.

"총리. 아까 이야기한대로 모두 검거하세요. 그리고 사이판 내에 있는 우리 비밀경찰에게 연락해서 사이판에 있는 야마다와 그 일행도 모두 체포하라고 하세요. 그들을 체포하고 바로 일본으로 연행하라고 하세요."

"하지만 사이판은 미국령이라 우리 마음대로 하기가……."

"그건 제가 미국에 이야기할테니 총리께서는 그들을 잡는 것에만 신경 쓰세요."

"네. 알겠습니다."

전화를 끊은 하라다는 깊은 한숨을 내쉬었다.

"이봐. 카와노."

"하이. 하라다 님."

"한국 내 국복회 안가에 대해서 알아냈나?"

"네. 얼마 전에 알아냈습니다. 하지만 하라다님께서 알아만 놓고 다른 것은 하지 말라고 해서 일단 감시만 하고 있는 상태입니다."

"아직 그들이 그곳을 뜨진 않았고?"

"네. 저희 쪽 감시자가 저들이 이동하면 바로 연락하게 해 놓았습니다. 아직 그들은 거기 있습니다."

"좋아. 그럼 그곳을 한국 국정원에 알려줘."

"네? 그들의 소재를 국정원에 알려주라는 말씀이십니까?"

"그래. 저들은 나와의 약속을 어겼어. 그 죄에 대한 벌을 받아야지."

"네. 알겠습니다. 즉시 알리도록 하겠습니다."

몇 시간 후 한 야산 중턱에 수많은 사람들이 몰려들었다. 이제 막

날이 어두워지고 있었고 산이라 그런지 금방 밤이 올 것 같았다. 최 팀장은 긴장한 채로 대원들을 다시금 모이게 했다.

"이번이 마지막 기회일지 모른다. 저들은 아직 저곳에 있다는 첩보다. 우리의 목적은 단 하나. 이자를 잡는 것이다. 다시 한 번 보여줄 테니 다들 잘 기억하도록. 예전 얼굴도 보여주겠지만 최근 얼굴로 추정되는 사진도 보여주겠다."

최 팀장은 대원들에게 무 부장의 원래 얼굴과 공항에서 찍은 얼굴을 보여주었다.

"다른 사람은 신경 쓰지 말고 이자만 잡으면 된다."

"팀장님. 저항하거나 생포하기 어려운 상황이 되면 어떡합니까?"

한 대원이 최 팀장에게 물었다. 최 팀장은 깊은 한숨을 내쉬더니 단호하게 말했다.

"그럼 사살해도 좋다. 살아서든 죽어서든 이자의 신원만 확보하면 된다. 저들의 저항이 극심할 테니 단단히 준비하도록. 그리고 저번 안가의 경우를 봐도 부비트랩과 지뢰가 많이 설치되어 있을 테니 각별히 조심하고."

최 팀장의 지시가 있자 모든 대원들은 정해진 대로 그들의 목적지인 산장으로 향했다. 저번과 마찬가지로 그 산장도 밖으로 나와 있는 것보다 지하를 파서 넓은 주거공간을 만들었기에 진입하여 무 부장을 잡기는 어려워 보였다.

"1조, 2조 준비하고 3조, 4조 백업하라."

최 팀장은 조금 높은 곳에서 작전을 지시하였다. 산장에는 중화기로 무장한 적들이 밖에서 경비를 서고 있었다. 1조 대원들은 은밀히 움직여서 적들이 설치해 놓은 부비트랩을 하나씩 제거하여 대원들이 침투하기 용이하게 만들었다. 이제 해가 다지고 어두워지자 작전은 시작되었다. 1조, 2조는 정면으로 3조, 4조는 뒷면에서 한꺼번에 산장을 덮쳤다. 경비들은 총을 쏘면 응사했지만 이미 대기하고 있던 저격수에 의해 하나씩 제거되었다.

산장 안은 갑작스럽게 울린 비상벨로 혼돈 그 자체였다. 나카야마와 아베는 놀라서 무 부장의 방으로 튀어왔다. 거기에는 이 대리가 있었고 무 부장은 와들와들 떨고 있었다.

"이봐 타카하시. 빨리 폐하를 모셔. 빨리."

"나카야마 님. 뭡니까?"

"적들의 공격이야?"

"적이라뇨? 적이라면 누구입니까?"

"몰라. 하지만 국정원 아니면 CIA일 거야. 그들의 목적은 단 하나야. 그러니 빨리 폐하를 모시고 비상 터널로 여기를 탈출해. 일단 탈출해서 다음 장소에 집결한다. 지금 즉시 움직여. 빨리."

그들이 이야기하는 동안 총소리가 점점 가까이 들렸다.

"폐하. 아니. 부장님. 빨리 여기를 빠져나가야겠습니다."

"왜? 무슨 일인데?"

"저도 자세히는 모르겠지만 침입자가 여기를 공격하는 것 같습니다."

"뭐? 침입자? 그렇다면 국정원이 여기에 왔다는 거야?"

"그런 거 같습니다."

"그럼 난 여기서 움직이지 않겠다."

"네? 그게 무슨 말입니까?"

"어차피 난 저들에게 자수하려고 했던 사람이야. 국정원 사람들이 오는데 내가 피할 이유가 없지. 그러니 나를 내버려둬."

"정말 왜이러십니까? 저 죽는 거 보고 싶어서 그러세요? 저들은 부장님을 보면 바로 죽일 거라구요. 아세요?"

"내가 자수하겠다고 하면 바로 죽이진 않을 거야. 너희들이 저렇게 저항하니까. 저들도 저렇게 총을 쏘아대는 거 아냐."

"하지만 저들은 부장님이 죽어서 이 세상에서 사라지는 것을 원합니다."

"죽는 것만 사라지는 게 아냐. 저들이 죽은 듯이 숨어 살라고 하면 그렇게 해도 돼."

둘이 실랑이를 하고 있을 때 옆에서 잠자코 있던 아베가 갑자기 총으로 무 부장의 뒤통수를 쳤다. 무 부장은 그 충격에 앞으로 쓰러졌다.

"아베 님. 무슨 일이십니까? 폐하께 이 무슨……."

이 대리는 놀라서 무 부장에게 달려갔다.

"지금 이 따위 말싸움 할 시간이 없어. 당장 폐하를 데리고 여기를 떠나. 저자는 걸어서 나갈 생각이 없으니 이렇게라도 하는 거야. 당장 끌고 가."

옆에서 둘이 하는 대화를 듣던 아베가 도저히 참지 못하고 무 부장에게 가격을 한 것이었다. 한국말을 몰라 가만히 지켜만 보던 나카야마도 이해가 된다는 듯 고개를 끄덕였다.

"타카하시. 시간이 없다. 빨리 폐하를 모시고 나가. 당장."

나카야마의 지시가 있자 이 대리도 어쩔 수 없다는 듯 무 부장을 부축해서 일으켜 세웠다. 무 부장은 뒤통수를 맞은 충격에서 벗어나지 못했지만 의식이 돌아오는 것을 느꼈다. 그의 의지와는 상관없이 그는 산장의 비밀통로로 구겨 넣어지고 있었다. 그를 통로에 넣고 이 대리가 몸을 넣는 순간 뒤에서 큰 폭발음이 들렸다. 그러자 벽이 허물어지면서 국정원 대원들이 들어오는 것이 보였다. 그러자 이 대리와 아베는 총을 꺼내 국정원 대원들에게 난사했다. 앞에 오던 대원들은 총격에 쓰러졌다. 이 대리는 다시 무 부장을 통로에 넣고 그를 끌고 가기 위해 최선을 다했다. 아베도 따라 들어와 무 부장을 밀었다. 그러자 잠시 후 무 부장을 수술했던 카와시마도 합세해서 무 부장을 데리고 가려 했다. 그때 국정원 대원들이 다시 몰려 왔고 무 부장 일행에게 총알이 쏟아졌다. 제일 바깥쪽에 있던 카와시마가 등에 총을 맞고 쓰러졌다. 총을 맞고 쓰러지는 그를 아베가 보고 소리를 쳤다.

"카와시마 상."

"으…… 먼저 가세요. 폐하를…… 폐하를…… 모시고 가세요. 여기는 내가 지킬 테니…….."

카와시마는 피를 흘리면서 아베에게 말했다. 그러고는 수류탄을 꺼내 들고 힘겹게 일어나 국정원 대원들에게 달려가면서 외쳤다.

"덴노 헤이카 반자이."

큰 폭발이 있은 후 잠시 조용해졌다. 무 부장은 그런 모습을 보고 아연실색했다. 자기가 뭐라고 왜 이렇게들 난리인 건지. 왜 자기 때문에 저자가 여기서 저렇게 죽어야 하는 건지 의아했다. 무 부장이 정신을 차리기도 전에 이 대리와 아베는 그를 데리고 통로를 지나 밖으로 나왔다. 그들이 밖으로 나와 보니 한대의 차가 있었고 거기에 나카야마가 운전석에 있었다. 나카야마는 이 대리 일행에게 외쳤다.

"빨리 폐하를 모셔. 빨리."

그들이 타자 차는 출발했다. 차가 출발하자마자 아베는 주사기를 꺼내 무 부장에 주사를 놓았다.

"이건 또 뭡니까?"

"모르핀이야. 고통도 없고 정신도 없을 거야."

"하지만 왜?"

"아직 국정원의 추격이 있는데 깨어나서 딴짓을 하면 어떡해. 이렇게라도 해야지."

주사를 맞은 무 부장은 의식을 잃고 이 대리에게로 쓰러졌다.

"폐하……."

이 대리는 안타까운 마음에 무 부장을 두 팔로 안았다.

네 사람이 또 다른 아지트에 도착했을 때는 새벽 2시가 넘었을 때였다. 일단 그들은 무 부장을 재우고 상황을 파악해 보려고 했다. 아침이 될 때까지 새로운 아지트로 집결한 국복회 동지들은 채 5명도 되지 않았다. 나머지는 모두 전 안가에서 국정원 대원들에게 체포되거나 목숨을 잃었던 것이었다. 그것보다 더 놀라운 것은 일본 내 국복회 조직에 연락을 취해 보려고 하니 어느 누구에게도 연락이 되지 않은 것이었다. 아베가 미친 듯이 일본 전국에 있는 국복회 동지들에게 연락해보았지만 아무도 그의 연락에 응답을 해주지 않았다.

"나카야마 님. 이거 뭔가 이상합니다. 이렇게 동지들한테 연락하는 게 안 될 리가 없는데 아무도 연락이 안 됩니다."

"그래? 진짜 이상하군. 잘 숨어 있던 우리의 아지트가 공격당한 것도 그렇고 갑자기 모든 일본 내 국복회 동지들이 연락이 안 되는 것도 그렇고……."

나카야마는 잠시 생각을 하더니 누군가에게 전화를 걸었다.

"아. 나 나카야마요. 야수하라 총경 좀 부탁드립니다."

잠시 기다리자 상대방이 전화를 받았다.

"야수하라 타카히코(安原 貴彦)입니다. 누구시죠?"

"네. 나카야마입니다. 기억하시죠?"

"아니. 지금 어디 계십니까?"

"여기가 어디인지는 말씀드리기 그렇고……. 도대체 무슨 일이 있은 겁니까?"

"잠깐만…… 여기서는 말씀드리기가……. 10분 후 그때 그 번호로 제가 전화 드리겠습니다."

정확히 10분 후 그는 나카야마에게 전화를 걸었다.

"길게 말씀드릴 시간이 없습니다. 다만 어제 일본 내 전 경시청에 모든 국복회 사람들에게 대한 일제 검거령이 떨어졌습니다."

"일제 검거령? 누가 그런 지시를 내린 겁니까?"

"당연히 총리가 내린 거지요."

"총리가? 그럼 오늘 국복회 동지들이 모두 잡힌 겁니까?"

"네. 그렇습니다. 위에서 국복회 사람들의 명단까지 내려와서 싸그리 체포하게 되었습니다."

"이런…… 전국적으로 모두 잡혀 갔다는 겁니까?"

"그뿐만 아닙니다. 제가 듣기로는 사이판에 있는 야마다 상까지 체포된 것으로 압니다."

"네? 야마다 님까지 체포되었다는 겁니까? 그분은 사이판에 있었는데 어떻게 일본 경찰이 그분을 체포할 수 있단 말입니까?"

"미국이 도와준 걸로 압니다. 사이판 현지에 있던 일본 비밀경찰이 야마다 상과 같이 있던 국복회 동지들을 모두 검거했고 미국경찰의 에스코트를 받아 특별기로 오늘 일본으로 압송된 걸로 압니다. 위의 지시가 워낙 강경하고 즉각적이어서 저도 어떻게 할 도리가 없었습니다."

"그런 체포되지 않은 동지가 얼마나 있는지 확인할 수 있습니까?"

"그것도 도쿄에 있는 총리산하 내각 정보조사실에서 일괄 집계하고 있어서 말단 경시청에서는 확인이 불가능합니다. 저도 제 관할에 있는 명단에 대해서만 체포 상황을 알 수 있습니다. 제 관할에서는 12명 있었는데 모두 체포되었습니다. 나카야마 상. 어디 계신지 모르겠지만 상황이 나아질 때까지 숨어 지내십시오. 지금 일본으로 들어오거나 밖에 돌아다니는 것은 굉장히 위험합니다."

"젠장······. 일단 알겠습니다. 야수하라님께서도 조심하시기 바랍니다."

"저야 경찰이니 괜찮습니다. 그런데 도대체 총리실에서 왜 이렇게 심하게 구는지 도저히 모르겠습니다. 뭐 알고 계신 게 있나요?"

"저도 전혀 모릅니다. 일단 알겠으니 나중에 다시 연락드리겠습니다."

전화를 끊은 나카야마는 실망한 표정을 지었다. 그런 그를 보고 다른 사람들은 대강 흘러가는 이야기를 유추할 수 있었다.

"나카야마 님. 일본 내 국복회 동지들이 모두 체포된 겁니까?"

아베가 조심스럽게 나카야마에게 물었다.

"그렇다는 군. 어제 갑자기 총리실에서 국복회 동지들에 대한 대대적인 검거 지시가 있었고 대부분 체포되었다는 거야. 심지어 사이판에 있는 야마다 님도 체포되었다는 거야."

"아니. 야마다 님은 사이판에 있었는데 어찌 일본 경찰이 그분을 체포할 수 있습니까?"

"미국 애들이 도와주었다는 군. 분명 우리를 팔아넘긴 거야. 이 하라다 놈이."

"그렇겠군요. 혹시 하라다 쪽에서 인천공항 사건이 우리가 폐하를 일본으로 빼돌리려 일으킨 것을 알아낸 게 아닐까요?"

"그럴 가능성이 커 보여. 야마다 님이 말씀하시길 하라다와의 협상 때 폐하를 일본으로 데리고 오지만 않으면 더 이상 건드리지 않겠다고 하라다가 약속했다는군. 하라다 입장에서는 우리가 그와의 약속을 깼다고 여긴 것 같아. 그래서 일본 내 국복회 동지들을 모두 잡아넣고 우리 안가의 위치를 적들에게 알린 게지."

"이런 쳐 죽일 놈. 제가 당장 가서 하라다 그 매국노 놈의 목을 따겠습니다."

아베가 흥분해서 벌떡 일어나서 외쳤다.

"조용히 해. 지금 우리의 목적은 단순히 하라다의 목숨이 아니다."

"하지만 그자 때문에 우리가 하는 모든 일이 방해받고 있지 않습니까?"

"우리 일을 진짜로 방해하는 자는 하라다가 아냐."

"네? 그게 무슨……."

"우리 일을 방해하는 자는 저 방에서 자고 있는 자야."

"아……."

"생각해봐. 인천공항 사건도 그자가 순순히 우리 말을 따랐다면 그렇게 커질 일이 아니었어. 그냥 조용히 사이판 행 비행기를 탔다면 지금쯤 우리 모두 일본에 있었을 거라구."

"그건 그렇군요. 그나저나 어쩌죠? 일본 내 조직도 거의 와해수준인데 한국 내 동지들도 우리가 다니. 이젠 폐하를 일본으로 모셔도 큰일입니다. 국체를 회복할 조직과 자금이 없습니다."

"그러게…… 어쩌면 좋을까?"

다들 어찌할 바를 몰라 하고 있을 때 최면치료사 사토가 입을 열었다.

"제가 한 말씀 드려도 될까요?"

"네. 무슨 말씀이어도 좋으니 하십시오."

"일단 제 생각에 폐하를 온전히 일본으로 모시고 천황제를 복원시키는 것은 현재로서는 어려워 보입니다. 그렇다고 지금 모든 것을 포기할 수도 없습니다. 일본 내 조직이야 시간만 지나면 다시 재건할 수 있을 겁니다. 국체의 회복을 바라는 사람들이 아직 많으니까요. 하지만 당장 폐하를 한국 내에서도 안전하게 모시는 것도 쉽지 않은 상태에서 일본으로 모시는 것은 거의 불가능합니다. 그래서 제 생각에는 그냥 지금 일본제국과 천황의 부활을 공개적으로 선포하는 겁니다."

사토의 말에 다들 무슨 말인가 하는 표정을 지었다.

"지금 미국이나 한국정부는 자기들이 저지른 일이 들통 날 것을 걱정해서 저렇게 지독하게 폐하를 죽이려고 난리입니다. 하지만 폐하의 존재와 저간의 사정이 공개된다면 저들도 어쩌지 못할 겁니다. 그래서 여기서라도 폐하의 존재를 일본국민 모두에게 알리고 국민들에게 공개적으로 도움을 호소하는 겁니다. 저들의 만행을 만천하에 알린다면 우리의 뜻을 따르는 일본 국민들도 엄청날 겁니다."

"그것도 괜찮은 생각 같습니다. 우리는 지금까지 어찌 되었던 폐하를 일본으로 안전하게 모시고 국체를 회복하려고 했는데 이렇게 된 이상 여기서라도 공개적으로 폐하를 알린다면 일본 내에서 국체 회복에 대한 여론이 들불처럼 일어날 겁니다."

아베가 사토의 생각에 동의하며 흥분해서 말했다.

"하지만 사토 상. 우리가 여기서 어떻게 폐하의 존재를 공개한단 말입니까? 우리에게는 이제 아무 조직도 힘도 없습니다."

나카야마가 힘없이 기어들어가는 목소리로 사토에게 물었다.

"그건 걱정하지 마십시오. 제가 아는 지인 중에 해적 인터넷방송을 하는 자가 있습니다."

"네? 해적 인터넷방송? 그게 뭐죠?"

"해적 인터넷방송은 전혀 승인을 받지 않은 자들이 해적처럼 인터넷에 자기들이 만든 사설 방송물을 트는 것을 말합니다."

"아……. 그 해적 인터넷방송이라면 작년에 일본을 떠들썩하게 했던 그 방송 말이군요."

"네. 오키나와에 있는 미군이 오염물질을 불법으로 폐기했는데 이를 미국과 이를 일본정부가 짜고 숨기려고 했던 것을 인터넷에서 방송해서 난리가 났었죠. 사실 일본정부가 관련자를 입막음해서 일반 언론에는 단 한 줄도 나가지 않았던 상황이었죠."

"그럼. 사토 상 말은 그 해적 인터넷방송을 이용해서 폐하의 존재를 전 일본에 알리자?"

"네. 맞습니다. 제가 연락을 취한다면 가능할 겁니다. 어떻습니까? 그렇게라도 해 보시겠습니까?"

사토의 질문에 나카야마와 아베는 서로 쳐다만 보았다.

"그런데 사토 상. 해적 인터넷방송을 하려면 폐하가 앞에 나서 주어야 하는데. 현재의 폐하의 정신상태로는 불가능해 보입니다. 사토상도 알다시피 폐하는 전혀 천황이 되고 싶어 하시지 않습니다."

아베는 난감한 표정을 지으며 말했다.

"뭐. 저도 그것은 압니다. 하지만 제가 지금부터라도 폐하를 다시 치료해보겠습니다. 안 된다면 최소한 방송만 가능할 수준으로 만들겠습니다."

"좋아. 이도저도 안 된다면 이렇게라도 해봐야지. 나에게도 좋은 생각이 있으니 사토 상은 최대한 빨리 방송이 가능하도록 지인에게 연락해보세요."

"네. 알겠습니다."

무 부장을 놓친 국정원의 TFT요원들은 원장에게 잡아먹힐 듯 야단을 맞고 있었다.

"이봐. 최 팀장. 당신 뭐야? 뭐하는데 무 부장을 놓쳐. 지금 인천공항 사건 때문에 대통령님께서 심기가 얼마나 불편한 줄 알아? 이거라도 제대로 해결해서 대통령님의 근심을 덜어줘야 하잖아. 근데 이게 뭐야? 도대체 그렇게 많은 대원들을 동원하고도 무 부장을 잡지 못했냔 말야? 이 실장. 당신도 마찬가지야. 왜 현장 이 실장이 현장지휘하지 않고 최 팀장을 시킨 거야? 당신 현장지휘한 지 얼마나 오래됐어?"

"그…… 그게 현장팀은 계속 최 팀장이 지휘를 해서……."

"그걸 말이라고 해? 그래서 결과가 이거야? 겨우 국복회 요원들 10여 명 잡거나 사살한 게 다냐고? 국복회 애들 다 죽여도 무 부장을 못 잡으면 꽝이라고. 그리고 최 팀장 자네는 저번에 말하길 무 부장이 거기서 탈출하기를 원한다고 했잖아. 그럼 우리가 들어가면 무 부장은 우리에게로 와야 하는 거 아냐?"

"그…… 그게 설사 무 부장이 그곳에서 나오고 싶은 생각이 있다 하더라도 국복회 사람들이 순순히 그가 도망가게 하지 않았을 겁니다. 무 부장의 의사와 상관없이 끌려갔을 겁니다."

"젠장. 그래서 무 부장이 거기에 있었던 것은 확실해?"

"네. 지문과 DNA 검사결과 분명히 무 부장이 그곳에 있었습니다."

최 팀장이 현장 조사 서류를 원장에게 내밀면서 자신있게 말했다.

"젠장. 그럼 제보가 정확했다는 건데. 이번에도 일본 내 공화파가 제보한 건가?"

"그렇다고 봐야 합니다. 미국 쪽에서 안 거라면 우리와 무관하게 CIA가 작전을 펼쳤을 겁니다."

"그나저나 CIA에게는 뭐라고 하지? 이 사실을 알려야 하나?"

"알릴 필요가 있을까요? 무 부장을 잡은 것도 아니고 놓쳤는데. 괜히 자기들과 합동작전 안했다는 꼬투리만 잡을 겁니다. 혹시라도 나중에 알고 물어보면 워낙 다급해서 우리가 먼저 작전을 시행했다고 하면 될 겁니다."

"그래? 공화파가 이렇게까지 나오는 거 보니 인천공항 사건은 국복회 짓이 맞는 거 같구만. 대통령님께서도 일단은 북한 애들 짓으로 만들라고 하시네. 그게 편하다고. 괜히 일본 극우파네, 국복회네, 하면 국민들만 혼란스럽고 불안해한다고. 늘 때리던 북한으로 하자시는군. 그나저나 이제 무 부장을 어디서 잡나? 또 제보가 있기만 하염없이 기다려야 하나……."

원장의 탄식에 이 실장과 최 팀장은 고개를 더욱더 숙였다.

늦은 밤 두 명의 사내가 멀리 떨어진 집을 관찰하고 있었다. 그때 늙은 할머니 한 명이 옆구리에 소쿠리를 끼고 집으로 들어갔다. 잠시 후 그 할머니는 다른 소쿠리를 들고 집을 나섰다. 사내 둘은 차에 탄 채 그 할머니를 따랐다. 할머니가 한적한 골목길에 들어서는 순간 사내들은 차에서 내려 그녀에게로 다가갔다. 그러고는 순식간에 그녀를 덮치고 입에 마취제가 적신 손수건을 대었다. 그녀는 별다른 저항도 못하고 축 늘어졌고 주위를 살핀 사내들은 그녀를 차에 태우고는 재빨리 자리를 떴다. 그리고 운전하지 않는 한 사내는 전화기를 꺼내 어디론가 전화를 걸고는 일본말로 말했다.

"나카야마 님. 지시하신 대로 잡았습니다."

"주위에 잠복하거나 감시하는 자들은 없었나?"

"없었습니다. 저희가 철저히 조사했는데 그녀의 주변에는 아무도 없었습니다."

"좋아. 먼저 준비된 장소에 그녀를 가두고 사진을 찍어 나에게 보내라."

"하이."

다음 날 아침. 무 부장이 일어나자 나카야마가 아베와 함께 불쑥 그
의 방으로 들어왔다. 언제나 그렇듯이 무 부장의 곁에는 이 대리가 있
었다.

"무슨 일인가?"

이제 제법 일본어에 익숙해진 무 부장이 나카야마에게 먼저 물었다.

"폐하. 저희가 마지막 작전을 실행하려고 합니다."

"응? 마지막 작전? 그게 무슨 말이오? 내가 듣기로 한국 내 국복회
사람들도 이제 몇 명 되지도 않고 일본 내 사람들도 다 잡혔다던데?
그리고 나를 더 이상 폐하로 부르지 말게. 듣기 거북하니."

나카야마는 흠칫 놀라며 이 대리를 째려보았다.

"하…… 하지만 폐하. 폐하를 뭐라 부를지…… 아…… 알겠습니다.
그럼 무 부장님이라고 부르죠. 무 부장님. 아직 저희에게는 남은 패가
있습니다."

"남은 패? 그런 게 있나? 차라리 모든 걸 포기하는 게 나을 텐데. 이
제 남은 조직과 자금으로는 할 수 있는 게 없을 텐데."

"아닙니다. 저희에게는 아직 폐하, 아니 부장님이 있으니까요."

"그게 무슨……."

"저희는 아직 국체의 회복과 천황의 복권에 대해서 포기하지 않았
고 그것을 실현시켜줄 부장님을 모시고 있다는 겁니다."

"하지만 이미 내가 말했듯이 나는 더 이상 당신들의 뜻을 따라 줄
생각이 없어. 그러니 쓸데없는 생각하지 말고 모두 자수 하시오. 그래
야 모두 살 수 있어."

"무 부장님은 저희의 뜻을 참 안 따라주시는 군요. 좋습니다. 이번 한 번만 저희의 뜻을 따라주십시오. 이번 작전은 한국 내에서 대일본 제국과 천황의 부활을 공개적으로 밝히는 겁니다."

"그게 무슨……."

"저희는 이번에 해적 인터넷방송을 이용해서 전 일본에 쇼와 천황의 후손이 살아있고 그분으로 천황이 부활했다는 메시지를 보낼 겁니다. 그렇게 되면 일본 내에서 천황의 부활을 바라는 여론이 들끓을 것이고 이를 일본정부도 미국도 한국도 막을 수 없게 될 겁니다. 그렇게 되면 한국도 무 부장님을 죽이기 위해 난리치지도 못할 겁니다. 그러니 이번만, 이번 한 번만 저희의 뜻을 따라 주십시오."

"무슨 그런……. 말도 안 되는 소리를. 나는 다시 한 번 말하지만 여기서든 일본에서든 천황이 될 생각이 없소. 그러니 나에게 그런 말도 안 되는 짓을 시킬 생각은 마시오."

무 부장이 단호하게 그들의 뜻을 거부하자 나카야마는 겸손했던 자세를 바꾸고 일어나 무 부장을 위협하는 자세를 취했다.

"그럼. 어쩔 수 없구만. 내가 저번에 분명히 말했지. 네가 우리의 말을 따르지 않으면 너의 다른 가족도 죽여버리겠다고."

"협박은 나에게 통하지 않아. 국정원은 우리 가족을 지켜줄 거니까. 나를 잡을 생각으로도 우리 가족을 감시하고 있을 테니."

"아니. 국정원은 너의 가족을 이미 버렸다."

나카야마는 자기의 휴대전화를 꺼내 한 장의 사진을 무 부장에게 보여주었다. 무 부장은 사진을 보고 깜짝 놀랐다. 거기에는 그의 어머니가 어딘가에 붙잡혀 있었다.

"자, 보았나. 우리는 이미 너의 어머니를 붙잡고 있어. 너의 누나 가족은 붙잡을 필요도 없지. 내가 지시만 하면 누나 집에 설치된 폭탄이 터져서 누나 가족은 몰살을 당할 거야. 그리고 네가 끝까지 말을 듣지 않으면 너의 어머니도 죽여주마. 어차피 적국의 스파이로 쇼와 천황의 감시자로 들어온 자이니 그런 대접은 당연한 거야. 너의 어머니는 그냥 죽이지 않고 그러한 죄를 모두 받게 아주 고통스럽게 죽여주마. 제발 살려달라고 빌 정도로 처절하게 죽여주마. 눈알을 빼고 손톱과 발톱을 빼고, 손가락과 발가락을 하나씩 부려뜨려가면서…… 천천히 죽여주마. 어떠냐? 이래도 우리 말을 따르지 않을 거냐? 국정원도 너의 가족을 버렸어. 너의 가족을 살릴 길은 네가 우리 말을 따르는 것뿐이다. 어떡할 거냐? 응?"

나카야마의 말에 무 부장은 몸을 부들부들 떨었다. 확실히 그의 어머니는 저들의 손에 잡힌 것 같았다. 거기서 그가 저항했다가는 그의 어머니는 나카야마의 말대로 처참히 죽을 것이 분명했다. 이미 그는 자신의 목숨을 포기했지만 그의 어머니와 가족까지 피해를 줄 수는 없었다.

"그…… 그래. 알았다. 너희들의 뜻에 따르겠다. 다만 이번뿐이다. 이번 방송만 하고 더 이상 너희들에게 휘둘리지는 않겠다."

"후후. 좋아. 그래야지. 당연히 그래야지. 준비할 테니 너는 우리가 읽으라는 대로 읽으면 된다."

나카야마는 만면의 미소를 지으며 일어나 아베와 이 대리와 함께 방을 나섰다.

"나카야마 님. 정말 폐하를 이번 방송만 하게 할 겁니까?"

"미쳤어? 어떻게 잡은 기회인데……. 이 패를 끝까지 이용해야지. 폐하의 확실한 약점을 잡았으니 끝까지 물고 늘어져서 우리 뜻대로 움직이게 해야지. 하하하."

나카야마는 오래간만에 호쾌하게 웃었다. 그런 모습을 보는 이 대리의 표정은 일그러졌다.

　일주일 후 사토의 지인은 해적 인터넷방송단을 이끌고 안가로 찾아왔다. 방송단이라고 해봐야 세 명으로만 구성되어 있었다.

　"안녕하십니까? 저는 이시카와 수수무(石川 進)라고 합니다. 저희 해적 인터넷방송단의 PD를 맡고 있습니다. 이 친구는 카메라 감독을 맡고 있는 세토가와 켄지(瀨戸川 賢二) 상이고, 이쪽은 기술을 맡고 있는 미츄타니 케이이치로(水谷 桂一郎) 상입니다."

　"안녕하십니까? 저는 저번에 통화했던 나카야마입니다. 이쪽은 아베 신조, 그리고 이쪽은 타카하시 카쥬야(이 대리)입니다."

　나카야마는 일본에서 온 해적 인터넷방송단을 극진히 맞이했다.

　"반갑습니다. 사토 상에게서 이야기를 들었을 때 저는 무조건 해야 한다고 생각했습니다."

　"아. 그렇습니까?"

　"안 그렇겠습니까? 이런 일만큼 일본에게 도움이 되는 일이 또 있겠습니까? 전 해적방송을 하고 있지만 나름 언론인이라고 생각합니다. 우리 일본이 이렇게 썩고 힘든 것은 다 천황이 없기 때문이라고 생각합니다. 그래서 반드시 천황제가 부활했으면 좋겠습니다."

　"암. 그렇구말구요. 이런 애국자를 만나게 되니 천군만마를 얻은 기분입니다. 그럼 언제쯤 방송이 가능할까요?"

　"에. 일단 여기에 장비를 설치하고 시험을 해야 하니 이번 주말에는 가능할 듯합니다. 방송은 언제쯤 하는 것으로 생각하고 계십니까?"

　"언제가 좋습니까? 준비가 되면 언제든지 가능한가요?"

　"에……. 준비만 끝나면 나카야마 상이 원하는 언제든지 가능합니다. 다만 제 생각에는 최대한 일본인이 많이 볼 수 있게 이번 주 토요일 오후에 방송하는 것은 어떻습니까?"

"그거 좋군요. 아무래도 주말에는 다들 집에 있으니. 해적 인터넷방송은 어떻게 하는 겁니까?"

"저희 방송은 일단 방송 전에 인터넷상에 공고를 내 보냅니다. 어떤 시간에 어떤 주제를 가지고 방송을 올린다고. 그리고 저의 SNS 계정을 통해서도 널리 알리는 거죠. 그러면 저의 많은 팔로우들이 그 시간에 웹에 접속해서 방송을 보고 이를 퍼 나르는 겁니다. 그렇게 되면 순식간에 전 일본에 퍼지게 됩니다. 물론 방송 후 유투브 같은 곳에도 올리는 거죠. 그 이후로는 막는 게 거의 불가능합니다. 하지만 만일을 대비해서는 저희는 서버를 일본정부의 간섭을 받지 않는 외국에 설치합니다. 지금까지는 캐나다에 주로 서버를 두어서 일본정부나 경찰이 저희를 어찌지 못하는 거죠. 기술적으로는 동영상 다운보다는 일반 지상파 방송과 동일한 형식으로 보이는 스트리밍 방식으로 합니다. 동영상 다운은 너무 큰 트래픽을 가져와서 동시 다발적으로 방송이 불가능합니다. 다만 방송이 다 되고 나면 다시 보기 기능이 있기에 여러 번 보는 것은 가능합니다."

"알겠습니다. 그럼 그렇게 준비하시죠. 그런데 방송 전에 최대한 홍보를 해야 할 텐데요. 지상파 방송도 아니어서 누가 그 홈페이지에 들어와서 봐야 하는 거잖습니까?"

나카야마가 의문이 드는 점을 질문했다.

"맞습니다. 그래서 아까 말씀드린 대로 사전에 홈페이지에 공고도 하고 SNS에 알려야 하는데 이번 건은 특성상 미리 주제를 밝힐 수 없는 것이기에 한계가 있을 겁니다."

"그럼 제가 일본 내 다른 조직들에게 연락을 취해 보도록 하겠습니다. 일본 내 국복회는 와해되었지만 저희와 뜻을 같이하는 외곽조직은 아직 많습니다. 그들을 동원해서 최대한 홍보를 많이 해야죠. 그럼 낫지 않겠습니까?"

"그렇게만 되면 확실하죠. 인터넷 방송은 초반 흥행이 매우 중요합니다. 처음에 여러 명이 보고 이것이 화제가 되면 1분 안에도 방문객이 수만 명, 수십만 명으로 불어나는 게 인터넷 방송의 특성입니다. 그러니 나카야마 님께서는 최대한 일본 내 다른 조직을 활용해 홍보해 주시기 바랍니다. 아. 그런데 방송은 생방으로 하실 생각입니까? 녹화로 하실 생각입니까?"

"생방송도 가능합니까?"

"당연히 가능합니다. 어차피 녹화된 테이프를 트는 거나 생방송하는 장면을 트는 거나 기술적으로는 같으니까요."

"에……. 그냥 녹화로 하시죠. 녹화가 여러모로 안전할 것 같습니다."

"알겠습니다. 그러면 이번 주 토요일 오전에 녹화 뜨고 오후 5시경에 방송하는 것으로 준비하겠습니다."

방송단 사람들은 자기들의 장비를 안가에 설치하기 시작했다. 먼저 안가의 가장 큰 방을 스튜디오로 하고 거기에 카메라와 조명장치와 송출장치를 설치했다. 그리고 2층에 모니터를 설치하고 모든 방송을 관할한 기술실을 만들었다.

이 대리는 조용히 무 부장의 방을 열었다.

"무 부장님. 저를 부르셨습니까?"

"어. 그래. 그냥 이야기나 좀 하려고. 아직 서툰 일본말로 대화하려니 힘들어서 마음을 터놓고 한국말로 이야기할 상대가 필요해서."

"아. 네. 그러시군요. 저는 부장님을 위해서라면 어떤 일도 할 수 있으니 언제든지 불러주십시오."

"그래. 그래도 이 대리 자네가 있어서 다행이야. 아직 내가 회사에 있다는 느낌이 조금은 드니까."

둘은 이런저런 잡담을 하였다. 그러다 무 부장은 말을 하면서 탁자 위의 조그만 종이에 낙서 같은 것을 하였다. 그것을 본 이 대리는 눈이 커졌다.

'자넨 내편이지?'

'네. 언제나 부장님 편입니다.'

이 대리는 낙서 아래에 재빨리 답을 적었다.

"에구. 마누라가 없으니 좋은 것 같으면서도 허전해. 이 대리 자네도 빨리 결혼해야 할 텐데. 이 일이 끝나서 일본으로 가야 애인을 만들던가 할 테지?"

"네……. 하하하. 그렇죠. 그런데 지금 생각은 한국 여자도 괜찮은 거 같아요……."

"근데 그래도 일본여자가 사근사근하고 낫지 않나? 내가 보니 일본이 이렇게 생겼으면 오사카 쪽 여자들이 괜찮다고 들었는데."

"네. 그렇긴 한데, 한국여자 중에 저는 서울 여자가 좋은 거 같아요. 한국지도가 이렇게 생겼으면 북쪽 여자들이 미인이 많은 거 같아요."

둘은 아무런 의미 없는 잡담을 하는 듯하면서 그들을 감시하는 CCTV를 피해 무언의 필담을 나누었다. 필담을 나눈 메모장은 바로바로 찢어서 버렸다. 감시자들이 보기에는 그냥 의미 없는 낙서나 하는 것처럼 행동했다.

"하여간 답답해 죽겠다. 빨리 여기를 나가야 할 텐데."

"네. 빨리 나가셔야죠. 그럼 전 일이 있어서 나가보겠습니다."

"그래. 수고해."

이 대리는 대화가 끝나고 나서 무 부장의 방을 나섰다. 이 대리가 나오자 아베는 조용히 그에게 접근하여 물었다.

"폐하와 무슨 이야기를 그렇게 길게 한 거야?"

"뭐. 그냥 이런저런 이야기를 했습니다. 워낙 답답해 하셔서요. 저라도 말동무가 되어야 답답함이 좀 풀리지 않겠습니까?"

"그래? 뭐 다른 이야기는 안 해?"

"다른 이야기라면? 무엇을 말씀하시는 건지?"

"아니 왜? 천황이 된다는 거나, 우리 국복회의 뜻을 따르겠다는 거나. 아니면 자기 어머니를 우리가 잡고 있으니 우리를 원망하고 있는 게 아닌지."

"뭐 그냥 일반적인 잡담이었습니다. 그런 이야기는 전혀 하지 않았습니다."

"그래? 하여간 자네가 폐하를 잘 감시해. 저번 공항에서처럼 돌발 행동을 할 수도 있으니 자네가 폐하를 잘 감시하다가 그런 징후가 보이면 즉각 나에게 보고하란 말야."

"네. 알겠습니다."

아베는 몹시 못미더운 표정을 보이더니 다른 쪽으로 걸어갔다.

일은 진행이 잘 되어갔다. 금요일에는 모든 장비 설치가 끝나서 리허설까지 할 수 있었다. 나카야마는 자기들이 만든 대본을 무 부장에게 건넸다.

"부장님은 이것대로 읽으시면 됩니다."

"그런데 내가 아직 일본어로 말하고 듣는 거는 되는데 읽은 것은 안 되어서 이것을 읽지 못하겠는데. 이봐, 이 대리. 이것에 일본어 발음을 한국어로 토를 달아줘. 그걸 보고 내가 읽게."

"네. 알겠습니다."

이 대리가 다시금 한국어로 일본어 발음 토를 달아주자 리허설은 시작되었다. 나카야마가 먼저 화면에 나왔다.

"일본 국민 여러분. 안녕하십니까? 저는 일본국체회복회 회장 대리인 나카야마 히로미입니다. 원래 야마다 회장이 있지만 현재 구금된 상태이기에 부득이하게 제가 회장을 대리하게 되었습니다. 저는 오늘 이 자리에서 너무나 중대한 발표를 하고자 합니다. 그것은 일본 국민들이 모두 바라던 쇼와 천황의 후손을 찾았고, 그분으로 하여금 만세일계인 일본제국의 천황을 잇게 되었다는 것을 밝히는 것입니다. 저희 일본국체회복회는 천황제가 미군에 의해 강제로 폐지된 이후 끈질기게 쇼와 천황가에 대한 추적을 하였고 이제야 그 결실을 맺게 된 것입니다. 사실 그동안 천황가임을 밝히는 여러 사기꾼들이 있었던 것도 사실입니다. 하지만 이번에는 저희 국복회가 공인하는 진정한 쇼와 천황의 후손이 맞습니다. 모든 증거는 저희가 공개하도록 하겠습니다. 일본 국민 여러분. 이제야 소개시켜 드림에 제가 다 감격스럽습니다. 소개시켜 드립니다. 새로운 일본의 천황이십니다."

나카야마의 연설이 끝나고 카메라는 돌아서 단상에 선 무 부장을 비추었다. 무 부장은 긴장한 듯 했지만 곧바로 차분히 연설문을 읽어나갔다.

"저는 쇼와 천황의 손자이자 아키히토 황태자의 장자인 인복(仁福)입니다……."

무 부장은 연설에서 그는 쇼와 천황을 잇는 적장자이나 천황가문에 대해 미국정부와 한국정부가 부당한 압력과 폭력을 행사하여서 이제야 세상에 자신들이 천황가(天皇家)임을 알릴 수 있었다고 밝혔다. 그리고 진정한 천황의 계승자인 그가 돌아왔으니 일본정부는 천황제 복원에 대해 국민투표를 부쳐 일본 국민들에게 의사를 물어야 한다고 주장했다. 일본 국민에게 천황제의 복원을 직접 물어야 한다는 것이었다. 만약 국민투표에서 찬성이 나오면 미국을 비롯한 어떠한 외세도 막지 못한다고 못 박았다. 그러면서 천황제의 부활이 단순한 제도의 부활이 아니라 또다시 아시아 국가들을 일본이 이끌고 갈 원동력이 될 것이라고 연설에서 주장했다. 이는 일본의 2차 대전 침략을 부정하고 미래에도 또다시 이러한 침략을 할 수도 있다는 뜻으로 보였다. 무 부장은 자신의 뜻과 달랐지만 어쩔 수 없이 그들이 적어주는 대로 읽어 내려갔다. 무 부장이 읽는 동안 이 대리는 카메라맨에게 접근하여 조용히 물었다.

"세토가와 상. 일단 이건 녹화를 하나요?"

"에또. 일단 오늘은 리허설이지만 진짜처럼 하기 때문에 모든 것을 녹화합니다."

"아. 그렇군요. 그럼 만약 생방송으로 바꾸려면 저 위 기술실에서만 가능합니까?"

"그렇진 않습니다. 만약 생방송이 필요하다면 여기 스튜디오에서 저 장비를 생방송이 가능하도록 맞추기만 하면 가능합니다."

"아⋯⋯. 그렇군요. 만약을 대비해서 알아놓으라고 해서요."

"그런 것은 걱정 안 하셔도 됩니다. 저희가 다 알아서 할 테니."

둘이 대화하는 동안 무 부장의 연설이 끝났다. 나카야마는 그러한 모습을 보고 너무나 감격해했다.

"폐하. 이제야 저희들의 폐하로 돌아오셨군요. 폐하. 내일 아침도 이렇게 해주시면 됩니다. 내일은 일본에게 진정 역사적인 날이 될 겁니다. 대일본제국이 부활한 날이잖습니까?"

"그렇군. 난 약속을 지킬 테니 당신도 내 어머니를 살려준다는 약속을 꼭 지키기 바라오."

"알겠습니다."

무 부장은 말을 끝내고는 원고를 들고 스튜디오를 빠져나와 방으로 갔다. 그러고는 참았던 구토를 화장실 변기에 쏟아부었다.

'너무나 역겹다. 이대로 했다가는 내가 죽겠다. 이런 쓰레기 같은 것을 하라니……'

그는 나카야마가 써 준 연설문을 집어 던졌다. 일본 극우론자들의 생각으로 똘똘 뭉친 그야말로 말도 안 되는 것만 잔뜩 있었다. 하지만 지금으로서는 그에게 남아있는 선택지가 없었다. 그는 화장실에서 나와 자리에 앉았다. 그리고 조용히 생각에 잠겼다. 내일 그가 할 일이 진정 무엇인지 결정하기 위해서였다.

다음 날 아침. 안가는 새벽부터 이런저런 준비로 분주했다. 무 부장은 이 대리가 와서 깨우자 일어나 씻고 녹화 준비를 하였다. 녹화는 오전 9시부터 시작하는 것으로 했다. 실제 방송시간은 길어야 10분이지만 녹화를 하다 보면 2~3시간이 걸릴 수도 있었다. 나카야마는 모든 것이 준비되자 녹화를 시작하게 했다. 리허설과 같이 나카야마의 연설 후 무 부장의 연설이 있었다. 처음에 약간 긴장한 듯했던 무 부장도 시간이 지나자 긴장이 풀려서인지 술술 연설을 이어 나갔다. 우려했던 일본어 발음도 따로 연습을 해서 전혀 어색해 보이지 않았다. 세 번 더 녹화를 뜬 후 바로 편집에 들어갔다. 점심시간 후 편집이 완성되었고 모두가 있는 상황에서 편집본이 틀어졌다. 편집본을 본 후 나카야마는 울면서 박수를 쳤다.

"그래. 됐어. 이젠 됐어. 이 방송만 전 일본에 퍼지면 오늘로 진정한 천황제의 부활은 이루어 진거나 마찬가지야. 됐어. 이제 일본은 제대로 된 제국으로 부활한 거야. 다이 니뽄 테이코쿠 반자이(대일본제국 만세)! 덴노 헤이카 반자이. 반자이!"

방에 있던 모두는 나카야마의 선창에 따라 만세를 불렀다. 다만 무 부장만은 침울한 얼굴로 만세를 부르는 그들을 쳐다보았다. 이 대리만 만세를 따라 부르다가 그러한 무 부장 얼굴을 보았을 뿐이었다.

같은 시간 일단의 대원들이 한 야산에 있는 창고를 급습했다. 안에는 한 명만 있었고 그는 거칠게 저항했지만 쉽게 대원들에게 제압되었다. 대원들은 창고 지하로 통하는 문을 열고 그곳에 감금되어 있던 한 할머니를 구출했다.

"괜찮으십니까? 선배님?"

최 팀장은 그녀에게 물려 있던 재갈을 풀어주며 그녀에게 물었다.

"휴우……. 난 괜찮아. 왜 이렇게 늦게 온 거야?"

"죄송합니다. 우리는 선배님을 아드님에게 데려 갈 줄 알고, 그때까지 기다린 겁니다. 그런데 며칠이 지나도 선배님이 여기서 움직이지 않는 것을 보고 그것은 포기했죠."

"나를 잡고 있던 자는 체포했나?"

"네. 한 명뿐이라 쉽게 잡았습니다. 그자를 족쳐서 아드님이 있는 곳을 알아내야 할 것 같습니다."

"그건 쉽지 않을 거야. 저들도 보통 훈련을 받은 자들이 아니니. 어쨌든 국복회가 나를 노릴 수 있다는 최 팀장의 생각은 맞았어."

"네. 아드님을 국복회가 완전히 설득하지 못하면 할 수 있는 방법이 남아있는 가족으로 협박할 수밖에 없다고 생각했습니다. 아내나 자식은 사라져버렸으니 안 되고 그렇다면 선배님과 무 부장의 누나 가족밖에 없는 거죠."

"그래서 최 팀장 말대로 감시팀도 철수하고 저들을 유인한 건데 아직 결과는 없는 셈이군. 참 내 딸 가족은 이상 없지?"

"네. 이상 없습니다. 잘 지내고 있습니다."

"잘 되었어. 일단 여기서 철수하고 체포된 자를 심문해 보자구."

방송 준비가 되어가던 3시경 아베는 급하게 나카야마를 찾았다.

"큰일 난 거 같습니다."

"왜? 무슨 일인데?"

"창고에 있는 대원과 연락이 안 됩니다."

"창고라면?"

"폐하의 어머니를 잡고 있는 곳입니다. 그런데 거기에 있는 저희 쪽 대원과 연락이 안 되고 있습니다. 제가 만약을 대비해서 그쪽에서 매 2시간마다 저에게 상황을 문자로 보고하라고 했는데 아무 연락이 없어서 제가 전화를 해 보았지만 받지를 않습니다."

"뭐야? 젠장. 그럼 국정원 애들에게 잡힌 건가?"

"그걸 모르겠습니다. 제가 거기 가 볼까요?"

"아냐. 그건 너무 위험해. 자네 말대로 국정원 애들에게 잡힌 거라면 자네도 위험해져. 젠장 어쩐다……. 할 수 없지. 일단 오늘 방송이 될 때까지 폐하께 이 사실을 비밀로 해."

"네. 알겠습니다."

"오늘은 무슨 일이 있어도 방송이 제대로 되게끔 해야 하니 그것에만 신경 쓰자구. 어차피 녹화까지 뜬 상태라 폐하도 어쩐지 못하겠지만 말야."

"타카하시에게 일러두도록 하겠습니다."

"알았어. 절대 비밀로 해야 돼."

나카야마와 헤어진 아베는 이 대리를 찾았다.

"지금 폐하의 어머니를 잡고 있는 대원과 연락이 안 된다."

"네? 그게 무슨……."

"아무래도 국정원 애들에게 잡힌 것 같아. 그러니 이 사실을 절대 폐하가 알게 하면 안 돼. 알았지? 만약 폐하가 어머니의 안부를 물으면 그냥 잘 있다고만 하라고. 내 말 무슨 말인지 알겠지?"

"네. 알겠습니다."

이 대리는 단호한 표정으로 대답했지만 안도의 한숨도 같이 쉬었다.

이제 시간은 4시 반이 다 되어가고 있었다. 방송단 사람들은 바쁘게 움직였다. 그러고는 모든 준비가 완료되었다고 나카야마에게 알렸다.

"제가 어제부터 저희 홈페이지에 오늘 오후 5시부터 중대방송이 있을 것이라고 알렸습니다. 물론 주제는 밝히지 않았구요. SNS에서도 알려서 3만에 가까운 저의 팔로워들이 기다리고 있습니다."

"제가 연락한 조직들도 모두 기다리고 있습니다. 그쪽도 방송만 되면 SNS든 전화든 뭐든, 어떻게든 이 방송이 널리 알리도록 적극 도울 겁니다. 그중 하나는 잘하면 지상파 방송을 통해서 이 방송이 나갈 수도 있을 겁니다."

"네. 트래픽이 폭주할 것을 대비해서 이미 서버도 평소의 10배로 확장해 놓았습니다."

"그럼 모든 준비가 끝난 것이니 바로 방송을 하도록 하시죠."

"약속된 5시만 되면 바로 시작하겠습니다."

"그럼 모두 기술실에 모이라고 해야겠군요."

나카야마의 지시대로 남은 사람들은 모두 기술실에 모였다. 다만 무 부장은 몸이 안 좋아서 그냥 방에 있겠다고 해서 오지 않았다. 그러자 이 대리도 그를 돌보겠다고 자리를 빠져나갔다. 둘을 제외하고 기술실에 모인 사람들은 모두 모니터를 지켜보았다.

"여기 기술을 맡고 있는 미츄타니 상이 동영상을 올리고 나면 방송이 시작됩니다. 그리고 우리들은 실시간 댓글이나 사이버상의 반응을 집계해서 알려드리겠습니다. 자, 카운트다운 하겠습니다."

드디어 5시가 되었고 해적 인터넷 방송국 홈페이지에 그들이 만든 방송물이 뜨기 시작했다. 미리 준비한대로 순간 접속자는 5만 명이 넘어갔다.

"첫 접속자 5만 명이면 저희 방송단에서는 기록입니다. 홍보가 아주 잘 된 거 같습니다."

방송단의 기술 담당인 미츄타니가 흥분해서 외쳤다.

"자자. 흥분하지 말고 조금만 기다려 봅시다. 이제 대부분의 접속자들이 스트리밍 화면을 보기 시작했습니다."

PD인 이시카와는 차분하게 말하며 모니터를 응시했다. 이제 막 나카야마의 연설이 끝나고 화면은 무 부장에게 넘어갔고 무 부장의 연설이 시작되었다. 무 부장의 연설이 시작되자 일본 내 반응은 그야말로 폭발적이었다. 지금까지 천황의 후손이라고 사기 치는 사람들은 가끔 있었어도 국복회가 직접 공인한 쇼와 천황의 후손은 처음이었기 때문이었다. 극우파들은 흥분하며 이 사실을 알렸고 이는 바로 언론에도 알려져 해적방송을 접속하여 아예 TV로 내보내는 방송국까지 나왔다. 그래서 순식간에 웬만한 일본인들은 무 부장의 연설을 보게 되었다.

토요일에도 집에 못가고 국정원에서 일을 하고 있던 최동국 팀장은 일본에서 온 지인의 전화를 받고 무 부장의 연설에 대해 알게 되었다. 그는 미친 듯이 원장과 실장이 회의하고 있는 방으로 뛰어갔다.

"큰일 났습니다."

최 팀장은 노크도 없이 회의실의 문을 열고 큰 소리로 외쳤다.

"뭐야? 무슨 일이야?"

"이 방송을 보십시오."

최 팀장은 해적방송을 받아 내보내는 일본방송 화면을 회의실 화면에 띄웠다.

"어? 이게 뭐야? 저자는 공항에서 도망친 용의자?"

"네. 무 부장 맞습니다."

"그런데 저자가 저기서 무엇을 말하는 거야?"

"자기가 쇼와 천황의 후손이고 일본 천황으로 등극하겠다고 발표하는 겁니다."

"뭐? 뭐라고? 저자가 미쳤나? 그런데 저게 어디서 나오는 거야?"

"그건 저도 모르겠지만 지금 저 방송이 일본 전역으로 방송되는 것은 확실합니다. 제가 일본에 있는 지인과 인터넷상에 확인해 보았습니다."

"젠장……. 자네는 저자가 하는 말을 모두 통역해. 당장."

"이런 젠장……. 빠가야로."

하라다는 무 부장이 나오는 TV를 보며 극도로 흥분했다.

"하라다 님. 이렇게 흥분하시면 안 됩니다. 심장에 무리가."

"이봐. 내가 지금 흥분 안 하게 되었어. 젠장. 내가 이뤄놓은 모든 게 박살나게 되었는데. 당장 총리에게 전화해. 전화해서 저 방송을 당장 멈추라고 해. 당장."

"네. 알겠습니다."

카와노는 즉시 미츄이 총리에게 전화를 걸었다.

나카야마는 방송을 보면서 너무나 기뻐했다.

"하하하. 저 인터넷 반응 보라고. 하하하. 이제는 지상파TV에서도 이 방송이 나간다고?"

"네. 지금 우리 것을 그대로 받아서 내보내고 있습니다. 그리고 인터넷 반응은 폭발적입니다. 거의 모든 일본인들이 천황제의 부활에 찬성을 하고 있습니다. 어느 누구도 반대하지 못하는 분위기입니다. 이대로라면 국민투표가 통과되는 것은 일도 아니겠습니다. 축하드립니다. 나카야마 님."

모니터를 보던 아베가 흥분해서 나카야마에게 대답했다.

"이게 거의 끝나가는 것 같구만."

"네. 9분이 넘었으니 조금 있으면 끝날 겁니다. 드디어 대일본제국이 부활하는 겁니다."

다들 즐거워하고 있을 때 갑자기 방송이 멈춰버렸다.

"어? 왜 이래?"

이시카와 PD와 기술을 맡고 있는 미츄타니는 당황하며 이것저것을 만졌다.

"트래픽이 너무 많아서 일시적으로 멈춘 것 같습니다. 잠깐만 기다리십시오."

"아. 그래요? 빨리 끝내야 하는데······."

그 순간 다시 화면이 돌아갔다.

"아. 이제 다시 화면이 돌아갑니다."

미츄타니가 기쁜 듯 외쳤다.

"일본 국민 여러분. 하지만 제가 지금까지 한 말은 제 진심이 아닙니다. 모든 것은 국복회가 저를 협박해서 한 말입니다."

"어? 저게 뭐야? 폐하가 무슨 말을 하는 거야?"
나카야마는 무 부장의 말에 깜짝 놀라며 말했다.
"어? 이게 뭐야? 이건 아까 편집본에 없는 내용인데……."

"국복회는 저에게 이 연설을 강요하기 위해 제 가족을 납치했습니다. 국복회는 제 가족을 볼모로 제가 이런 연설을 하게 한 것입니다. 그러니 일본 국민 여러분은 제가 한 지금까지의 연설을 믿지 말아 주십시오."

"아니. 이게 어떻게 된 거야? 아까는 저런 말 없었잖아."
나카야마는 거의 숨이 넘어갈 듯이 외쳤다.
"저…… 저건 녹화본이 아닙니다. 저…… 저건 생방송입니다."
카메라맨인 세토가와가 화면을 보면서 외쳤다.
"저기 모니터에 LIVE라고 떠 있잖습니까? 저건 생방송이 송출될 때 뜹니다. 저건 스튜디오에서 생방송 송출로 모드를 바꾼 겁니다. 저건 스튜디오에서만 바꿀 수 있습니다."
세토가와의 말에 다들 황당해 있을 때 아베가 외쳤다.
"그럼 지금 아래층 스튜디오에서 이걸 찍고 있다는 거잖아. 이런 젠장. 타카하시. 이놈이."
아베의 외침에 정신이 든 나카야마는 벌떡 일어나 방을 나섰다.

"그럼에도 제가 여기 선 것은 일본국민들과 이웃나라 국민들에게 하고 싶은 말이 있기 때문입니다. 저는 일본 천황가를 대표해서 제 할아버지인 쇼와 천황의 이름으로 자행되었던 침략에 대해서 사과하고자 합니다. 2차 대전과 그 이전에 있었던 모든 일본의 아시아와 태평양 국가들에 대한 침략에 대해 사과드립니다. 저희 일본은 대동아공영이라는 허울로 너무나 많은 나라와 국민들에게 씻을 수 없는 아픔을 주었습니다. 그러고도 지금까지 반성도 안하고 잘못을 인정하지도 않았습니다. 이러한 일본이 너무나 부끄럽고 죄송스럽습니다. 일본이 미래에 과거와 같이 다른 나라를 침략하고 정복할 의사가 있습니까? 있다면 과거에 대해 반성도 하지 말고 과거를 부정하십시오. 하지만 요즘 같은 세상에 예전처럼 침략하는 것은 쉽지 않고 굴기하는 중국 때문이라도 거의 불가능합니다. 그걸 안다면 괜한 오해를 받을 짓을 하지 말고 깨끗이 과거를 반성하고 털고 가는 게 일본의 미래를 위해서라도 낫습니다. 특히 과거 일본은 정신대라는 이름으로 조선과 중국 여성들을 짓밟았습니다. 그들에게 안긴 고통을 생각하면 제 마음이 찢어질 것 같습니다. 그분들에게 추가로 죄송하다는 사과의 말씀을 드립니다. 다시는 일본이 이러한 잘못을 하지 못하게 되었으면 합니다. 이 모든 잘못에 대한 인정과 사과가 재발방지의 첫걸음임을 일본은 분명히 알아야 할 것입니다."

나카야마가 스튜디오 밖에 도착했을 때 문은 굳게 닫혀져 있었다.
"이봐 문 열어. 타카하시. 너가 안에 있는 줄 안다. 빨리 열어. 네가 지금 무슨 짓을 하는 줄 아느냐? 만세일계를 무너뜨리고 있다고."
나카야마와 아베가 아무리 두드려도 문이 열리지 않자 급기야 나카야마는 총을 꺼내 문에다 마구 쏘았다.

"그리고 영토분쟁에 대해서도 사과드립니다. 특히 독도는 분명히 한국 땅이 맞습니다. 일본은 원래 자기 땅이더라도 한국에 내주어 신뢰를 얻어야 하는데, 하물며 원래부터 한국 땅을 일본 땅이라고 억지를 부려서 신뢰를 잃고 있습니다. 제발. 작은 욕심 때문에 더 큰 이웃 국가들의 신뢰를 잃는 우를 범하지 마십시오."

나카야마가 겨우 문을 열고 스튜디오 안으로 들어가자 이 대리가 그의 앞을 막았다.

"나카야마 님. 그만하십시오."

"이 빠가야로, 타카하시. 네가 지금 무슨 짓을 한 거야? 비켜. 당장."

"못 비킵니다. 저는 폐하를 지켜야하는 의무가……."

이 대리의 말이 채 끝나기도 전에 나카야마는 이 대리에게 총을 쏘았다. 무 부장은 연설을 하다가 이 대리가 쓰러지는 것을 보고 잠시 멈췄다.

"이…… 이제 저에게 남은 시간이 없는 것 같습니다. 일본 국민 여러분. 제발 정신 차리시고 이제 천황이라는 과거의 유물보다는 이웃나라와 공존할 길을……."

나카야마는 총을 들고 무 부장에게 다가가 그를 벽에 밀어붙이고는 한쪽 손으로 목을 졸랐다.

"이 빠가야로. 조센징 새끼가 모든 걸 망치고 있어. 이 빠가야로."

"윽…… 이제…… 그만…… 하자……."

"뭘 그만해, 뭘? 이제 막 대일본제국이 시작하려는데……. 네깐 놈

하나 때문에. 정신이 썩어빠진 놈 하나 때문에…… 내 평생을 바친 게 물거품이 되고 있잖아."

"그…… 그래. 미안하다. 하지만 난 이미 말했다. 난 죽어도 천황 따위는 안한다고. 일본 천황을 하느니 한국의 소시민으로 살겠다."

"이 빠가야로."

나무나 흥분한 나카야마는 무 부장의 머리에 총을 쏘았다.

"안 돼. 나카야마 님. 아직 방송이……."

뒤에 있던 아베는 나카야마에게 외쳤다. 나카야마는 그제야 정신이 든 듯 뒤를 돌아보았다. 거기에는 아직 빨간 불이 켜져 있는 카메라가 있었다. 그리고 카메라 옆에 있는 모니터에 피를 뒤집어 쓴 귀신과 같은 자신의 모습이 보였다.

"이런 젠장…… 이 빠가야로."

나카야마는 총을 천천히 들더니 자기 머리에 대고 총을 쏘았다.

"나카야마 님."

아베가 말리려 했으나 이미 나카야마의 머리에서 피가 분수처럼 쏟아지고 있었다.

"나카야마 님. 이…… 이렇게 가시면…… 전…… 전……."

아베는 죽은 나카야마의 시체를 안고 울부짖었다.

하라다는 모든 것을 TV로 보고 있었다.

"후후후. 어리석은 자들 같으니라구. 그게 될 것 같으냐. 어찌 되었던 내 할 일은 끝난 거 같구나."

말을 마친 하라다의 고개는 천천히 아래로 떨어졌다. 총리와 통화하던 카와노는 고개를 숙인 하라다를 보고 깜짝 놀랐다.

"하라다 님. 하라다 님. 왜 이러십니까? 하라다 님."

카와노가 아무리 세게 하라다를 흔들어 보았지만 이미 그의 몸은 싸늘하게 식어 있었다.

"허…… 이게…… 어찌 된 거야?"
국정원장은 황당한 표정을 지어 보였다.
"휴우…… 결국 이렇게 끝났네요. 일본의 천황이."
최 팀장은 침통한 표정을 지으며 말했다.
"모두가 원하지 않은 결론인 것 같습니다. 한국 정부와 미국 정부는 그렇게 감추고 싶었던 치부가 드러났고 국복회는 스스로 자기들의 천황을 죽였고. 아마 무 부장은 하고 싶은 말을 하고 자살의 길을 선택한 것 같습니다."
황당한 표정을 짓던 이 실장이 허탈한 듯 말했다.
"일본 공화파가 최대 승리자인 것 같습니다."
최 팀장이 마무리하듯이 말했고 이후 세 사람은 말이 없었다.

276

에필로그

눈 덮인 로키산 중턱으로 한 대의 차가 달리고 있었다. 차는 한 조 그만 오두막에 멈췄다. 그러자 오두막에서 한 동양인 할머니가 나왔 고 차에서 내린 사람들을 지그시 쳐다보았다.

"엄마. 이제야 왔어."

"그래, 고생했다. 이제라도 왔으니 됐다."

"엄마, 내 아들과 딸이야. 미영아, 덕인아, 외할머니야."

엄마의 소개가 있자 미영과 덕인은 조금 눈치를 보다가 처음 보는 외할머니에게 인사를 했다.

"그래, 내 새끼들. 오느라 고생했다. 추우니 안으로 들어가자."

네 사람은 오두막으로 들어갔다.

무 부장의 어머니 집에는 간만에 웃음소리가 들렸다. 배 타고 나갔 던 사위가 돌아와 치킨을 사서 장모 집에 온 가족이 온 것이었다. 다 들 신나 하는 눈치인데 장모의 표정이 그리 밝지 않자 사위가 조심스럽게 물었다.

"장모님. 처남 때메 그러십니꺼?"

"아이다. 갸 팔자도 그게 다인갑다 생각하는 거지 뭐."

"그래도 북한으로 아예 넘어갔다니까, 거기서라도 잘 살겠지. 뭐. 엄마는 이제 갸는 이자뿌라."

"그래. 니도 자슥이 있어 알지만 그게 쉽나."

"하모요. 장모님. 제가 이자 아들 노릇까지 할께예. 그러니 마음 좀 푸시소."

"그래. 내가 니들 보고 산다."

'나한테는 이제 진짜 너희들 밖에 없다.'

무 부장의 어머니는 착잡한 심정으로 속으로 되뇌었다.

"근데 배에서 내려 뉴스를 보니 일본이 발칵 뒤집혔다문서."

박 서방이 갑자기 생각난 듯 최근에 화제가 되었던 일본 천황이야기를 꺼냈다.

"아이고. 일본에 천황을 찾았다꼬 난리치다가 저거들끼리 죽이고 그랬다 카데."

"아이구야. 일본 아덜이 미쳤는갑다. 천황을 다시 세워가 뭐하라꼬? 다시 우리한테 쳐들어올라꼬 그랬나 보지. 에이 나쁜 놈들……."

딸 내외가 일본 천황에 대해서 욕을 하자 할머니는 묘한 기분이 들었다.

"느그들은 일본 천황이 영 싫은 갑제?"

"엄마는. 그럼 좋겠는교? 그냥 없는 채로 사는 게 맞지."

"그래. 니 말이 맞다. 그냥 없는 게 낫다. 그리고 모르고 사는 것도 낫다."

"그게 무신 말이고?"

"아이다. 그런 게 있다."

생활관에서 빈둥대던 김 병장에게 간만에 누군가가 면회를 왔다는 소식에 김 병장은 벌떡 일어나 면회소로 뛰어갔다.

"누구지? 엄만가? 미선인가?"

하지만 면회소에는 생각 밖으로 웬 중년의 남자가 있었다. 김 병장도 처음 보는 사람이라 어리둥절했다.

"안녕하십니까?"

사내의 너무나 깍듯한 인사에 김 병장은 자기도 모르게 따라 인사를 했다.

"저…… 누구시죠?"

"혹시 어머니 함자가 김수지 되시죠?"

"어? 저희 어머니 이름이 맞는데요? 아저씨, 저희 어머니 아세요?"

"그리고 김 병장님의 이름은 김덕인이시구요."

"네……. 저를 아세요?"

"그럼 됐습니다."

김 병장은 황당한 표정을 지었다. 김 병장의 황당한 표정과 상관없이 아베 신조는 만면의 미소를 지었다. 〜〜

조센징 Killing Korean

Denno

천황

죽이기